橘杏春秋

主　编 金晓军　巩　振
副主编 崔丽兵　巩莎莎　金荣嵋

中国海洋大学出版社
·青岛·

图书在版编目(CIP)数据

橘杏春秋 / 金晓军,巩振主编. —青岛:中国海
洋大学出版社,2022.4
ISBN 978-7-5670-3141-8

Ⅰ.①橘… Ⅱ.①金…②巩… Ⅲ.①中医学－文集
Ⅳ.①R2-53

中国版本图书馆 CIP 数据核字(2022)第 069202 号

橘杏春秋
JUXINGCHUNQIU

出版发行	中国海洋大学出版社		
社　　址	青岛市香港东路 23 号	**邮政编码**	266071
出 版 人	杨立敏		
网　　址	http://pub.ouc.edu.cn		
电子信箱	shirley_0325@163.com		
订购电话	0532－82032573(传真)		
责任编辑	王　慧	**电　　话**	0532－85901092
印　　制	北京虎彩文化传播有限公司		
版　　次	2022 年 8 月第 1 版		
印　　次	2022 年 8 月第 1 次印刷		
成品尺寸	170 mm×240 mm		
印　　张	19.25		
字　　数	274 千		
印　　数	1～1000		
定　　价	78.00 元		

求索

丁亥荷月　榮娟

轩岐教正学灵素

辨治求法向长沙

荣肖攢聯 冯礼书

杏林春暖迎春到

橘井泉香济世儒

茶著撰联

何礼书

墙角数枝梅，凌寒独自开。遥知不是雪，为有暗香来。

王安石诗 梅云 丙戌

梅云书句 老爽亭 丙申年春月 梅兄写于堂云轩

蘭葉春葳蕤，
清風殿飛影飄飄庭宴
壬午李白句　後堂書

凌雲不改青青色 待夢三山攬風流一品新

题竹圖 壬百林

双莖凌雲尚塵趣 丙申春月寫於溪南松里

傲雪凌霜朵朵开

题菊花 金百林

不似春光勝春光

丙申年菊月子卿寫

漆荣嵋先生《五味人生》

梅贞兰韵扬　人生久慕凌云大

雅风高节功夫举一手陶公志气

量师三尺色壶济世医术

湛正本清源硕果垒明月惠

风传雅话尘衣容拂叩儒翁

行生四应修笔录　冯裕抄

橋井深深善水長鐘毓惠
世運奇方若非境遇筆番
遂鷹致人生諸味貴驛站
重歸催馬疾筆業百劫
砥礪送轅何家國情懷屹
原是噤肩挺脊梁

賞閱榮眉金專家《譯駒—西鳳古道》戴佳
沒學張祉琌佩敬 丁酉之秋 馮智書

卷外情

—— 书画风雅颂

　　同窗之谊，淡泊明志，直谅多闻，度德量力；上交不谄，高山仰止；下交不渎，景行行止。予写几篇拙文，以诚致勉，同声相应，同气相求，使之涕零，珍为知音。他们大都是从各行各业退休的职工，有的还是农民，大都已过耳顺之年，弘扬着国粹，传承着文化，布衣暖，菜根香，诗书滋味长。他们的笔墨、丹青，有的清新自然，有的华美绚丽，有的婉约缠绵，有的雄浑豪放；辞采、情韵、意境殷殷厚重、溢于言表、跃然纸上。虽为业余，却能使书画"大家"们汗颜。

　　予仅一郎中，诊务之余兼爱诗书画的欣赏、传统文化的继承，少壮有暇去参观书画展，串游书画市场、画廊、碑林。而今老矣，同窗之谊，淡茗一盅，谈论诗词，欣赏书画，欢度夕阳，亦是一大乐事。谨以此文，献给读本书者以及给予指教的朋友，并衷心致谢，恕不另文。

金荣嵋

序

"眼前直下三千字，胸次全无一点尘"，至乐无如读书。"胸中有万卷书，笔底无半点尘者，始可著书；胸中无半点尘，目中无半点尘者，才许作古书注疏。"至此，已写完5本书，仍觉心中空虚，"黑发不知勤学早，白首方悔读书迟"，泱泱国学，洋洋大观，沧桑流年，读之甚少，每每至此而耻于碌碌无为、年华虚度。

今编此书，似是童心未泯，但精力确也衰落。卷外情——书画风雅颂，高度赞扬了民间高手，高手在民间，无须看出名。正文以带教与中医学习、论文集锦、临证歧义刍议、医案医话、临证随笔这几部分阐述。以前出版了《五味人生》《医古文语法荟萃》等4本书，已在社会传读，反应不一，本书也做了部分复录、增删。

带教与中医学习部分明确指出"文是底子医是楼"。纵观历史，张仲景、华佗、王叔和、王冰、孙思邈、柯琴、张景岳、李时珍、李念莪、叶天士、吴鞠通……哪个不是胸藏万卷、文笔纵横、才华横溢、妙笔生花。

论文集锦部分遴选了部分论文以飨读者。其中有的论文水平较高，理性较强；有的普及大众，通俗易懂。特别是书写格式较正规，可供参考。

临证歧义刍议部分多为临床有争议、尚未定型的病证，见仁见智，有待商榷。其中不乏貌似简单实则复杂的病证，如感冒的分治、湿温的严重、冬燥的出现，这些在《五味人生》一书中已经写过，今复录，请同道认真思考，很值得临床探讨研究。

湿温不是每年都可发生。每到盛夏高温季节，阴雨连绵，地下之潮湿温热蒸腾，便可出现湿温。患者发热不退，西医找不出原因，肥达氏反应、外斐氏反应结果对诊断没有帮助，但能排除伤寒或副伤寒，治疗无从入手。患者必然素有胃肠之宿疾而复感湿热，实则阳明胃，尚可应手，虚则太阴脾，则缠绵难愈。此病实乃医学的一大难题。

寒燥是本人命名的，请同道商榷。每到深秋及冬令，气候温热干燥，有至而不至、至而不去、至而太过、至而不及，非其时而有其气，便可发生。近年来全球气候变暖，此病更显著。寒本阴邪，燥本阳邪，寒指时令。燥指气候，寒燥相搏，阴阳相加，很难事从，这在气候燥烈的北方屡见不鲜。

医案医话和临证随笔收录了部分高难病例和普通病例，以适应读者不同的需求，希望对读者有所帮助。

本书难免有舛误之处，望读者指正，不胜感激。

金荣嵋

2020 年国庆于轩歧书屋

目 录

‖ 临证歧义刍议 ‖

‖ 临证随笔 ‖

带教与中医学习

一、对《第五批全国老中医药专家学术经验继承工作实施方案》的学习

我们对《第五批全国老中医药专家学术经验继承工作实施方案》进行了认真学习，目的就是要吃透文件精神，使师带徒工作能够顺利、圆满地完成。下面讲述我们学习的重点内容。

（一）学习方式

1.跟师学习

继承人自进岗之日起，跟指导老师临床实践或实际操作的时间每周不得少于1.5个工作日，累计不少于180个工作日。我们会让继承人根据自己的实际情况跟师学习，做到总时间不少于上述指标。

2.独立临床实践

继承人独立从事临床或实际操作的时间每周不得少于2个工作日，累计不少于250个工作日，其中在病房的临床实践累计不少于40个工作日。我们有独立操作的实践时间，会要求继承人多积累病例、多写病历。

3.理论学习

采取自学研修与集中授课相结合的方式进行理论学习，集中授课时间累计为80个工作日。继承人能做到自学研修。关于集中授课，可能要按上级要求安排脱产学习，极有可能是随学随考，这要求继承人要认真听课并做好笔记，保证考试合格。

（二）学习与教学任务

继承人以跟指导老师临床实践和独立临床实践为主，全面、系统地继承指导老师的学术思想、临床经验或技术专长。继承人每年完成不少于60个半天的跟师学习笔记、12篇1000字以上的学习心得或临床经验整理（月记）、20份指导老师临床医案总结。这要求继承人多整理素材，多挤时间，及时完成任务。

中医专业继承人以精读《黄帝内经》《伤寒论》《金匮要略》《温病学》等中医经典为主，学习1部以上与所从事专业密切相关的专科经典。我们已经在上述要求基础上，让继承人加学了《医古文》《中医基础理论》《中医诊断学》《中医学》《方剂学》《中医内科学》《中医妇科学》《中医论文写作》等书的内容。

指导老师每周临床或实际操作带教时间不得少于1.5个工作日，并对继承人撰写的跟师笔记、学习心得、临床医案总结进行批阅，要针对其中的问题予以指导，批语要有针对性和指导性，能体现指导老师的学术水平。

（三）预期成效

继承人的中医药理论功底更加扎实，其中国传统文化知识进一步加强。

继承人基本掌握指导老师的学术经验和技术专长，其中医临床诊疗水平在原有基础上有较大提高。

继承人按照中医药的学术特点和发展规律，能结合指导老师的学术经验，对本学科领域的某一方面提出新的见解和新的观点。

继承人于学习期间在国内外公开发行的期刊上发表1篇以上关于总结指导老师的学术思想和技能专长的论文。同一位指导老师的两名继承人在发表论文时不得发表同一专题。

中医专业继承人结业时提交由本人独立完成的、能反映指导老师临床经验和专长的、体现疾病诊疗全过程的临床医案总结60份。

继承人提交1篇体现指导老师的学术思想和临床（实践）经验、具有创新观点和临床（实践）意义的结业论文，要求2万字以上并附有2000字的论文摘要。

符合相关条件的中医临床专业继承人可申请临床医学（中医师承）专业学位。

（四）临床医学（中医师承）专业学位的申请与授予管理

符合相关条件的中医临床专业的继承人可申请临床医学（中医师承）专业学位，其指导老师可由相应的学位授予单位聘请为临床医学（中医师承）专业硕士生导师。

1.聘请硕士生导师条件和聘期

（1）被确定为第五批全国老中医药专家学术经验继承工作的指导老师，可聘请为申请专业学位继承人的硕士生导师。

（2）按继承工作周期，聘期为3年。

2.继承人申请临床医学（中医师承）专业学位的条件与要求

申请临床医学（中医师承）硕士专业学位条件与要求如下。

（1）热爱中医药事业，品学兼优，有志于继承和研究老中医专家学术经验并勇于创新。

（2）已获得医学学士学位。

（3）医古文（中级）、中医综合全国统一入学考试合格。

（4）完成临床医学硕士专业学位课程。

（5）结业考核合格。

（6）提交1篇以上在国内外公开发行，具有国内统一刊号和国际标准刊号的期刊上发表的继承、总结指导老师学术思想和技术专长的论文。

（7）有两位临床医学副教授或副主任医师以上专家的推荐书（其中一位应是学位授予单位临床医学专业硕士研究生导师）。

（8）继承人申报时须提供《第五批全国老中医药专家学术经验继承工作继承人及专业学位申报表》及医学学士学位证书（复印件）。

3.专业学位衔接相关工作

国家中医药管理局对各省级中医药管理部门上报的申请临床医学（中医师承）硕士专业学位的继承人资格进行审核，确定参加在职人员攻读专业学位全国统一入学考试的继承人名单，报国务院学位委员会备案，并公布。

被确定的申请临床医学（中医师承）硕士专业学位继承人，于2012年10月参加国务院学位委员会办公室和国家中医药管理局人事教育司共同组织的在职人员攻读专业学位全国统一入学考试。

硕士专业学位考试科目为医古文（中级）和中医综合（中医基础理论、中医诊断学、方剂学、中医学）。

根据考试结果，由国务院学位委员会和国家中医药管理局共同公布入学的继承人名单，并根据继承人所在地区的分布情况，按照"就近入学"原则，确定接受继承人的专业学位授予单位。

临床医学（中医师承）专业学位课程由接受继承人申请的学位授予单位安排。攻读硕士学位不少于6门课程。学位授予单位负责继承人在临床医学（中医师承）专业学位课程学习期间的管理与考核。

申请临床医学（中医师承）专业学位的继承人完成继承工作学习任务并符合结业要求，等同于完成临床医学（中医师承）专业学位的基础理论课程、专业课程、临床实践及专业学位论文。其中，继承人完成继承工作的经典理论和专业理论课程等同于完成临床医学（中医师承）专业学位的基础理论课程和专业课程，继承人完成继承工作的跟师学习和临床实践等同于完成临床医学（中医师承）专业学位的临床轮转，继承人完成继承工作的实践技能考核等同于完成临床医学（中医师承）专业学位的临床能力考核，继承人完成继承工作的结业论文等同于完成学位论文。

申请临床医学（中医师承）专业学位的继承人通过学位授予单位的学位课程考试、继承工作的实践技能考核，完成继承工作的结业论文后，可向学位授予单位申请专业学位论文答辩。

申请临床医学（中医师承）专业学位的继承人的学位论文答辩与继承工作结业论文答辩合并进行，由学位授予单位和各省级中医药管理部门共同组织。对通过答辩者，学位授予单位的学位评定委员会批准，授予相应的临床医学（中医师承）专业学位。

答辩不合格者，经答辩委员会同意，可在一年内修改论文，重新答辩一次，再次不合格者不被授予学位。

申请专业学位所需费用由继承人个人承担。

（五）待遇和奖励

（1）在继承学习期间，符合《卫生技术人员职务试行条例》有关规定的继承人可评聘高一级专业技术职务。获得出师证书、符合《卫生技术人员职务试行条例》有关规定的继承人可优先评聘高一级专业技术职务。

（2）指导老师和继承人在继承教学期间的工资及其他福利待遇均由各

自所在单位发给。

（3）继承人在学习期间按计划学习并经年度考核合格，继承人和指导老师每年均获得Ⅰ类中医药继续教育学分25分。

（4）国家中医药管理局对成绩优异的继承人和有突出贡献的指导老师给予表彰，开展继承人优秀论文评选活动，并出版论文集。

二、在国家中医药管理局第五批师带徒拜师会上的发言

国家中医药管理局（以下简称中管局）第五批师带徒实施方案，总结过去的师带徒经验，目的是使第五批师带徒做得更好。继承人将老中医药专家的学术经验继承下去、发扬光大并有所创新，可以改变我国中医药事业乏人乏术的局面，是任务，更是机遇，是国家对中医药事业的关心、支持，使中医药国粹得到继承和发展，走向现代化，走向世界。

在中医药发展方面有师承传统，西汉淳于意师承公乘阳庆，元代朱震亨先师从许文懿、后师从罗知悌，当代高辉远师承蒲辅周，陈可冀师承岳美中，肖相如师承时振声……例子比比皆是。中华人民共和国成立后在中医药领域已经完成四批师带徒，这些继承人已成为当代中医界的业务骨干。

中管局批准我们为第五批师带徒工作的老师，我们要珍惜这次机会，师生共建，勤勉好学，奋发努力，不辞辛苦，精读细研经典著作和有关教材，使继承人通过三年的跟师学习和临床实践，能够掌握、继承老师的学术思想、临床经验和技术特长，培养、造就热爱中医药、医德高尚、理论功底扎实、实践能力较强的高层次中医临床骨干和中药技术骨干。我们要端正学习态度，认真学习中管局文件，吃透文件精神，按文件要求一丝不苟地把这次带教圆满完成，争取让每个继承人以优异的成绩完成学业、取得学位。

按中管局文件精神，继承人应精读《黄帝内经》《伤寒论》《金匮要略》《温病学》及相关专业的专科经典。在此基础上，鉴于继承人的文学功底不深厚，古汉语和写作等基础不佳，本人多设置的课程和参考的课程有"医古文（中级）""中医基础理论""中医诊断学""中医学""方剂学""大学语文""中医内科学""中医妇科学""中医论文写作"等。

三年的时间弹指一挥间，所学的知识太多。"吾生也有涯，而知也无涯。以有涯随无涯，殆矣。""朝闻道，夕死可矣。"本人提倡朱熹的"三到"读书法（"三到"：心到、口到、眼到），本人加"笔到"。继承人应

该有"钉子精神",挤时间、少贪玩、多读书、勤实践,誓为人类多做贡献,为我们的医院增辉。可以说我们是目前由中管局审批的全县唯一的一批师带徒工作参与者,要为以后的中医工作带个好头,不负国家、社会、人民对我们的期望。

带教老师 金荣嵋

三、中医继承人在拜师会上的发言

今天我们在这里隆重举行名老中医收徒仪式，这是将载入中医院发展史册的大事件。我作为学生代表发言，内心非常激动。传统的拜师礼仪承载了中医文化精神，是培养中医人才不可或缺的仪式。回顾古今的名医成长之路，他们无不经历了跟师学习以及"勤求古训，博采众方"。中医传承源远流长，师承为其关键。或口传、心传，或著书教习，使中医不但得以延续，而且在传承中发展。金荣嵋老师是中医学界的大师，是我们学习的典范。感谢医院领导和老师给我们提供这样的一个机会，让我们能够聆听大师的教诲、得到大师的指点、感受大师的人格魅力。相信在老师们的精心培养下，我们一定能成长为中医学的栋梁之才。

师傅领进门，修行在个人。在今后的学习过程中，我们将严格要求自己，全心投入，勤学好问，并做到以下几点：一是尊重老师，在生活上关心、照顾老师，使老师能时刻感受到来自学生的温暖和关爱。二是勤奋学习。我们将在熟读经典的基础上认真领会老师的学术思想和独特的诊疗经验，扎扎实实地学习，不辜负医院和老师的期望。三是善于思考。"医者意也"，中医有很多东西用文字、语言难以表达，需要医者自己用心去体会、领悟。我们将认真领会老师治则治法的深刻内涵，要知其然，更要知其所以然。只有这样，才能融会贯通，成为优秀的中医人才。四是及时总结。总结能使自己厘清思路、去除疑惑。我们将及时整理、总结老师的医案、经验，结合自己的临床实践，写出心得体会，推广老师的学术成果。弘扬国粹，传承中医技术，是我们每一个中医工作者义不容辞的责任。让我们携起手来，共同创建中医事业辉煌灿烂的明天！

最后，祝愿各位老师身体健康、工作顺利、万事如意。祝愿我们的中医事业蒸蒸日上、蓬勃发展。谢谢大家。

张鹏飞

四、学习中医的方法

医学属于自然科学。中医学是传统医学，又是医学的一个分支，对人类的生存、繁衍一直起着重要作用。中医学与古巴比伦医学、印度医学曾经被称为人类最早形成体系的三大传统医学。后两者虽然比中医学发源要早，但在之后的发展中非常迟缓，到现在仅剩一些零散的方法与理论。中医学以其独特、完整的理论体系和卓越的诊疗效果，在世界传统医学中一枝独秀，是中华民族传统文化的瑰宝。

中医在春秋战国时期散见于诸子百家的经史子集，在其发展过程中受到中国传统文化的影响，所以要想学好中医学，要懂古汉语知识，具备一定的文、史、哲基础。学习中医的方法如下。

第一，明确学习目的。我们是医生，身居医疗基层（地市级和县级医院都属于基层医院），应继承和发扬中医学，以便更好地为广大人民群众提供医疗保健服务。基层有广阔的医疗天地，有大量接触首诊患者的机会。

第二，会读书。一般人读书先看正文，往往忽视了序、跋、目录等。应该先看皮、后看里，这样可以对书大体有个印象，加强理解和记忆。"文是底子医是楼"，多读书，方不出笑话。

第三，要充分认识中医理论和基本技能的重要性。千里之行，始于足下。中医理论非常抽象，不易理解，这就需要多读、多看、多记、多问、多总结，最好能背熟基本概念、重点经典经文。记得多了，自己的大脑中储存的知识多了，也就慢慢地加深了理解，经读百遍，其义自现。头脑是越用越好用的，长期不用就"生锈"。譬如医古文中的"为动用法"："佗脉之"（《华佗传》）即"华佗为他诊脉"，此处"之"是人称代词；"感往昔之沦丧，伤横夭之莫救"（《伤寒论》序）即"为往昔所沦丧者而感到痛苦，为横夭而得不到救治者而伤感"。定语后置的例子："问中庶子喜方者"即"问懂得方术的中庶子"，"喜方者"是"中庶子"的后置定语。

第四，注意理论联系实际。中医学是一门实践性很强的医学，在学习过程中，要把学习的知识与临床实践结合起来，这样可以加深对基础理论知识的理解和掌握，还可以增加对本科的兴趣。比如，"一方治多病，多病用一方"，"四逆散"和"四逆汤"仅"散"和"汤"两字之别，其义迥然不同。临床实践是我们学习的真实目的，也是对基础理论的检验，以便于总结和提高。总之，只突出基础理论而忽视临床实践，必然走向空谈的教条主义；只追求临床实践而忽视基础理论，必然走向盲目的经验主义，业务水平永远不会提高。

第五，要懂中医学形成的分期。大体说来，春秋时期以前是中医学实践知识的积累阶段。战国至两汉时期是中医学发展的奠基时期。战国时期是基本理论形成时期。两汉时期，中医基本理论在实践中进一步验证，初步形成"辨证论治"原则。这一时期的中医成就由张仲景的《伤寒杂病论》做了总结。从两晋到五代十国时期，是中医学进一步发展的时期。宋、金、元时期，中医学有了很大的发展，产生了许多流派，国家广集医药知识，集撰了《太平惠民和剂局方》。明、清时期（截至1840年），中医学在理论基础上突出了实践，逐步走向综合阶段。

第六，处理好中医和西医的关系。尽管中医和西医是两种不同的医学理论体系，在学习中医的过程中，可以联系西医知识，但是绝不能去生搬硬套、对号入座，既要分清两种医学理论体系，又不能把它们对立起来。中医、西医各有优势和劣势，应该取长补短、互相补充、协调作用、共同发展。将来医学的必由之路应该是继承、发展、现代化、走向世界、中西医融合。希望我们代代相传，为中西医的早日融合而不懈地努力。

第七，制订切实可行的计划，按时完成学习计划和方案。

师带徒工作时间少、任务重、内容多，加之我们是在职学习，平时业务的压力已经很大，所以我们必须积极努力，挤时间学习，夜以继日地工作，才能更多地掌握知识和技能。我们的实际是文学功底差，最大的难度是师带徒工作结束时的学满考试和论文撰写。针对我们的实际，我们应该做到以下几点。

（1）订阅如下杂志：《中医杂志》《山东中医学院学报》《山东中医杂志》《上海中医学报》。抽空阅读杂志，方能了解国内中医论文撰写的动态变化，为自己撰写论文打好基础。

（2）阅读《大学语文》和《中医论文写作》，拓展知识面，积累、整理素材，将其理性化，为以后自己撰写论文打基础。特别要加强对古今汉语的学习。

（3）对《医古文》必须要对照注释逐字、逐句地标记，不厌其烦地在文中作注。第一次读是粗读，到第二次读要细读作注，第三次要精读。

（4）对上级主管部门统一安排的课程，一定要认真学习,保证考试合格。

（5）综合考试课中以"中医基础理论"最重要，它是一切中医临床课的基础。

（6）必须吃透中管局师带徒文件精神。弄明白带教老师和中医继承人各自的任务等。

带教老师　金荣嵋

论文集锦

一、重组复方降氮颗粒治疗慢性肾衰竭的临床研究

【摘要】目的：观察重组复方降氮颗粒治疗慢性肾衰竭的临床疗效。方法：将100例慢性肾衰竭患者分为治疗组70例、对照组30例，对治疗组采用重组复方降氮颗粒，对对照组采用至灵胶囊，以20天为1个疗程，连续4个疗程后统计疗效。结果：治疗组总有效率为75.0%，对照组总有效率为56.6%，两组比较有显著性差异（$P < 0.01$）。在血尿素氮（BUN）、血肌酐（Cr）、内生肌酐清除率（Ccr）改善方面，治疗组明显优于对照组。

【关键词】慢性肾衰竭；重组复方降氮颗粒；尿素氮；血肌酐；内生肌酐清除率

几年前，我们曾用复方降氮颗粒治疗慢性肾衰竭（CRF），取得一定疗效，但该方在促进代谢、改善贫血等方面尚不能尽如人意。1999年10月至2013年10月，我们分解原有配方并将其调整、优化为重组复方降氮颗粒，旨在进一步探讨该方治疗CRF的效果。

1.临床资料

100例患者均符合慢性肾衰竭诊断标准[1]，将其随机分为两组。治疗组70例，其中，男性41例，女性29例；年龄（52.20±8.56）岁；病程（4.26±3.08）年；合并高血压28例，慢性咽炎39例，慢性胆囊炎6例；中医辨证为脾肾阳虚48例，脾肾气阴两虚7例，肝肾阴虚3例，阴阳两虚12例。对照组30例，其中，男性16例，女性14例；年龄（52.12±9.25）岁；病程（4.22±3.10）年；合并高血压8例，慢性咽炎17例，慢性胆囊炎2例；中医辨证为脾肾阳虚20例，脾肾气阴两虚3例，肝肾阴虚1例，阴阳两虚6例。两组治疗前均衡检查无显著性差异（$P > 0.05$），具有可比性。

2.治疗方法

治疗组用重组复方降氮颗粒（黄芪60g、当归12g、附子12g、半夏9g、

黄连9g、苏叶15g、丹参18g、川芎9g、益母草30g、杜仲12g），水煎浓缩、低温烘干，制成颗粒，每袋12g，每次服1袋，每天服3次；另加大黄粉3～6g，白开水冲服，每天2次；药膳：黄芪山药粥（黄芪60g、当归12g、山药60g或红薯适量、大枣10枚），每天2次。对照组用至灵胶囊（大同利群药业有限公司生产），每次1～3粒，每天服3次。

根据两组患者的大、小便情况和肾功能变化适当调整用药量，以20天为1个疗程，在患者连服4个疗程的药后统计疗效。患者服药期间停用其他降氮药物，对合并高血压、咽炎者酌情对症处理，必要时纠正水、电解质和酸碱平衡失调，纠正钙、磷代谢紊乱。禁忌是含非必需氨基酸的食品和损肾药物（如氨基糖苷类药物）。

3.观察指标

观察患者的浮肿、体乏、呕恶等症状，观察大便、小便，检测血常规、尿常规、血糖、血脂、血压、血尿素氮（BUN）、血肌酐（Cr）、内生肌酐清除率（Ccr）等。

4.疗效判定

参照国家中医药管理局《中医病证诊断疗效标准》。显效：症状减轻或消失，Ccr增加高于20%，或Scr下降低于20%。无效：症状或实验室检查均无明显改善。

5.结果

（1）两组患者治疗后主要症状的变化比较见表1。

表1 两组患者治疗后主要症状的变化比较

症状	组别	例数	显效／例	有效／例	无效／例	有效率／%
浮肿	治疗组	70	42	16	12	82.86
	对照组	30	4	5	21	30.00
呕恶	治疗组	70	43	17	10	85.71
	对照组	30	6	8	10	46.67
体乏	治疗组	70	16	25	29	58.57
	对照组	30	14	11	5	83.33
纳食不佳	治疗组	70	22	34	14	80.00
	对照组	30	13	12	5	83.33
小便由少转多	治疗组	70	43	20	7	90.00
	对照组	30	6	8	16	46.67
大便通利	治疗组	70	43	17	10	85.71
	对照组	30	7	8	15	50.00

（2）两组患者治疗前后BUN、Cr、Ccr的水平比较见表2。

表2 两组患者治疗前后BUN、Cr、Ccr的水平比较（$\bar{x} \pm S$）

组别		例数	BUN 的含量/(mmol·L^{-1})	Cr 的含量/(μmol·L^{-1})	Ccr/(mL·min^{-1})
治疗组	治疗前	70	20.40±0.39	289.60±0.54	36.72±0.43
	治疗后	70	10.40±0.54 △ ▲	230.50±0.58 △ ▲	49.10±0.93 △ ▲
对照组	治疗前	30	15.26±2.69 △	265.09±42.15 △	42.90±6.48 △
	治疗后	30	19.84±0.53	287.46±0.56	36.54±0.55 △

注：△表示与本组治疗前比较，$P < 0.01$；▲表示与对照组治疗后比较，$P < 0.01$。

（3）两组总疗效比较见表3。

表3 两组患者的总疗效比较

组别	例数	显效／例	有效／例	无效／例	总有效／例
治疗组	70	27	25	18	52 △
对照组	30	5	12	13	17

注：与对照组比较，△表示$P < 0.01$。

6.讨论

（1）扶阳抑阴，脾肾兼治贯穿始终。CRF属于中医学水肿、虚劳、关格、癃闭、肾风等范畴。肾阳衰微、脾阳亏损是本病的主要病机。引起脾肾阳虚的常见原因有风寒外袭，肺气不宣，不能通调水道、下输膀胱，水湿溢于肌肤；或水湿内浸，湿留中焦，湿困脾阳；或饮食不节，酒色过度，肾气内伤。肾虚则水湿内盛，湿为阴邪，最易伤阳，肾阳不足，命门火衰。[2]

在疾病发展过程中，脾阳亏损，可导致肾阳虚；肾阳不足，命门火衰，亦可影响脾阳。在而脾肾阳亏，气不化水，阳不化浊，使水湿之邪更甚，进一步损伤阳气，最后往往阳损及阴，真阴败竭，阴阳离决。张景岳说："夫所谓气化者，即肾中之气也，即阴中之火也，阴中无阳，则气不能化，所以水道不通，溢而为肿。"浊邪的产生是由于三焦通调不利，与肺、脾、肾三脏气化功能有密切关系。当肺、脾、肾虚损时，食物不能化生精微，而为浊邪。浊邪壅塞三焦，使正气不得升降，则毒邪生矣。因此，脾肾阳虚是本病之本，浊邪壅塞三焦、累及其他脏腑为本病之标。故扶阳抑阴[3]、脾肾兼治为主要治则。方中用附子温补脾肾之阳，半夏和胃降逆，杜仲补肾强督脉，苏叶辛开通阳，与黄连解毒辛开苦降。[4]温肾益气能改善患有实验性肾炎动物的肾小球功能，缓解肾脏病理变化，延长实验动物的存活时间。[5]

（2）治疗注重益气养阴、活血化瘀、通利二便。CRF的主要病机为脾肾阳虚。脾不摄精，肾不固精，以致蛋白质丢失，久则阴精亏耗，气无由生；加之通利二便，使气随液脱，阴随气耗，气阴既虚，精微物质无以化生，形成恶性循环。100例患者中体乏无力者占92%，故制方时应重用黄芪、当归、山药等，补其正气，把益气养阴、补血寓于其中。黄芪有清除自由基的作用，当归能促进肾小管病变的恢复。[5]黄芪用量以60～90g为宜，黄芪与当归用量以5：1为宜，以促进生血功能。

CRF久病多瘀，中后期毒、瘀、虚同时出现，患者出现大便干黑、体乏无力、肌肤甲错、瘙痒脱屑、口鼻齿衄等。当出现心脑血管、神经系统的病变时，其血瘀更加明显。这与中医学"瘀血不去，新血不生，血不活，则生瘀"的病机一致。在扶阳抑阴、益气养阴的基础上"血以活为补"，故组方中酚加益母草、当归、川芎、丹参等药物。[6]

CRF的主要病理检验指标是BUN、Cr，而以Cr最能说明病变的程度。血清肌酐（Scr）为肌肉组织中肌酸的代谢终产物，Cr正常弥漫到肠腔甚微，但在尿中毒时其量可观，可达总量的16%～60%[7]，为中医通便排浊提供理论依据。方中大黄通腑泻浊，益母草、丹参活血利水解毒，尤其是大黄为必备之药。

（3）20世纪60年代，用大黄治疗CRF取得疗效，特别是附子与大黄配伍，温阳通腑泻浊，为CRF的治疗起了主导作用。[7] 近年来，国内外的研究均表明大黄能延缓CRF。药理学研究表明，大黄可能有下述作用：①抑制肾小球系膜细胞及肾小管上皮细胞的增生。②减轻肾受损后的代偿性肥大，抑制残余肾的高代谢状态。③能纠正肾衰时的脂质紊乱。④能供给一些必需氨基酸[8]。但大黄的用法值得研究。研究表明，以浓缩而言，反渗透浓缩（35℃），大黄的主要成分不被分解；减压浓缩（60℃），可使大黄的主要成分大部分分解；常压浓缩（100℃）可破坏大黄的主要成分。[9]

参考文献

[1]叶任高，陆再英.内科学[M].6版.北京：人民卫生出版社，2004：542－551.

[2]黄文东，方药中.实用中医内科学[M].上海：上海科学技术出版社，1986：293.

[3]刘桂荣.黄玉路"扶阳益气"说浅探[J].山东中医学院学报，1996（4）：264－267.

[4]谢宗昌，谢泳泳.苏叶黄连汤加减治疗慢性肾衰25例[J].中医杂志，1994（12）：733－734.

[5]王国栋，房定亚.中医药防治急性肾功能衰竭的实验研究概况[J].中医杂志，1994（1）：51－53.

[6]吕静，庞立健，吕晓东.运用肾络理论论治肾小球硬化[J].中华中医药

学刊，2013（9）：1928－1929.

[7]郭兆安.慢性肾功能衰竭的中西医治疗[M].北京：中国中医药出版社，1996：270.

[8]叶任高，沈清瑞.肾脏病诊断与治疗学[M].北京：人民卫生出版社，1994：562.

[9]陈琼华.大黄的实验研究和临床应用[J].新医学杂志，1974（5）：34－40.

注：本文作者是金晓军、张鹏飞，本文发表于《山东中医杂志》2015年第34卷第7期，选入本书时有改动。

二、肾愈冲剂治疗慢性肾炎临床研究

【摘要】用肾愈冲剂治疗慢性肾炎100例，总有效率为85%；以肾炎四味片治疗30例为对照，总有效率为60%。两者有显著性差异（$P<0.01$）。治疗组在消除尿蛋白、降低血肌酐含量、提高内生肌酐清除率和改善临床症状方面明显优于对照组。

【关键词】肾愈冲剂；慢性肾炎；益气活血解毒

慢性肾炎（CGN）是临床常见病和多发病。探求有效的药物治疗，使CGN稳定、好转，延缓其发展为慢性肾衰，是当前的重要课题。几年来，我们用肾愈冲剂治疗CGN，并以肾炎四味片治疗为对照，现将结果报告如下。

1.临床资料

CGN的诊断与分型采用1992年中国中医学会内科学会肾病专业委员会拟定的标准。[1]浮肿、腰痛、蛋白尿为主要症状，以血肌酐含量（Cr）低于$177\mu mol／L$（前期）、内生肌酐清除率（Ccr）为$30\sim80mL／min$的患者为研究对象。

将患者随机分为两组。治疗组100例，用肾愈冲剂治疗；对照组30例，用肾炎四味片治疗。治疗组患者年龄为（38.13 ± 17.57）岁，病程为（3.64 ± 1.10）年，合并有肾功能损害者为45例，肝肾（气）阴虚证20例，脾肾（气）阳虚证45例，阴阳两虚证35例。对照组患者年龄为（39.17 ± 16.09）岁，病程为（3.50 ± 1.38）年，合并有肾功能损害者10例，肝肾（气）阴虚证8例，脾肾（气）阳虚证12例，阴阳两虚证10例。两组治疗前均衡性检查无显著差异（$P>0.05$）。

2.治疗方法

治疗组服用益气活血解毒的肾愈冲剂，药物组成：黄芪、白术、山药、益母草、白茅根、土茯苓、杜仲、丹参、黄柏、当归、白花蛇舌草、沙苑子、石韦、知母、甘草15味中药，合并肾功能损害者另加大黄粉冲服。上药按一定比例水煮、浓缩、烘干制成颗粒，每袋重15g（本院制方配药，北方制药厂配合生产），每次服1袋，每天服2次。

对照组用肾炎四味片（武汉东山制药厂生产），每次服8片，每天服3次。

根据两组患者的症状和肾功能等情况适当调整用药量，以2个月为1个疗程，在患者连服2个疗程的药后统计疗效。两组患者服药期间均停用其他药物，同时休息和进行食疗，对高血压、贫血、咽炎等症状酌情对症处理。

3.疗效标准

涉及症状、体征的疗效标准：目前国内无统一的标准，故试用以下自拟标准。症状、体征消失为临床缓解，明显好转为显效，部分好转为有效，无任何改善为未愈。

CGN总体疗效标准[2]如下。临床缓解：临床症状、体征消失，肝肾功能正常，24h尿蛋白定量小于0.2g，尿检红细胞、白细胞、管型消失。显效：临床症状、体征消失，并持续一年以上；肝肾功能正常，24h尿蛋白减少50%，尿检红细胞、白细胞、管型明显减少，并持续半年以上。有效：临床症状、体征好转，肝肾功能好转，24h尿蛋白减少，尿检各项指标好转。未愈：未达到以上标准。

对肾功能不全的疗效标准如下。显效：症状减轻或消失，Ccr提高30%以上，Cr降低30%或以上；有效：症状减轻或消失，Ccr增加20%以上，Cr降低20%或以上；未愈：未达到以上标准。

4.治疗结果

治疗组和对照组的治疗结果如表1至表5所示。

表1　两组患者涉及症状、体征的疗效比较

症状	组别	例数	缓解 / 例	显效 / 例	有效 / 例	未愈 / 例	有效率 / %
腰膝酸软	治疗组	100	37	31	19	13	87
	对照组	30	0	6	13	11	63
体乏无力	治疗组	100	36	32	18	14	86
	对照组	30	0	6	14	10	67
浮肿	治疗组	100	37	30	18	15	85
	对照组	30	0	5	14	11	63
头晕目眩	治疗组	100	35	28	16	21	79
	对照组	30	0	4	12	14	53
畏寒肢冷	治疗组	100	35	31	19	15	85
	对照组	30	0	5	13	12	60

表2　两组患者中的肾功能损害者的Cr变化（$\bar{x} \pm S$）

组别	例数	治疗前 / （$\mu mol \cdot L^{-1}$）	治疗后 / （$\mu mol \cdot L^{-1}$）
治疗组	45	152.13±24.18	105.87±16.77
对照组	10	156.20±17.05	149.00±10.31

肾愈冲剂在降低Cr方面，明显优于肾炎四味片（$P < 0.01$）。

表3　两组患者中的肾功能损害的Ccr变化（$\bar{x} \pm S$）

组别	例数	治疗前 / （$mL \cdot min^{-1}$）	治疗后 / （$mL \cdot min^{-1}$）
治疗组	45	56.27±13.85	82.27±23.92
对照组	10	52.20±8.19	56.40±8.67

治疗组Ccr提高30%以上者33例，占73.3%；提高20%以上但不超过30%者5例，占11.1%，总有效率为84.4%。对照组Ccr提高20%以上者仅1例，总有效率10%。治疗组在提高Ccr方面，疗效明显优于对照组（$P < 0.01$）。

表4　两组患者的24 h尿蛋白定量比较

组别	例数	治疗前 / g	治疗后 / g
治疗组	100	3.40±0.89	1.02±1.22
对照组	30	3.80±0.71	2.63±0.65

表5　两组患者24h尿蛋白的治疗结果比较

组别	例数	缓解／例	显效／例	有效／例	未愈／例	有效率／％
治疗组	100	37	30	18	15	85
对照组	30	0	5	13	12	60

5.讨论

CGN病程缠绵，容易反复。临床观察表明，该病是正虚邪实并存的慢性进行性疾病，兼夹邪实并非固定不变，可同时兼夹数种邪实。为此，CGN的中医辨证以正虚为本，临床所见水湿、湿热、瘀血等标证是在正虚的基础上产生的，即以邪实为标。现代医学认为，免疫性损伤和肾血凝障碍为肾小球疾病的两大发病机制。黄芪有调节免疫的功能，肾愈冲剂方中突出了黄芪的用量，另有白术、山药健脾除湿，杜仲、沙苑子补肾强督脉。

CGN的发病过程中有不同程度的瘀血、毒邪存在，究其因，或因虚致瘀，或水停致瘀，或湿毒致瘀。[3]其病程长且复杂，后期出现肾功损害时可出现阴阳气血俱虚，气虚血不行为瘀，阳虚血不温凝滞为瘀，阴虚血液涸着为瘀，血虚不濡、不滑为瘀。王智经过研究认为，在各类肾小球疾病中因子Ⅷ相关抗原测定（Ⅷ：Sg）结果均有不同程度的升高，还有血、尿纤维蛋白降解产物（FDP）含量的升高。[4]为此，方中用益母草、丹参、当归、白茅根等活血化瘀药。慢性肾炎中的湿毒为"内生之毒"，因为脏腑功能失调，升降、开合失常，当升不升，当降不降，当藏不藏，当泄不泄，当化不化，精液不摄而漏出，水湿不泄而滞留，所以产生湿毒之邪。方中用土茯苓、白花蛇舌草、石韦、黄柏、甘草等利湿清热解毒，用大黄冲服可提高排毒作用。

参考文献

[1]吕仁和，沈庆法，戴京璋.慢性肾炎（前期）中医辨证标准[J].中医杂志，1996，（10）：627.

[2]国家中医药管理局.慢性肾炎辨证分型、诊断、疗效评定标准[J].陕西中医，1988（1）：封底.

[3]皮持衡，谢胜.慢性肾功能衰竭血瘀病机探析[J].北京中医，1997
（5）：8—9.

[4]王智，李玉珍，贺群，等.肾小球疾病的凝血象（附74例报告）[J].福建中医，1988（1）：6—7.

注：本文作者是金荣嵋、张宝忠、金晓军、贾美玲，本文发表于《山东中医杂志》1999年第3期，选入本书时有改动。

三、家庭预防和保健对小儿哮喘的临床疗效研究

【摘要】支气管哮喘是小儿呼吸系统的常见疾病。患儿多无法独立完成治疗过程、保持合理的生活方式，需要家长对其进行监督、指导和帮助。我们分析了家庭预防和保健对小儿哮喘的临床疗效，旨在为临床治疗小儿支气管哮喘提供更多的理论依据。

1. 资料与方法

（1）一般资料：选择2010年6月至2012年8月我院小儿科收治的150名支气管哮喘患儿作为研究对象，入选标准：①年龄小于3岁，喘息发作多于或等于3次；②发作时双肺闻及呼气相为主的哮鸣音，呼气相延长；③具有特应性体质，如有湿疹、过敏性鼻炎；④父母有哮喘病等过敏史；⑤能够坚持随访呼吸功能；⑥患儿家属知情、同意、签订知情同意书。排除标准：①有其他引起喘息的疾病；②失访；③家属不同意。根据是否给予家庭预防和保健随机分为观察组和对照组，对观察组75名患儿给予家庭预防和保健，对对照组75名患儿给予常规干预。两组患儿一般资料的差异无统计学意义（$P<0.05$），观察指标能够进行统计学分析。

（2）家庭预防和保健：通过家庭访视的方式对患儿家长进行健康教育，使其了解支气管哮喘发病的诱发因素和危害，使其能够增强对家庭预防和保健的重视。对患儿家长进行培训，使其能够在家庭环境中正确地指导患儿保持良好的生活习惯。

（3）观察两组患儿治疗后的相关情况，包括发作次数和气道功能相关指标。气道指标包括一秒用力呼气容积（forced expiratory volume in one second，FEV1），FEV1占用力肺活量（forced vital capacity，FVC）的百分比（FEV1／FVC）、最大呼气流量（peak expiratory flow，PEF）增加值及其昼夜变异率。

（4）采用SPSS 18.0软件进行分析，计量资料以平均数±标准差表示、

进行两独立样本t检验，检验标准：$P<0.05$。

2.结果

干预后4周，观察组患者的FEV1、FEV1／FVC以及PEF增加值均明显高于对照组，PEF昼夜变异率、哮喘发作次数均明显低于对照组（$P<0.05$），见表1。

表1　两组患儿的通气功能指标比较

	哮喘发作次数／（次／天）	FEV1／L	FEV1/FVC／%	PEF 增加值／（L•min^{-1}）	PEF 昼夜变异率／%
观察组	0.57±0.11	2.48±0.39	83.21±9.42	62.85±6.93	11.84±1.03
对照组	1.32±1.78	1.98±0.23	73.92±8.32	46.23±4.87	18.84±2.32
t	8.839	5.238	6.302	6.832	5.928
P	<0.05	<0.05	<0.05	<0.05	<0.05

3.讨论

支气管哮喘是嗜酸性粒细胞、肥大细胞和T淋巴细胞等多种炎性细胞参与的气道慢性炎症。这种气道炎症使易感者对于各种激发因子具有气道高反应性，并可引起气道缩窄，表现为反复发作性喘息、呼吸困难、胸闷或咳嗽等，常在夜间和清晨发作、加剧，常常出现广泛多变的可逆性气流受限，多数患儿可经治疗或自行缓解。该病的发病机制至今尚未明了，但气道高反应是哮喘的基本特征，气道慢性炎症是哮喘的基础病变。[1]

目前认为，该病的治疗原则是坚持长期、持续、规范的个体化治疗，目的是尽可能地控制或消除哮喘症状、使哮喘发作次数减少或不发作、患者肺功能正常或接近正常、患者能参加正常锻炼活动。[2]患儿多无法独立完成治疗过程、保持合理的生活方式，需要家长对其进行监督、指导和帮助。近年来，家庭预防和保健备受关注，国外有专业的家庭预防和保健医生负责对患儿及家长进行用药和生活习惯的指导，并取得了积极的临床效果。[3]国内近几年来重视对支气管哮喘患儿的家庭预防和保健。我们分析了家庭预防和保健对小儿哮喘的临床疗效，旨在为临床治疗小儿支气管哮喘提供更多的理论依据。通过观察两组患儿治疗后的哮喘发作次数和气道功能相关指标，发现接受了家庭预防和保健指导的患儿气道功能较好、哮喘发作次数较少。

综合以上讨论和分析，可以得出结论：家庭预防和保健能够减少哮喘发作、改善通气功能，具有很高的临床价值。

参考文献

[1]郭佳群，杨敏，郭梓伟.雾化吸入高渗盐水联合布地奈德治疗毛细支气管炎的疗效[J].广东医学，2012，33（4）：542——543.

[2]王金龙，伦宗姬，邓素华，等.中药内服外治联合治疗小儿支气管哮喘临床对照研究[J].中国现代药物研究应用，2014，4（21）：139——140.

[3]胡平，张际，黄英，等.儿童支气管哮喘防治的健康教育[J].全科护理2010，8（2）：362——364.

注：本文作者是巩莎莎，本文发表于《微量元素与健康研究》2013年第30卷第5期，选入本书时有改动。

四、中西医联合治疗小儿腹泻

1. 资料与方法

（1）一般资料：以2011年5月至2012年5月本院诊治的122例小儿腹泻患儿住院时的原始病历资料作为分析的数据来源，利用回顾分析法对患儿腹泻的临床症状、检查结果以及治疗过程展开对比研究。这122例腹泻患者儿中，男65例，占53.28%，女57例，占46.72%；患儿的年龄在4个月至4岁之间，平均年龄为（2.4±0.48）周岁；患儿的体重为5.3～17kg，平均体重为（10.2±1.3）kg；患儿的发病时间最短2日，最长7日，平均发病时间为（4.2±1.3）日。主要临床表现症状：除了均存在腹泻症状外，伴有腹痛88例，腹胀53例，恶心、呕吐42例；体温升高49例（体温高于37.4℃）；烦躁52例；大便呈水样63例，有脓血便4例，大便有恶臭味24例，大便颜色稀黄82例，大便发绿40例；出现脱水5例，昏迷4例。以上病症表现具有重复性。

（2）检查方法：根据患儿的临床表现，对其进行血常规检查、便常规检查、大便培养、粪便电镜检查、粪便还原糖检查、血培养及血生化检查等。在便常规检查中，对患儿粪便中的白细胞、红细胞、吞噬细胞以及虫卵、寄生虫等进行检查。通过大便培养对腹泻的病因进行确定。通过大便乳胶凝集和粪便电镜检测，对患儿病毒性肠炎的种类进行诊断。血培养可以对痢疾或细菌性肠炎进行确诊。根据检查结果对小儿腹泻病症进行确诊：非感染因素31例，占25.41%；细菌性肠炎73例，占59.83%；脂肪、蛋白质和糖代谢紊乱18例，占14.76%；程度方面，轻度腹泻34例，中度腹泻68例，重度腹泻20例。

（3）治疗方法：以自愿选择治疗方式为原则，随机将腹泻患儿分为两组。中西医联合组61例，在治疗中，在西医治疗的基础上，联合中医疗法进行诊治。西医组61例，仅采用西医治疗方式。

对西医组患儿使用诺氟沙星每日每千克体重15mg，每日分2～3次服用，连续治疗时间不宜超过7日。对于轻度腹泻患儿可以用小檗碱每日每千克体重5～10mg，每日分3次服用。对于重度腹泻患儿可以采用头孢噻肟、头孢唑肟、头孢曲松、拉氧头孢等第三代头孢菌类药物，对小儿副作用较小。此外，在治疗中还可以配合使用妈咪爱，每日3袋，分3次服用。

中西医联合组在西药组的基础上，进行药剂、针灸和推拿治疗。①药剂治疗。中医将患儿腹泻分为几类，对不同类别以不同药剂治疗：饮食引发腹泻，患儿大便呈蛋花水样，量大，每日不少于5次，呕吐，腹胀，舌苔淡。药剂：茯苓10g、葛根5g、黄连3g、甘草4g、山药6g、干姜5g、莱菔子5g。风寒引发腹泻，患儿肛门发炎，大便呈稀水状，口干燥热，小便呈赤黄色，舌苔黄腻。药剂：陈皮2g、苍术3g、防风炭3g、干姜2g、砂仁3g、木香1g。肾脾虚弱引发腹泻，患儿命门火衰，脾阳失调，肛门未见红肿，面色焦黄，疲惫无力，建议采用健脾汤加附子3g、干姜4g。以上药剂每日1剂，分早、中、晚3次服用。②推拿治疗。医护人员采用拇指对患儿的脾经、肾经以及大肠、小肠部位进行推拿治疗120次左右。用单手轻绕肚脐周边顺、逆时针各按摩5min。用双手在患儿脊椎两侧自下而上连续捏按，每日操作5次。③针灸治疗。采用艾灸针距离患儿的神阙穴约5cm，以高点悬灸的方式进行30min操作，至皮肤潮红。对准患儿的足三里穴位，采用32号25mm针，刺入深度约20mm，留针时间30min，每日1次，治疗周期为5日。

（4）统计学方法：数据均以平均数±标准差（$\bar{x} \pm S$）表示，采用SPSS12.0统计软件,计数资料采用卡方检验，$P < 0.05$表示差异有统计学意义。

2.结果

经过1～2个疗程，得出以下结果：中西医联合组61例，治愈52例，有效7例，无效2例，治愈率85.25%，总有效率96.72%；治愈时间最短2日，最长9日，平均治愈时间为（4±0.52）日。西医组61例患儿，治愈42例，有效12例，无效7例，治愈率68.85%，总有效率88.52%；治愈时间最短5日，最长14日，平均治愈时间为（8±1.34）日。两组差异均有统计学意义（$P < 0.01$）。

3.讨论

小儿腹泻是小儿疾病中非常常见的一种消化系统病，是儿童时期患病比例大的疾病之一。小儿腹泻具有病因多、复杂、危险度高等特点。在小儿腹泻的治疗中，在西医抗生素治疗的基础上，结合中药药剂、推拿、针灸治疗，能够有效地改善临床治疗的效果。通过上述医学实验我们可以看到，中西医联合组的治愈率和有效率分别比西医组高16.4%和8.2%，同时大大缩短了治愈所用的时间，因此，建议在今后小儿腹泻治疗中广泛应用中西医联合治疗。

注：本文作者是巩莎莎、王文娟，本文发表于《中国中医药现代远程教育》2013年第11卷第12期，选入本书时有改动。

五、金荣嵋妇科经验拾零

金荣嵋医师致力于中西医临床研究40余年，精于内科、妇科。笔者有幸随其行诊，受益良多。现将其妇科临证验案举例介绍如下。

1.月经病

某患者，女性，37岁。该患者十余日来血1次，量少，颜色紫红，有块，伴头痛，腰腹部痛，心胸烦闷，舌红苔白，脉弦细微数。观其脉症当属血瘀气郁，治宜活血化瘀、解郁理气。方药：桃仁泥9g、红花6g、当归12g、川芎9g、桔梗10g、怀牛膝15g、粉丹皮12g、赤芍15g、白芍15g、焦山栀9g、天麻10g、芥穗10g、柴胡10g、生甘草6g。3剂，水煎服。二诊头痛已除，余症皆减轻。继用前方加炒杜仲15g，服6剂。三诊诸证除，月经基本正常。再予二诊方6剂善后。

按：该证为瘀血阻塞脏腑三焦，导致气机升降失常，运行逆乱，而引发头痛、腰腹胀痛等症状。由于瘀血不下，新血不归经，而出现十余日来血1次，量少，颜色紫红，有块；又因瘀血日久化热而出现心胸烦闷、脉弦细微数等症状，遂以血府逐瘀汤加减而愈。

2.带下病

某患者，女性，46岁。该患者腰痛，白带多，白带色白质稀，舌红，苔白，脉沉细，辨为脾虚带下之证，治宜健脾益气、升阳除湿，用完带汤加减。方药：苍术15g、焦白术15g、炒山药20g、炒白芍15g、陈皮9g、芥穗炭9g、柴胡12g、党参25g、车前子15g、炒杜仲15g、续断15g、生甘草6g。3剂，水煎服。服药后白带减少，腰痛已瘥，舌脉如前。原方继服6剂而愈。

按：本案脾虚之象明显。根据"风木闭塞于地中，地气不能通达于天上"的理论，带下之证无不由湿而发，湿又无不关乎脾，而脾与肝的关系又甚为密切。若辨证精确、加减得当，以完带汤一方便可诸而统之。如伴肾虚者加杜仲、续断、金樱子、芡实，伴湿热者加龙胆草、黄柏。

3.妊娠病

某患者，女性，27岁。该患者妊娠40日，阴道少量流血，色鲜红，伴小腹坠胀感。患者面色淡白少华，形体较瘦。既往有3次流产史，舌淡苔白，脉细滑。证系肾虚胎元不固，治宜补肾安胎，健脾止血。方药：炒杜仲15g、续断15g、炒白芍12g、苏梗12g、砂仁10g、阿胶12g、焦白术15g、炒黄芩9g、血余炭12g、白茅根30g、菟丝子12g、生甘草6g。6剂，水煎服。二诊阴道流血停止，小腹坠胀感仍存在，舌红苔白，脉细滑。方药：炒白芍12g、川芎3g、川贝3g、当归9g、荆芥6g、羌活12g、黄芪30g、艾叶6g、炒杜仲15g、续断15g、砂仁9g、桑寄生12g、厚朴6g、菟丝子15g、生甘草6g。3剂，水煎服。

三诊小腹坠胀感减轻，舌脉如前，予二诊原方继服6剂。再诊小腹坠胀感消失，舌脉如前。遂嘱其每月初服中药3剂，不必天天服，后随访，知其足月顺产一名女婴。

按：该患者由于多次流产，损伤冲任脾肾，致不能系胎、养胎。治宜调补冲任、健脾补肾。一诊以寿胎丸加健脾、止血之品以治其下血之症。二诊、三诊以寿胎丸合保产无忧散治之。又因其多次流产已成滑胎之势，遂以二诊原方嘱其每月初服药3剂，至胎儿产下而收全功。

4.产后杂病

某患者，女性，该33岁。患者恶风、头痛，自觉有冷气自脊背上冲至头顶部流出，足跟痛，四肢厥冷已一年余。一年前曾流产，产后三天即行体力劳动而发病。舌淡紫，苔白，脉弦细。综其脉症当为产后受风所致，以养血通脉、温经散寒为治。方药：黄芪90g、当归12g、炒杜仲15g、巴戟天12g、淫羊藿20g、桂枝9g、羌活12g、独活12g、芥穗10g、通草7g、炒白芍15g、细辛6g、吴茱萸9g、防风12g、丽参10g、炙甘草6g、生姜6～7片、大枣4～5枚。6剂水煎服。二诊诸证有减，自汗多，舌脉如前。原方加麻黄根15g、五味子9g、秦艽15g，继服6剂。

三诊诸证已愈，舌红，苔白，脉细，继服二诊方6剂以固疗效。

按：该妇产后气血大伤，即行劳作，风寒之邪乘隙侵袭机体而发病。又日久失治，导致寒邪久蕴，气血为寒所遏、运行不畅而出现四肢厥冷、足跟痛、舌淡紫、脉弦细等气血寒滞之象；寒邪伤阳于上，使阳不制阴，肾内水寒之气乘机上冲而出现气窜之症。观其脉症，当属当归四逆汤证，然其人内有久寒，故遵《伤寒论》之旨，治之以当归四逆加吴茱萸生姜汤加减而愈。

注：本文作者是魏启家、关淑芳，本文发表于《中国民间疗法》2001年第6期，选入本书时有改动。

六、补肾宁治疗阳痿 3 例报告

阳痿是指男子虚损、惊恐或湿热等，致使宗筋失养而弛纵，引起阴茎痿弱不起、临房举而不坚的病证。

补肾宁以羊鞭、海马为主药，补肾壮阳，又有人参益气；肉苁蓉在补阳中有育阴之功，用于阳痿、不孕、腰膝冷痛，益精血；淫羊藿补肾壮阳，主治阳痿、尿频、腰膝无力；枸杞子滋补肝肾，取阴中生阳之功。临床证明补肾宁对性欲减退者具有明显的提高性欲、增强性功能的作用，可以调节体内激素水平，增强机体的免疫功能。实验研究表明，肉苁蓉不但对正常小鼠有延长寿命的作用，而且能显著提高阳虚及自由基损伤小鼠在恶劣环境中的生存能力[1]；肉苁蓉所含的麦角甾苷、肉苁蓉苷A和肉苁蓉苷C对抗悬吊应激所致雄性小鼠的学习和性功能低下有对抗作用，所含海胆苷有抗性功能低下作用。肉苁蓉能增强下丘脑–垂体–卵巢的促黄体功能，增强垂体对黄体生成素释放激素的反应和卵巢对黄体生成素的反应。[2]

淫羊藿煎剂具有性激素样作用，可以使雌性小鼠子宫增重，雌二醇含量升高，使雄性小鼠血清睾酮含量升高。[3]赖永德认为相火上炎引起的阳痿，亦可用肉苁蓉益精血以引火归原。[4]张戈等用淫羊藿、肉苁蓉等组方的补肾益精方，具有同时延缓雄性大鼠骨衰老与脑衰老的作用。[5]王怀星等用人参、淫羊藿等组方的补肾益智方，对阿尔茨海默病模型大鼠受损的神经有明显的改善作用。[6]

1.临床资料

（1）病例1，男性，47岁，近两年来阳痿不举，腰膝酸软，阴部寒凉如冰，精神疲倦，小便频而清，性欲明显减退，舌淡，苔薄白，脉迟无力。患者体形肥胖，年轻时性生活频繁，因房事过频，耗伤肾精，肾阴受损，阴损及阳，导致肾阳亏虚，命门火衰而出现以上之症。治以温肾助阳、益气固本之补肾宁，

4片/次，3次/天。服药期间禁房事，多食鱼肉。服用4盒后（每盒服4天），除阳痿举而不久外，余症大减，继服半月，阴茎能举且较坚较久，性事能成。嘱其按原药继服以巩固疗效。

（2）病例2，男性，42岁，近年来性欲减退，渐致阴茎痿软。腰背酸痛，畏寒肢凉，夜尿频多，便溏溺清，舌淡胖嫩，苔润，脉微弱迟。此患者常感风寒之邪，又有软食寒凉之弊，久之，则肾阳虚衰致成阳痿。服补肾宁半月诸证悉减，服1月后房事如初。

（3）病例3，男性，45岁，丧偶再续。原来性功能正常，可再婚后房事不能成功，因丧妻之痛，心中不悦，情志不畅，阴茎不能勃起。患者性急易怒，心烦胸闷，整日郁郁不乐，唉声叹气，食欲不振，舌质红，苔薄白，脉弦涩。证属肝气郁结，宜疏肝解郁，方用柴胡疏肝散加味，服药6剂诸证大减，唯阳痿起色不大，改用补肾宁20余天，房事成功。

2.讨论

阳痿是男性生殖系统勃起系统的无序状态。勃起的出现是在元阴、元阳的控制下，将肺吸入的清气、脾胃运化的水谷精微，在肝主疏泄的调节下，通过经络充盈于阴茎的过程。[7]现代医学认为，勃起是一种神经血管现象，是在中枢神经、内分泌的调节下，神经冲动通过传出神经至阴茎动脉，阴茎动脉扩张充血，静脉回流减少，血液充盈于海绵体的过程。[8]马永江认为阴茎勃起障碍对平滑肌、神经递质、白膜的改变均可使勃起组织减少而导致性功能异常，阳痿可分为心理性阳痿、海绵体伴阳痿。可见西医学也开始关注勃起系统各组织、器官的有序性。[9]

肾阳虚证者的24h尿17－羟皮质类固醇含量普遍低于正常值。肾阳虚证者的肾上腺皮质、甲状腺、性腺均有病理的形态学变化。[10]阳痿早泄不但表现为下丘脑－垂体－肾上腺轴功能紊乱，而且在不同靶腺轴、不同环节、不同程度上呈现隐潜性变化，采用温肾补阳法治疗后，靶腺功能明显恢复。

参考文献

[1]孟广森，陈晓丽，郑有顺.肉苁蓉延缓衰老研究的进展[J].中医杂志，

1996（8）：501－502；467.

[2]佐藤调等.肉苁蓉的药理学研究：肉苁蓉成分对慢性应急负荷小鼠的性行为及学习的影响[J].国外医学：中医中药分册，1987，9（16）：33－35.

[3]王菲，郑杨，肖宏斌，等.择时服用淫羊藿对性激素水平的影响[J].中医杂志，2001（10）：619－620；8.

[4]赖永德.阳痿证治琐谈[J].中医杂志，2001（2）：91.

[5]张戈，马俊，张倩，等.补肾益精方延缓老年雄性大鼠骨与脑衰老的实验研究[J].中国中西医结合杂志，2001（1）：43－45.

[6]王怀星，赖世隆，孙景波，等.补肾益智方对老年性痴呆模型大鼠的行为学测试[J].中西医结合杂志，2000（10）：771－773.

[7]孙广仁.《内经》中脏气的概念及相关的几个问题[J].山东中医药大学学报，2001（4）：242－244.

[8]李诤.中医男科学的系统观[J].山东中医药大学学报，1998（2）：101－103.

[9]马永江.阴茎勃起障碍病理生理学的新观点[J].男性学杂志，1995，9（1）：58－61.

[10]沈自尹.中医肾的古今论[J].中医杂志，1997（1）：48－50.

注：本文作者是巩振、崔丽兵、金晓军、金荣嵋，本文发表于《中国医师杂志》2002年第S1期，选入本书时有改动。

七、速效救心丸治疗梗死后心绞痛

速效救心丸治疗冠心病心绞痛已有18年的历史，其主要成分是川芎和冰片，可贵的是用中药滴丸剂型，剂量小，疗效高，吸收快，服用、携带方便，既能通利血脉、促进血行、消散瘀血，又能开窍醒神、清热止痛，是治疗心绞痛的理想药物。梗死后心绞痛是急性心肌梗死发生后1个月内又出现的心绞痛。由于供血的冠状动脉阻塞，发生心肌梗死，但心肌尚未完全坏死，一部分未坏死的心肌处于严重缺血状态下，又发生疼痛，随时有再发生梗死的可能。

中医在辨证论治的前提下采用治标和治本两法。治标的方法主要在疼痛期应用，以通为主，有活血、化瘀、理气、通阳、化痰等法；治本的方法一般在缓解期应用，以调整阴阳、脏腑、气血为主，有补阳、滋阴、补气血、调理脏腑等法。其中，以活血化瘀法和芳香温通法为常用。

冠心病患者的冠状动脉血管内膜上有大量脂质沉积，久之形成附壁血栓、局部粥样硬化，血管壁弹性降低，血管腔狭窄，通透性降低，使血管周围相应组织缺血、缺氧，临床上便出现自觉症状和心电图改变，T波倒置，血脉瘀阻，不通则痛。川芎加工可提取出川芎嗪，可使血小板表面活性升高，可溶解纤维蛋白，故能溶栓和抑制血栓形成。川芎的另一种有效成分——阿魏酸钠有扩张冠状血管、解除血管痉挛的作用，既能活血，又能化瘀，增加冠状动脉血流量，改善心肌缺血、缺氧，在心电图上表现为 T 波改善。

冰片开窍醒神、清热止痛，用于冠心病心绞痛的治疗，主要起开窍、止痛作用。冰片辛苦微寒，能入心、脾、肺经；川芎辛、温，归肝、胆、心包经。两药味都属辛，具有发散的功效。

速效救心丸能增加冠状动脉血流量，缓解心绞痛，所以为冠心病患者随身常备药物，效果显著，已被临床所承认。笔者用速效救心丸治疗梗死后心绞痛，在临床上同样收到满意效果。

例1：男，48岁，工人。患者于1986年体检时发现高血压，伴有头痛、头昏、血压最高达26.66／14.67kPa（200／110mmHg）[①]，间断服复方降压片尚可控制症状。1996年开始，病经常复发，心前区绞痛。发病前1天，下午饱餐后上腹部疼痛如绞，曾用阿托品、胃复安等无效，第2天上午阵发性绞痛加剧，伴呕吐、便秘。两次急诊，以腹痛待查入院。体检：体温38℃，脉搏72次／分，血压21.33／13.33 kPa（160／100mmHg），精神差，心浊音界向左下扩大，心率72次／分，心尖区可闻及Ⅱ级收缩期杂音，A2=P2，腹软、无包块，剑突下触痛明显。心电图：ST段Ⅱ、Ⅲ、avF抬高0.2～0.3mV，Ⅰ、avL、V4、V3、V6压低0.2～0.3mV，V4、V5T波倒置。诊断为急性下壁心肌梗死。经用西药抢救后，转危为安，但仍每天不定时心绞痛发作，服硝酸甘油、消心痛则加重头痛。中医诊断：真心痛气滞血瘀型。宜活血化瘀、豁痰通络。用速效救心丸药15粒咀嚼含化，每天3次，连服15天，心绞痛基本缓解。为避免复发，减量为每次6粒，每天3次，40天后患者气短、乏力，微动心悸、汗出。

例2：男，50岁，干部。患者于1992年发现高血压，血压一般为（17.33～18.67）／13.33kPa［（130～140）／100mmHg］，头昏，1993年体检时发现血脂偏高，1996－1998年曾有两次心绞痛发作，但心电图呈阴性。患者近年来工作较忙，在入院当天中午与他人谈话之际突然胸骨闷痛，出冷汗，右手发麻，约持续10min，含服硝酸甘油片后疼痛缓解，但4h后又有类似发作，伴呕吐，遂入院治疗。体温37.5℃，脉搏60次／分，血压24.00／12.00kPa（180／90mmHg），形体肥胖，神志清，精神差，唇无紫绀，心界不大，心音低钝，律齐，A2=P2，腹部无异常。心电图显示急性前壁心肌梗死。经用西药救治后，每天仍有不定时的短时阵性绞痛。中医诊断：胸闷憋气，胸痛，痛有定处，脉弦，舌质胖暗，边有齿痕，苔黄腻，证属真心痛，痰浊痹阻心阳。加用速效救心丸，每次服10粒，每天服3次，10天后绞痛明

---

①注：临床上仍习惯以mmHg（毫米汞柱）作为血压的单位，1mmHg=0.1333224kPa。全书同。

显缓解。为抗复发减量为每次服5粒，每天服3次，久服后亦觉体乏无力，少气懒言，自汗心悸。

目前中医治疗心肌梗死后的心绞痛均强调心脉瘀阻而发为心痛。痹阻是本病的根本，不通则痛。治疗冠心病心绞痛可以辨证与辨病相结合。辨证是中医治病之大法，梗死后心绞痛以瘀阻心脉为其根本，但变证较多，症状复杂，不能完全根据西医诊断本病是冠状动脉供血不足，一味地用活血化瘀药，应该对各种患者的各种变证辨证论治。

以中医中药为主，对于治疗本病，特别是对于抢救危笃患者，中西医应紧密合作、互补长短，但要认清中医对本病有很好的疗效。要发掘和汲取古今经验。现代医学治疗本病的常用药——复方丹参注射液、冠心苏合丸、苏冰滴丸、速效救心丸都是中药制剂。

前面已提及川芎、冰片都具有辛散的作用，临床所见，与前面的两例所述相同，久服有耗气伤阴之弊，所以会出现少气、懒言、心虚、乏力、自汗等症状。梗死后心绞痛病情复杂，证型多变，以虚证为多见，即使出现实象，也是在本虚的基础上出现的本虚标实证。所以碰到以气虚、气阴两虚为主的患者，若令其长期服用速效救心丸，便会犯虚虚之戒。

注：本文作者是金晓军、崔丽兵、巩振、金荣嵋，本文发表于《中医杂志》（2000年）增刊，选入本书时有改动。

八、中药库房的资金周转

一个医院的经济活力是由人才、设备和资金周转活力所组成。技术人才的培养、先进设备的购置、药品转换的进销，都离不开经济。库房的资金周转是医院经济的主要命脉。为此谈一下库房的资金周转非常必要。

1. 新的形势和环境

（1）适应市场经济：当前我国正处于向市场经济转变的过程中，对卫生事业的发展和改革及医院职工的思想观念都会在这种变化中有所反映。旧的工资制度已经打破，新的工资改革刚见雏形，职工每月拿到的工资要从劳务费中提取，医院要发展，设备要更新，职工要生活，面对市场经济的转变，医院的库房资金周转必须适应市场经济的转变，适应市场经济的发展。

现在药材市场放开，可任意选购，中药市场更是生机勃勃。很多患者都愿意接受中医中药治疗，中药的针剂、片剂等也越来越多地用于临床。这些给中医院带来启发：建立自己的制剂室、加工室，减少中间商过度的余利势在必行。

（2）适应医学模式转变：以前国家经济不发达，人民生活水平低，生物性疾病及传染病占很大比例，如蛔虫性肠梗阻、胆蛔症、流脑。现在经过40多年的防疫保健，以上疾病越来越少，而心脏病、肿瘤、糖尿病等越来越多。这一切要求库房工作人员在购置药品的比例结构上必须有所侧重。

（3）以服务要求为导向：随着人民生活水平的提高，社会医疗卫生保健服务的需求已由被动向主动转变。在计划经济年代，人们的工资收入比较低，也比较平均化，同时政府所提供的医疗条件也比较统一，例如，公费医疗、劳保医疗使人们被动地享受政府所提供的医疗卫生保健。进入市场经济后，随着人们的收入和生活水平的提高，人们对医疗卫生保健的需求逐步变为主动化，相应提出很多新的需求。所以，以前禁销的保健药械、营养药品等应该有比例地进入库房。

2.加快资金周转措施

（1）季节性备药与常用药相结合：很多中药有季节性，特别是某些时令病的用药，应提前备好。常用药、易霉变和虫蛀的药、名贵新特药可随时购用，这样，库房不乏临床用药，又减少库房积压，保证质量，防止滞冷药品压架，又能使药材经营方与医院库房协调好管理关系。

（2）及时调整库存：通常将一年的药品总收入除以库房额而得出周转率，一般而言，4～5次为最佳周转，但不全面。应努力做好对滞冷压架、破损霉变药品的统计，如某些急救药、特种药周转无规律可循；有些药价格很高，如安宫牛黄丸。真正参与周转的药品能达到库存的75%，在计算周转率时，应把滞冷、破损、霉变、急救、特种药所占的25%从总额中抵去。

（3）坚持日清、月结、季盘日清：把当日的破损药清点出来，月结说明当月的资金活动情况，季盘可把一季度的库房业务弄明白，便于处理后统计到资金平衡表中，每季对照，可作为库房的调整依据。

（4）把握市场信息和效期，随时调整库存：计划经济时代药品调价规律是上调先调零售价，下调先调批发价，使调价前后供销双方的损盈相对合理。在市场经济转变时期，各厂家的同一种产品的成本不一样，出售价相应地有差异，这就出现了竞争、让利，要求采购人员多走供货方、厂家，与此同时要严把质量关和效期关。

（5）试用新药的拖限付款：创制新药是医药发展积极的一面，但是这也是库房与临床架桥的衔接之处，所以对新药的开发利用必须经临床验证后方可付款批量进货。

注：本文作者是金荣嵋、金晓军，本文发表于《北京中医》1997年增刊，选入本书时有改动。

九、阴阳互求理论探析

对于《黄帝内经》的研究，从古至今乃至将来，不但是中医学而且是文、史、哲等多学科研究的重要问题，对阴阳的研究更是令人瞩目的大课题。有人高呼：21世纪是生命科学的世纪，对阴阳的研究是21世纪有价值和有希望突破的科学问题之一。

限于历史的原因和条件，中医学理论的奠基之作——《黄帝内经》并未能对阴阳和阴阳学说做出严格的定义。我国中医药大学的教材，至第五版才从哲学的角度做出比较确切的定义：阴阳是中国古代哲学的一对范畴，是对自然界相互关联的某些事物和现象对立双方的概括，含有对立统一的概念。哲学的阴阳、哲学的阴阳学说、中医学的阴阳、中医学的阴阳学说，既不能等同而论，又有密切的关系。为此，要对某一方面论述，就必须界定一定的范围。谈阴阳互求理论，也必须界定到一定范围之内，不然会使这一理论的探讨泛化无际。恩格斯在《自然辩证法》中曾指出"不管自然科学家采取什么样的态度，他们总还是在哲学的支配之下"。假设阴阳对立、互根互用、消长转化等是对人体结构、生理活动、病理现象等有力的理论工具，那么，阴阳互求便可以对其理论进一步深化，使之指导临床诊断和配伍用药。

阴阳互求理论来源于中医学的阴阳学说，虽然《五十二病方》早于《黄帝内经》涉及阴阳，但阴阳互求理论形成的主要标志是《黄帝内经》的阴阳学说。阴阳互求是中国古代哲学阴阳学说与中医学理论相结合的产物，是以中医学的阴阳对立属性、互根互用、消长转化关系认识生命，解释人体生理现象、病理变化，指导诊察疾病、辨识病证、探求养生防病、治病用药等规律的方法论。诸子百家有儒家、道家、阴阳家、杂家等，医史中有经方、易水、河间、会通等流派，但无论哪一家哪一派，都未跳出阴阳界。

历代有关《黄帝内经》的著作颇多，笔者以为唐代王冰的贡献最大，

《黄帝内经·素问》为其对《黄帝内经》的最早注本，这对我国传统医学的继承与发扬起了承前启后的巨大作用。王冰的注文体现了他精于医，析理透辟，其知识涉及儒家、道家学说等，难能可贵。其注序中有"夫释缚脱艰，全真导气，拯黎元于仁寿，济羸劣以获安者，非三圣道，则不能致之矣"，由此他知识的丰富程度可见一斑。

《至真要大论》为其补订之七篇大论之一，其中有一段："论言治寒以热，治热以寒，而方士不能废绳墨而更其道也。有病热者寒之而热，有病寒者热之而寒，二者皆在，新病复起奈何治……诸寒之而热者取之阴，热之而寒者取之阳，所谓求其属也。"这段经文论及虚寒虚热、正治反治两种治疗原则，也为阴阳互求奠定了理论基础。当然并不否认"孤阴不生，独阳不长""无阴则阳无以化，无阳则阴无以生""阴在内，阳之守也；阳在外，阴之使也"等阴阳理论的启先作用。

阴阳互求理论立论以来，首先将其用于临床的当推汉代张仲景，唐代王冰对这一理论进一步升华，明代张景岳据此立方用药，金元代李东垣、清代王清任等众多医学家对此皆有若大发挥。

张仲景《金匮要略·血痹虚劳病》中的肾气丸，补阴之虚，可以生气，助阳之弱，可以化水，是补下治下之良方，为阴阳互求理论用于临床之典范。宋代钱乙《小儿直诊要诀》中创六味地黄丸，若不讲出处和先后的话，肾气丸是六味地黄丸加桂枝、附子两味组成，六味地黄丸为补阴名方，肾气丸为补肾助阳之祖方，在"三补三泻"的基础上加温肾通阳之品，开阴中求阳之先河。后世之麦味地黄丸、七味都气丸、知柏地黄丸、杞菊地黄丸、济生肾气丸等的组方多受其影响。张仲景的《伤寒论》将八纲分阴阳两大纲，里虚寒为阴，表实热属阳，创六经辨治。端正阴阳关系，对汗、吐、下、和、消、清、补、温皆有其方法，特别在真假寒热的辨治用药中不脱离阴阳互求。王冰对"寒之而热取之阴，热之而寒取之阳"有独到见地，提出"益水之源，以消阴翳；壮水之主，以制阳光"的理论。明代张景岳在《类经》中解释："诸寒之而热者，谓以苦寒治热而热反增，非火之有余，乃真阴不足也。阴不足则阳有余而为热，故当取之于阴，谓不宜治火也，只补阴以配其阳，则阴气复而热自退矣。热之而寒者，谓以辛热治寒而寒反甚，非寒之有余，乃真阳之不足也。阳不足则阴有余而为寒，故当取之于阳，谓不宜攻寒也，但补水中之火，则阳气复而寒自消也。"在《景岳全书•补略》中，他对这一理论研究到了炉火纯青的地步，"……善补阳者，必于阴中求阳，则阳得阴助而生化无穷；善补阴者，必于阳中求阴，则阴得阳升而泉源不竭"，明确地提出阴中求阳、阳中求阴、阴阳互求的理论。他在《景岳全书•补阵》立方中首推"大补元煎……此回天赞化，救本培元第一要方，本方与后右归饮出入互思"。大补元煎取气能生血、血能化气的互求之理。"左归饮，此壮水之剂也。凡命门之阴衰阳胜者，宜此方加减主之"，"右归饮，此益火之剂也，凡命门之阳衰阴胜者，宜此方加减主之"。左归丸、右归丸等所制之方皆是对阴阳互求理论的深化。当然亦不否认张景岳在"命门学说"的支持下，又局限于肾阴肾阳的一面，但其总体对阴阳互求理论是有很大贡献的。

李东垣在《脾胃论》中创甘温除热法。世人多研究李东垣重视脾胃，治疗着重于对脾胃升阳益气药物的运用，殊不知，脾为阴土，胃为阳土，土气充健，乃能安和，在脾胃的升降燥湿上配伍用药奥妙无穷。脾属阴，喜燥而恶湿，以升为健；胃属阳，喜湿而恶燥，以降为顺。不难看出，脾胃阴阳互求协调有方。在阴阳互求理论方面，李东垣对《黄帝内经》阴病治阳、阳病治阴做了发挥：阳病治阴，就是从阴引阳法；阴病治阳，就是从阳引阴法。虽然是论针灸之法，但在各科辨证论治，亦不外乎此法。例如，"清气在下，则生飧泄"，就是"阳病在阴"，治当从阴引阳，治有升阳除湿汤；又如"浊气在上，则生䐜胀"，就是"阴病在阳"，法应从阳引阴，方有除湿益气汤。

王清任《医林改错》提倡"补气活血""逐瘀活血"两大治则，创血府逐瘀汤、少腹逐瘀汤、膈下逐瘀汤等方，是对气血阴阳互求的展开，多用当归、川芎。当归、川芎乃阴中之阳药、血中之气药。更值得一提的是益气活血之补阳还五汤为王清任之创举，方中重用黄芪以补气，使气旺血亦行，故为方中之主药辅以当归、川芎、桃仁、地龙活血通络，实为阴阳互求的飞跃。

此外还有《内外伤辨惑论》之当归补血汤、《济生方》之归脾汤、《正体类要》之八珍汤……不胜枚举。

总之，在《黄帝内经》阴阳学说的继承、研究、发展过程中，历代医家从肾阴肾阳、心阴心阳、脾阴胃阳、肾阴肝阳等将阴阳互求理论用于临床实践，从本脏腑到脏与脏、腑与腑、气与血、寒与热、虚与实深化探求，这一理论将会在保障人类健康中起到不可低估的作用。

注：本文作者是金荣嵋、金晓军。

十、慢性肾衰的中医药治疗集粹

中医并无慢性肾衰（CRF）的病名，结合本病的严重预后，其应属于中医关格的范畴。

对于本病，目前国内外尚无理想的疗法。其疗法大体有营养疗法、内科保守治疗、透析疗法、血液净化、肾移植术等。中医中药对CRF的保守治疗有一定的优势。中医治疗CRF的疗效已被承认，特别是大黄治疗CRF的机制已被接受，为非透析疗法另辟蹊径。肾移植术和血液净化技术虽然给CRF患者带来了生存的曙光，但是昂贵、技术复杂，难以普及，广大CRF患者仍将依赖于内科非透析治疗。在我国，人们对中医所寄托的希望甚大，因而中医药治疗CRF的研究异常活跃，呈百花齐放之势。[1]

CRF患者出现恶心呕吐、尿量减少、神志昏蒙等。时振声提倡"通腑泻浊，以降血氮，另辟给药途径"[2]，用大黄、附子等煎剂，清洁保留灌肠，借腹通浊泄，氮质减除，以护肾功。CRF患者，阴阳气血俱虚，应慎用大温大补。文献提到维护肾元，调理脾胃，注重活血、化瘀、通络。[3]裘沛然用药配伍注重复合，采用"四结合疗法"，即表里同治、寒热兼施、利涩相配、补泻合用，还主张用药应强调"三性"，即选择性、全面性和针对性。[4]有医师主张以本虚为主分型治疗，将本病主要分为脾虚型和肾虚型，自拟加味异功散和加减参芪地黄汤，随证加减施治。[5]程语灵将本病分为四个证型，对脾肾气（阳）虚型，用香砂六君子汤和真武汤加味；对脾肾气阴两虚型，用参芪地黄汤；对肝肾阴虚型，用六味地黄汤合二至丸加减；对肾阴阳两虚型，用金匮肾气丸合二至丸。[6]以本虚邪实合而分论治的有天津中医院肾病研究室，其将CRF分为脾肾气（阳）虚、肝肾阴虚、血瘀三型，给予补肾补正胶囊、活血化瘀胶囊和肾衰灌肠液。朱祥麟将本病分为脾肾阳虚寒湿型、气阴两虚浊瘀型和湿热内蕴毒型。[7]肖相如注重脏腑间的功能代谢，根据中医的整体观念、脉象学说和西医的代偿理论提出促代谢，潜力很大，尚待学术界共同努力，继续研究。[2] CRF患者的代谢废物排泄有障碍，由此而产生自身中毒症状，出现临床表现，解决代谢废物排泄的途径有三条：第一条阻止代谢废物的产生，显然无可能性，生物体不可能停止代谢，停止代谢就意味着死亡，而只要有代谢就必然有代谢废物。第二条是促进其代谢，这是研究得最多的问题，"脏腑间的功能代偿"疗法就是开拓新的代偿排泄途径，潜力很大。第三条是促使其转化，这是现在被忽略的问题。中医学分析代谢废物的潴留相当于湿浊毒邪，对于湿浊毒邪，中医以化解为主要的治法。所谓化毒显然与排毒、祛毒有区别，其目的在于使毒转化、分化，改变其性质，消除其毒性。为了预防CRF的恶化，免于透析治疗，国内运用中医药防治CRF方面做了许多研究，为单味药研究、复方研究、专病专方研究做了大量努力。

1.单味药研究

黄芪：于小鼠腹腔注射参芪注射液，能明显提高其细胞免疫和体液免疫。参芪注射液可使红细胞、白细胞、血小板数值低下的大白鼠的相关指标恢复正常水平，还可使网织红细胞及巨核细胞数低下的实验动物的相关指标恢复正常。黄芪与辅酶Q10配伍治疗肾衰动物，可明显改善肾功能，其作用表现在尿素氮的含量下降及钾离子含量下降等。黄芪有清除自由基的作用。[1]中药黄芪配方加川芎嗪静脉滴注能减轻庆大霉素所致的肾性损害，降低肾病患者的死亡率，减小血肌酐、尿素氮的升高幅度，使肾小管坏死指数明显降低。[2]崔慧娟等提出黄芪可提高自然杀伤细胞的活性，提高患者的免疫功能。黄芪的强心作用与类性激素作用和兴奋中枢神经系统有关。

当归：当归能改善家兔肾热缺血后肾小球的滤过功能及肾小管的重吸收功能，减轻肾损害，促进肾小管病变的恢复。当归对庆大霉素的肾毒性也有预防作用。

黄芪和当归的配伍比例不同，效果差别很大。孔祥英从免疫学角度揭示黄芪与当归药对配伍规律，黄芪5倍于当归的效果最好。[3]

大黄：张大宁提出大黄具有"攻""补"双向作用。"攻"可降泄浊邪，又可启脾胃升降之枢；"补"可补其不足，又可改善脏腑功能，以通为补。大黄通腑泻浊的作用加强了肠道排泄毒性物质的能力。[8]据研究，大黄的主要成分为蒽醌衍生物，包括大黄素、大黄酚、大黄酸及游离没食子酸。大黄的致泻部位在大肠，它能使远段和中段结肠的运动加强，并能抑制钠离子从肠腔转移至细胞内，使水分滞留于肠腔而促进排便。有人报道，以大黄为主灌肠治疗CRF，粪氮每日排出量增加0.8g，总氮排出量也增加。[5]大黄酸为泻下药的主要有效成分。大黄及其鞣质还能影响血浆游离氨基酸谱，抑制肝脏和肾脏合成尿素，降低血氨，增强谷氨酰胺合成酶的活性，从而促进机体氮质的再利用过程，尚有缓解肾组织的高代谢状态、抑制肾小球系膜细胞增殖、影响脂代谢等作用。

近年来国内外的研究表明：大黄能延缓CRF的进展，其原因：①抑制膜细胞及肾小管上皮细胞的增生。②减轻肾受损后的代偿性肥大，抑制残余肾单位的高代谢状态。③纠正肾衰时的脂质紊乱。④供给一些必需的氨基酸。这对传统医学的大黄能攻积导滞、泻火凉血、逐瘀通经是进一步的注释。

益母草：益母草含益母草碱、水苏碱、氯化钾、月桂酸、油酸等，既能活血行瘀，又能利水消肿，实为血中之水药。CRF的发病过程中有不同的瘀血、毒邪，究其因，或虚致瘀，或湿毒致瘀。[4]瘀血是水肿的重要致病因素，肾小球疾病患者血液存在不同程度的高凝状态，肾衰时则更严重。益母草不但活血化瘀、利水消肿，而且能改善肾小球疾病的血液高凝状态及血液流变学异常[4]；改善微循环，抗血小板凝集，降低外周血流阻力，降低血液黏滞性，缓解病情，延缓肾衰进展。[9]

附子：CRF以阳虚为主，肾阳气虚的证候与肾功能减损存在密切相关性。动物实验证实，温肾益气能提高患有实验性肾炎动物的肾小球功能，改善肾脏病理变化，延长实验动物的存活时间。时振声有用附子、大黄组方灌肠治疗CRF的经验；[10]康子琦等用附子、大黄组方灌肠治疗CRF，温阳、通腑、泄浊，并抑制蛋白分解，阻止氨基酸从肠道吸收。

丹参：丹参含丹参酮、维生素E等，能祛瘀血，又能养血。丹参能减轻甘油致大鼠CRF模型的肾小管上皮细胞变性、坏死，并使管腔内管型减少，增加肾血流量，改善肌酐清除率，降低尿素氮，并有利尿作用，其作用机制可能与钙拮抗剂异搏定相似。丹参对缺血性肾损伤有保护作用，尿中排泄的细胞酶减少，是由于丹参可减轻缺血对肾小管上皮细胞造成的损害，血运恢复后能加速细胞修复。丹参还有助于家兔肾热缺血后肾血流量的改善，呈现这一作用时腹主动脉压无变化。

2.复方研究

痰饮丸：郑月琴等用肉桂、附子、干姜、白术、苏子、白芥子、莱菔子、甘草组方。该方能减轻四氯化碳所致的家兔、豚鼠和小白鼠的肾小管病变，肾小管上皮细胞脂肪变性明显减轻，RNA含量较多，碱性磷酸酶活性较高，动物死亡率下降。其保护作用可能与促进肾脏的氧化磷酸化反应和蛋白质合成有关。

泻下通瘀合剂：周珉等用大黄、芒硝、桃仁、生地等组方。该方能明显降低大鼠缺血性CRF模型血清尿素氮、肌酐及主要脏器的脂质过氧化物的含量，并减轻大鼠肾组织瘀血程度，减少肾小管内管型数目。其作用可能与清除自由基或使组织耐受自由基损伤的能力增强，保护肾组织、细胞结构完整性，减轻肾间质水肿，改善微循环，增加肾血流量有关。

肾衰化毒汤由清半夏、淡竹茹、陈皮、荷叶、茵陈、佩兰、黄连、厚朴花、薏苡仁组成。本方将CRF时的代谢废物（相当于"湿浊毒邪"）排出，而设计"化毒法"去组方，同样起到治疗CRF的作用。

肾衰I号[11]由制附子、生大黄、炙黄芪、益母草、芒硝组成，治疗100例CRF 2个月，有肾功能失代偿期62例，总有效率为85.5%，尿毒症期38例，总有效率为71.1%。

健脾温肾降浊汤由黄芪、党参、白术、茯苓、益母草、石韦、商陆、丹参、蒲公英、仙茅、淫羊藿等组成，治疗CRF 34例3个月。治疗前后患者的血肌酐、尿素氮的含量及尿量均有显著差异。分清二便、祛除毒邪是延缓及阻断肾功能衰竭病程的重要治法，商陆为一要药。

加味苏叶黄连汤[12]由苏叶、黄连、半夏、茯苓、玉米须组成，治疗CRF

25例，显效8例，有效13例，有效率达84%。

3.结语

综上所述，CRF的中医药保守治疗方面的研究取得了可喜的成果，特别是在促进代谢方面的研究，使CRF患者延长了寿命、提高了生活质量。但是促转化的研究甚少，应该加强这方面的研究。在我国，对中医治疗该病寄予的希望甚大，中医肾病工作者应为此而不懈地努力。

参考文献

[1]刘志一.黄芪药理作用的研究进展[J].中西医结合杂志，1991（5）：312－314.

[2]王智，李玉珍，贺群，等.肾小球疾病的凝血象[J].福建中医，1988（1）：6－7.

[3]黎磊石，刘志红，张景红，等.大黄延缓慢性肾衰的临床及实验研究[J].中西医结合杂志，1991（7）：392－396；387.

[4]陈琼华.大黄的试验研究和临床应用[J].新医药学杂志，1974（5）：34－40.

[5]毕增琪，郑法磊，胡红宇，等.大黄灌肠治疗慢性肾功能衰竭氮平衡研究[J].中西医结合杂志，1987（1）：21－23；4.

[6]王大榕.益母草的实验研究和临床应用[J].浙江中医杂志，1987，22（8）：340.

[7]张陈福，朱晓梅，宫斌，等.益母草抗血小板聚集的机理研究[J].中西医结合杂志，1986（1）：39－40；5.

[8]乔成林，周清发，杨世兴，等.肾衰1号治疗慢性肾功能衰竭临床观察与实验研究[J].陕西中医，1992（11）：481－483；515.

[9]刘庆芳，张金元，詹子华，等.健脾温肾降浊汤延缓慢性肾功能衰竭的临床观察[J].上海中医药杂志，1990（12）：26.

[10]康子琦.大黄等灌肠治疗慢性肾功能衰竭[J].云南中医杂志，1993（5）：21－22.

[11]叶任高.沈清瑞.肾脏病诊断与治疗学[M].北京：人民卫生出版社，1994.

[12]谢宗昌，谢泳泳.苏叶黄连汤加碱治疗慢性肾衰25例[J].中医杂志，1994（12）：733－734.

注：本文作者是金晓军、巩振、崔丽兵、金荣嵋，本文发表于《中华中医药学刊》2002年第7期，选入本书时有改动。

临证歧义刍议

一、外感辨析

自古至今最具普遍性、危害性的疾病仍属外感病，"万病始于伤寒（外感）"。巢氏"构木为巢，以避群害"，燧人氏"钻木取火"，仓颉造字，大挠创制干支……正是由于我们的祖先历经了实践。同样的道理，经过朴素的医疗实践，才能总结出医学论著。

予尝读《素问》的《六节藏象论》《天元纪大论》《五运行大论》《六微旨大论》《五常政大论》《六元正纪大论》《至真要大论》等，其中记载五运六气的内容甚多，亦尝读成无己《注解伤寒论》所绘之运图，说实话到今天也不能悉知其真谛，但是深深地领悟到自然界气候变化是影响人类发展的极其重要的因素。时至今天，影响人类健康最普遍、最常见、危害最大的疾病仍然是外感，所以人类要适应自然、改造自然，为创造优越的生态环境、优良的生存环境而不懈地努力。

近年来，对气象医学和时间医学的深入研究使运气学说昭苏。运气学说以自然界的气候变化以及生物体对这些变化所产生的反应为基础，从而把气候现象和生命现象统一起来，把气候变化和人体发病规律统一起来，探讨气候变化与人体健康与疾病发生的关系。这种"人与天地相参"，气候变化与人体生理、病理变化相联系的理论，充分反映出中医学理论体系中的"天人相应"的学术观点。

"五运六气"简称运气，是中医学中研究气候变化规律及其对生命活动影响的学说。"运"指木、火、土、金、水五行的运行，"气"指风、寒、暑、湿、燥、火六种气候变化。古代医家根据天干（甲、乙、丙、丁、戊、己、庚、辛、壬、癸）以定"运"，根据地支（子、丑、寅、卯、辰、巳、午、未、申、酉、戌、亥）以定"气"，结合阴阳五行生克理论和六气的流转，推衍出甲子六十年气候变化的周期和类型以及它们与疾病变生的关系，引导出不同年份、不同季节的防治疾病的原则和方法。"五运六气"学说，应该由八卦、干支、阴阳、五行、"六气"、历法、六十甲子等内容所组成。伏羲制八卦，大挠作干支，五行和"六气"皆始见于《左传》。《左传•襄公二十七年》："天生五材，民并用之，废一不可。"《左传•文公七年》："六府三事，谓之九功；水、火、金、木、土、谷，谓之六府。"《左传•成公十年》"晋侯求医于秦……天有六气，降生五味，发为五色，征为五声。淫生六疾。六气曰阴、阳、风、雨、晦、明也"，即后来的风、寒、暑、湿、燥、火六气最早的记载。历法和传统用六十甲子记日的方法始于夏朝。以上八卦、干支、五行、"六气"、历法、六十甲子所组合而形成的"五运六气"学说，非一时形成的，而是经历了多少时代的变化发展则形成。

外感，病因分类之一，指感受"六淫"、疫疠等外邪之气。病邪或先侵犯人体皮毛、肌肤，或从口鼻吸入，均自外而入，初起多有寒热或上呼吸道感染，如恶寒、发热、鼻塞、流涕、咽痛、咳嗽、头痛、身痛。常见的外感之邪有风、寒、暑、湿、燥、火之"六淫"和疫疠。

"六淫"：自然界正常的风、寒、暑、湿、燥、火是人类赖以生存的条件，称为"六气"。当"六气"太过、不及或不应时而至，即所谓非其时而有其气（有至而不至、有至而不去、有至而太过、有至而不及），影响到人体的调节适应机能及病原体的滋生传播，则成为淫。"六淫"致病，自外而入，临床表证较为突出。《三因极一病证方论》中有"然六淫天之常气，冒之则先自经络流入，内合于脏腑，为外所因"。

疫疠：既是病因，又是病名，在病因是指某些具有强烈传染性的、可造成大流行的疾病。《诸病源候论•疫疠病候》："其病与时气、温、热等病相类，皆由一岁之内，节气不和，寒暑乖候，或有暴风疾雨，雾露不散，则民多疾疫，病无长少，率皆相似。"《温疫论》论及疫气即杂气所成，非关风、寒、暑、燥、火，疫病多种，为不同杂气所导致。吴又可《温疫论》自序："夫温疫之为病，非风非寒，非暑非湿，乃天地间别有一种异气所感。"

外感病：由外感邪气所致的病为外感病。病因为外感，病证为外感病。外寒、外湿、外感头痛、外感温病、外感腰痛、外感胃脘痛等，临床上统称为感冒。感冒实属最常见病，历代医著论述亦最多。虽然许多医学著作中对感冒有详细分类，但是由于时过境迁（大自然气候变化、致病外邪变化、人类居住生活环境变化等），相应的诊治也发生变化。这种变化一时很难被医生、患者所认识、接受，所以就出现了指鹿为马，如把温病当作伤寒。当患者或其家属问及医生其所患为伤风还是伤寒，医生可能一时会瞠目结舌显出尴尬，因为感冒这一病名包含的外感病太多了。

最早论及外感病的医论当推《黄帝内经》，张仲景的《伤寒杂病论》论述了以六经辨证治疗外感病。温病学的创立和完善有划时代的意义，虽然是在《黄帝内经》和《伤寒杂病论》的基础上发生和发展起来，但是冲破了"伤寒派"的羁绊，认识到了温热是因四时气候不同而出现的不同外感病。大凡一个学风流派的形成，是有众多因素的，具有当时发病临证的经验总结，也是社会发展、医学发展的必然。正因为中医有众多流派，才使中医药学承前启后、发扬光大。

（一）《黄帝内经》成书背景和对外感病的认识

《黄帝内经》是我国最早的一部医学典籍。《黄帝内经》成书之前，是我国中医药从实践到理论形成的积累阶段。它明确地提出了病因、病机、诊断治疗、养生保健、阴阳五行、脏腑经络、天人相应、运气学说等理论。

《黄帝内经》分《灵枢》《素问》两部分。《素问•热论》说："今夫热病者，皆伤寒之类也。"现在所说的外感发热的疾病都属于伤寒一类，这对于后世影响太大了，使很多人产生错觉。《素问•生气通天论》："冬伤于寒，春必温病。"此是伏邪温病病因学说的最早理论根据（此处笔者存疑，见以后辨析）。《素问•评热病论》："有病温者，汗出辄复热，而脉躁疾，不为汗衰，狂言不能食……"这说明了温病汗出不解的症状。《素问•热论》："凡病伤寒而成温者，先夏至日者为病温，后夏至日者为病暑。暑当与汗皆出，勿止。"此处言温病、暑病各有其时（此条亦有辨析的必要，待辨）。以上四条经文阐释了伤寒、温病、春温、暑病等，为以后温热病学的发展起了指导作用。《难经·五十八难》说："伤寒有几?其脉有变不?然:伤寒有五,有中风,有伤寒,有湿温,有热病,有温病,其所苦各不同。"正是《难经·五十八难》的论述,才使医生清楚,有广义之伤寒,亦有狭义之伤寒。广义伤寒是指一切外感疾病的总称,即包括《难经》所言五种或更多种;狭义伤寒则是指外感风寒而发的疾病,即五种之中的伤寒。在治疗方面,《素问·至真要大论》中说"热者寒之,温者清之"。在预防方面,《素问·刺法论》提出预防疾病的关键在于"正气存内""避其毒气",顺应季节气候的更替,适应异常气候的变化。《素问·上古天真论》中说:"虚邪贼风,避之有时,恬淡虚无,真气从之,精神内守,病安从来。"《灵枢·百病始生篇》中说:"风雨寒热,不得虚,邪不能独伤人。卒然逢疾风暴雨而不病者,盖无虚,故邪不能独伤人。此必因虚邪之风,与其身形,两虚相得,乃客其形。"又说:"百病之始生也,皆生于风雨寒暑,清湿喜怒。"以上诸条经文,反复阐释正气在发病学中的地位,同时也强调邪气在发病学中的作用,对后世在外感病防治中具有指导作用。

总之,《黄帝内经》深入论述了人与自然、形与神的关系,把解剖、生理、病理诊断和防治的原则形成体系,是我国传统医药学的理论基础,迄今仍有重要的现实意义,对外感病的传承发展,特别是对伤寒和温病学的形成和发展起了难以估量的作用。

(二) 《伤寒杂病论》的主要贡献

《伤寒杂病论》由张仲景所著,成书于东汉末年。

曹植的《说疫气》和张仲景《伤寒论序》都记载了疠气和伤寒连年发生。张仲景对外感病有大量的实践,参照古人医著而撰成《伤寒杂病论》。

晋代王叔和将《伤寒杂病论》原书的伤寒部分整理成册,名为《伤寒论》;唐代孙思邈晚年撰《千金翼方》,使《伤寒论》全书被录;到了宋代,林亿等对《伤寒论》加以校正。现在通行的《伤寒论》有两种版本,一种是宋版本,一种是成注本。宋版本国内已佚,只有明代赵开美的复刻本,也称赵刻本。成注本是金代成无己注解。《伤寒杂病论》原书杂病部分经宋代翰林学士王洙重新校订为《金匮要略方论》,即后世的《金匮要略》。

明、清两代，整理和注解《伤寒论》者日益增多，如王肯堂、方中行、张隐庵、张路玉、柯韵伯，见仁见智，瑕不掩瑜，均使张仲景的学说有所昌明。清代吴谦等所编的《医宗金鉴》虽然各科齐备，但在编排次序上以《伤寒杂病论》为首，昭示《伤寒杂病论》在中医学中的重要地位。恽铁樵的《伤寒论辑义按》和陆渊雷的《伤寒论今释》衷中参西，颇多发挥。刘渡舟等所编《伤寒论诠解》、李克绍编《伤寒解惑论》亦各有见地。自1959年以来卫生部主持编写中医各科教材，几经修改，但《伤寒论讲义》仍为主要教材。可见《伤寒杂病论》的影响之大。

《伤寒杂病论》的主要贡献：第一，奠定了辨证论治的基础，不仅对外感病的产生、发展和辨证论治提出了切合实际的辨证纲领和具体的治疗措施，使中医学的基本理论与临床实践密切地结合起来，还给中医临床各科提供了辨证和治疗的一般规律，对后世医家有很大的启发作用。第二，书中载方剂375首（《伤寒论》113方、《金匮要略》262方），在临证中均有实际意义。其中许多有名的方剂，经过长期的实践考验，至今仍在临床广泛运用，温热病学中的很多方剂也借鉴了这些行之有效的名方。现在中西医结合研究出的某些成果，如大黄附子汤加减化裁治慢性肾衰（关格）、大黄䗪虫丸治肝硬化腹水，都是从《伤寒杂病论》中吸取了经验。第三，根据《素问•热论》六经分证的基本理论，创造性地把外感病错综复杂的证候及其演变加以总结，提出较为完整的六经辨证体系，同时把《黄帝内经》以来的脏腑、经络、病因等学说以及诊断、治疗等方面的知识有机地联系在一起。第四，使辨证论治达到了高境界，即辨证明确，立法合理，以法统方，依方论药，达到理明、法合、方对、药当，而且灵活、巧妙地将汗、吐、下、和、消、清、温、补的治疗八法及各个方剂和具体药物的选择使用有机结合。

所以把《伤寒杂病论》看作仅是为外感疾病而设是不对的。它是包括某些杂病、妇科病和外科病在内辨证论治的专书，是中医必修的，尽管年代久远，也不失为一门智慧学。

（三）温病学的形成过程和意义

温病学是研究温病发生发展规律及其预防和诊治方法的一门学科。温病学的形成伴随着医学的发展，温病学经历了一个漫长的历史过程才逐步成为一门独立的学科。温病属临床常见病、多发病，一年四季都有发生，男女老幼皆可罹患。其中多数病种来势急骤、发病迅速、病情较重，甚至有一定的死亡率或留下某些后遗症，还有许多病种具有传染性，因而长期以来严重地威胁着人民的生命健康。

有关温病的记载最早见于《黄帝内经》。《素问·六元正纪大论》："初之气，地气迁，风胜乃摇，寒乃去，候乃大温，草木早荣，寒来不杀，温病乃起。"《素问·生气通天论》《素问·评热病论》等篇中都谈到了温病。《伤寒论》："太阳病，发热而渴，不恶寒者为温病。"该书虽然没有明确指出温病的治疗方剂，但是论中所述清热、攻下、养阴等治法、方药是可适用于温病，这对后世温病治疗学的形成有深刻的影响。晋代葛洪《肘后备急方》中说："岁中有厉气，兼挟鬼毒相注，名曰温病。"隋代巢元方《诸病源候论》中说："人感乖戾之气而生病。"唐代孙思邈在《千金要方》中明确指出："天地有斯瘴疠，还以天地所生之物防备之。"宋代突破了法不离伤寒、方必遵仲景的框框。朱肱《类证活人书》提出："桂枝汤自西北二方居人，四时行之无不应验。自江淮间，唯冬及春初可行，自春末及夏至以前，桂枝证可加黄芩半两，阳旦汤是也，夏至后有桂枝证，可加知母一两、石膏二两，或加升麻半两。若病患素虚寒者，正用古方，不在加减也。"这对突破当时医家墨守经方、拘泥不变的局面，起了一定作用。对于温病的病因，宋代医家认为不限于"冬伤于寒"，如郭雍的《伤寒补亡论》中说："冬伤于寒，至春发者，谓之温病；冬不伤寒，而春自感风寒温气而病者，亦谓之温。"后世认为温病有伏邪、新感两类，即源于此。到金元时期，医学领域中出现了"百家争鸣"的活跃局面，这对温病学的发展起了有力的推动作用，特别是金元四大家之一的刘河间，在热性病的治疗方面大胆地创新论、新法、新方，对促进温病学的发展做出了重大贡献。刘河间的"寒凉派"为后世建立以寒凉清热药为中心的温病治疗学打下了基础，是温病学发展史上的一个重大转折。元代罗天益在《卫生宝鉴》中按邪热在上、中、下三焦及"气分""血分"不同部位分别制方用药，对后来温病学辨治体系的形成有一定的影响。元末医家王安道强调"温病不得混称伤寒"，认为伤寒与温病的发展机理迥然不同，主张对温病的治疗应以清里热为主，解表兼之，亦有里热清而表证自解者。这标志着温病从伤寒体系中分离出来，所以清代温病学家吴鞠通称其"始能脱却伤寒，辨证温病"。

明代医家吴又可编著了我国医学发展史上第一部温病专著——《温疫论》，他对温病的病因、发病、治疗、预防提出了独特的见解。在病因方面，《温疫论》自序中说"夫温病之为病，非风非寒，非暑非湿，乃天地间别有一种异气所感"，指出了一种特殊的致病物质——"疬气"。他提出温疫病具有强烈的传染性，"无问老少、强弱，触及者即病"，感染途径是由口鼻而入；在治疗上强调以祛邪为第一要义，创疏利透达之法。温病学在因证脉治方面形成完整体系，则以清代叶天士、薛生白、吴鞠通、王孟英等温病学家确立的卫气营血、三焦为核心的理论体系为主。在清代众多的温病学家中，被誉为"温病大师"的叶天士为杰出代表人物。叶天士的《温热论》中说："温邪上受，首先犯肺，逆传心包。肺主气属卫，心主血属营，辨营卫气血虽与伤寒同，若论治法则与伤寒大异也。"此为温病证治总纲，概括了温病的病因、感邪途径、发病部位、传变趋势，并指出温病的治法与伤寒的治法有区别。"大凡看法，卫之后方言气，营之后方言血。在卫汗之可也，到气才可清气，入营犹可透热转气，如犀角、玄参、羚羊角等物，入血就恐耗血动血，直须凉血散血，如生地、丹皮、阿胶、赤芍等物。否则前后不循缓急之法，虑其动手便错，反致慌张矣。"此条概括了卫气营血病机的深浅层次及对卫气营血证候的不同治法。叶天士阐明了温病的诊断方法，如辨舌、验齿、辨斑疹，在《临证指南医案》中还记载了治疗温病的大量病案，为温热病的辨证用药提供了范例。《三时伏气外感篇》是叶天士又一重要的温病学专著，主要讨论了春温、风温、暑热、秋燥等病症的病因、病机和诊断、治疗，并阐述了伏气温病与新感温病以及各种不同季节温病的证治区别。与叶天士同时代的医家薛生白著《湿热病篇》，篇首提出："湿热证，始恶寒，后但热不寒，汗出胸痞，舌白，口渴不引饮。"此条是湿热病的提纲，全篇对湿热病的病因、病机、辨证治疗做了较为全面、系统的论述，进一步充实了温病学的内容。温病学家吴鞠通在前人学术成就的基础上，结合自己的临床经验，编著了系统论述四时温病的专书——《温病条辨》，倡导三焦辨证，使温病学形成了以卫气营血、三焦为核心的辨证施治体系，并整理总结一整套温病的治疗大法和方剂，使温病学的辨证论治内容更趋完整。王孟英"以轩歧仲景之文为经，叶薛诸家之辨为纬"，汇集了一些主要温病学著作，参合自己的实践认识编成《温热经纬》，对温病学的理论和证治做了较全面的整理，对温病学的进一步成熟和发展起了重要作用。

中华人民共和国成立后，中医继承了温病学的理论，对其进行系统整理、研究，促进了温病学的发展，在防治急性传染病、急性感染性疾病和其他发热性疾病的实践中，应用温病学的理论和经验，取得了新的成就，显示了中医学在治疗急性热病方面的作用。1954年，石家庄地区的中医运用温病学理论和方法治疗流行性乙型脑炎，取得了显著效果，为中医治疗急性传染性疾病打下良好的基础，引起了医学界的重视。此后，温病学的理论和经验逐渐被广泛应用于防治流行性脑脊髓膜炎、流行性乙型脑炎、麻疹、白喉、菌痢、肠伤寒、钩端螺旋体病、流行性出血热、肺炎、急性胆道及泌尿道感染、急性腮腺炎、急性睾丸炎等急性传染病和急性感染性疾病，都取得了较好的效果。虽然中医在医疗实践的基础上，总结临床经验，探索诊治规律，对温病学做了一些研究，但是由于商品经济的冲击、西医学对中医学的冲击、医学界存在的浮躁和肤浅，中医学还需要完善和发展。

（四）伤寒广狭辨析

前面提到《伤寒论》中"伤寒"的含义有广义和狭义之分，《素问·热论》说："今夫热病者，皆伤寒之类也。"此处热病应理解为发热的疾病，伤寒应理解为外感病的总称。《难经·五十八难》说："伤寒有五，有中风，有伤寒，有湿温，有热病，有温病。"所以，广义的伤寒是一切外感病的总称，即包括上述五种。狭义的伤寒是指外感风寒而发的疾病，即五种中的伤寒。

六经病证是六经所属脏腑经络的病理变化反映于临床的各种证候。把综合病之部位、性质、病机、病势等加以分析、归纳，以区别为某经病证，这是《伤寒论》的主要内容，也是辨证论治的重要依据。很少有人辨析外感属风寒、风热、温热等，或外感未罢而变生他病，或本经自发为杂病。下面将对六经简单分析。

金代成无己的《注解伤寒论》所辨六经共五卷。其中，辨太阳病脉证并治占三卷，共计104页；阳明和少阳经占一卷，共计30；太阴、少阴、厥阴三阴经占一卷，共计34页。刘渡舟的《伤寒论诠解》，辨太阳病脉证并治法占上、中、下三大篇，共计107页；阳明经一篇，共计36页；少阳经一篇，共计4页，太阴经一篇，共计4页，少阴经一篇，共计19页，厥阴经一篇，共计19页。由以上数据可见太阳经占去大半之数，"伤寒辨六经，太阳占大半"。

太阳统摄营卫，主一身之大表，为诸经之藩篱。凡外感风寒之邪，自表而入，当先入犯太阳，故太阳病多出现于外感疾病的早期阶段。太阳病以"脉浮，头项强痛而恶寒"为提纲，凡外感初起出现以上脉证者为太阳病。太阳病可分为表证和里证（亦称经证和腑证）两大类型。其表证又因人而异，同是感受风寒之邪，却有中风和伤寒两种不同证型："太阳伤卫脉浮缓，头项强痛恶寒风，病既发热汗自出，鼻鸣干呕桂枝功。"其病机为营卫不和，卫强营弱，由于具有自汗、脉缓的特征，故又称为表虚证。"太阳伤荣脉浮紧，头痛项强恶寒风，病既发热已未汗，呕逆麻黄汤发灵。"其病机为卫阳被风寒所遏，营阴凝滞，由于具有无汗、脉紧的特征，故又称为表实证。太阳里证有蓄水和蓄血两种证候。太阳表邪未解，内入于膀胱之腑，阳气不得煦化，水蓄不行。脉证为发热、汗出、烦渴或渴欲饮水、水入则吐、小便不利、少腹满、脉浮数则为蓄水证。若是邪热深入下焦，与血相结，出现少腹急结或少腹硬满、如狂或发狂、小便自利等则为蓄血证。

太阳里证的蓄水和蓄血两证，都是太阳经表邪热不解而随经入里所致。然一在膀胱气分，使气化失常，故必见小便不利；一在下焦血分，热与血相结，故神志如狂，因不涉及气分，故小便自利。区别两者的要点在于小便利与不利和神志正常与否。因为今天人类的生活环境、气候条件与古时大不相同，原蓄水之用五苓散方，今天加减化裁多用于治疗水湿蕴郁的湿郁兼热、心功不全、小便不利、湿浊内蕴、寒湿内生，甚则湿热黄疸、胆石等证。原蓄血证之用桃核承气汤方，今天加减化裁多用于妇科的瘀热闭经、产后恶露不下、子宫肌瘤、宫外孕以及跌仆损伤、胸腹胁痛、气血凝滞，甚至冠心病、阑尾炎等的施治。从所治之病已经不再局限到太阳里证，而是内科、妇科、外科等的杂证。

阳明病在外感病的过程中往往出现阳亢热盛的阶段。阳明病的发生可由他经传来，亦有从本经自发为病。"阳明之为病，胃家实是也。"这是其提纲，里实热证是其属性。阳明病分热证与实证（经证和腑证）两大类。阳明热证（经证）的病机为外邪入里化热，胃中燥热炽盛，消灼津液，其主要脉证有身大热、汗自出、不恶寒反恶热、脉洪大、口干舌燥、烦渴引饮。若外邪进一步入里化热，与肠中糟粕相结成实，就是阳明实证（腑证）。其主要脉证为潮热、谵语、手足汗出、腹胀满痛、大便硬、脉沉实等（痞、满、燥、实）。

少阳病是半表半里的证候。少阳病的发生可由他经传来，也可由本经自受发病。"少阳之为病，口苦、咽干、目眩"为其提纲。通常将少阳定为八证：口苦、咽干、目眩、脉弦、往来寒热、胸胁苦满、默默不欲饮食、心烦喜呕。其病机为病入少阳，枢机不利，正邪分争，进而导致脾胃功能失常。少阳即阳气少，而半表半里文义不通：半表在哪，半里在哪，不能具体到某一部位。温病提到募原，疟证不离少阳，胆系感染、胆囊炎、疟疾都见少阳之证，临证当辨。

太阴病属里虚寒。"太阴之为病，腹满而吐，食不下，自利益甚，时腹自痛。若下之，必胸下结硬。"这是其提纲，也就是太阴本证。太阴病可由三阳治疗失当损伤脾阳所致，也可由风寒外邪直接侵袭而发，常谓之太阴直中。太阴病的病机为脾阳虚弱，寒湿内生，运化失常。太阴病进一步发展可演变为脾肾虚寒，也可形成少阴虚寒之证，与内科杂证之脾胃病类似。

少阴病属里虚证，多属伤寒六经病变过程中后期的危重阶段，故病至少阴多为死证。少阴病可由表证转变而来，也可因体虚外邪直接侵入而发病。"少阴之为病，脉微细，但欲寐"是其提纲。一脉一证作为辨证要点，揭示了阴阳俱虚而以阳虚为主的病理变化。脉微主阳虚，脉细主阴虚，微细并见则主少阴、阴阳皆虚，然"微"在前而"细"在后，则以阳虚为主要含义。少阴为病，阴阳皆虚，精气不足，反被邪困，故人精神不振，昼夜皆昏沉萎靡，欲睡而又不能成寐，即所谓"但欲寐"。这提示医者，临证如见患者出现整日昏沉萎靡、似睡非睡，精神短暂略振，须臾又合目思睡等一派阳气不足的证候，即应采取积极措施。另少阴当分寒化证与热化证之不同。少阴寒化的病机是心、肾阳气虚衰，而呈虚寒证象，即是少阴病之本证；少阴热化的病机为阴虚而呈现热化证。总之，少阴病的变化较为复杂，心、肾处于衰竭状态，故医者慎之。

厥阴病多出现于伤寒末期，病情比前面五经更为复杂而危重，临床归纳为上热下寒证、厥热胜复证以及辨厥逆、下利、呕、哕四大类证。"厥阴之为病，消渴，气上撞心，心中疼热，饥而不欲食，食则吐蛔，下之，利不止"为其提纲。本纲代表了上热下寒、寒热错杂的证候。此处"消渴"指渴而能饮、饮而又渴的一种证候，并非多饮多尿的消渴病。厥阴肝木挟少阳相火之气上冲，故见"气上撞心，心中疼热"。热则有消谷善饥，寒则运化不利而不能食，故"饥而不欲食"正是上热下寒、寒热错杂的表现。若患者素有蛔虫寄生，因蛔虫喜苦、厌酸、就碱，闻食臭而出，故可见"食则吐蛔"。由于内挟虚寒，进食不得腐熟消化，致胃气上逆，而见呕吐哕、下利。启示医者若只见其热而忽视其寒，误用苦寒清下药，则必重伤脾胃，使下寒更甚，而见下利不止；若只见其寒而忽视其热，误用热祛寒之剂，则更上热而伤津，加重消渴。厥热胜负证是正邪交争所致，当辨其厥与热孰多孰少，从而预后其胜负和转归演变趋势。总之，厥阴病复杂多变，必须因势利导用药。厥阴也是六经最后之经。《素问•至真要大论》说："凡厥者，阴阳不顺接，便为厥。"厥阴是"两阴交尽也"，病至厥阴，则阴寒盛极。《素问•阴阳应象大论》说："重阴必阳，重阳必阴""寒极生热，热极生寒"，常言道"冬至一阳生，夏至一阴生"，所以必须把握阴阳顺接和转机。厥阴有自传者，也有他经而来者，如三阳失治或误治，或太阴、少阴病不愈，均可能传至厥阴；也有外邪直中，而使本经自病者。

通过对六经辨证粗略地分析，可以明白：太阳经统摄营卫，主一身之大表，为诸经之藩篱，因外感风寒之邪入侵为病，无本经自发为病，强调"外感风寒之邪气"。然而其里证之用五苓散和桃核承气汤，现多在内科、外科、妇科等的杂病中所用。阳明经、少阳经、三阴经皆有本经自发、直中所形成，亦现内科、外科、妇科等的温热、杂证等。所以可以总结如下：

伤寒本自太阳经，外感风寒邪入经。

顺传越经仍风寒，里证可见杂病生。

本经自发和直中，寄寓广义始得名。

虽说论中提温病，未做阐述留后兴。

欲辨伤寒与温病，风寒温热两邪中。

卷却垂帘道真情，仲景难会吴鞠通。

（五）伤寒与温病不同之辨析

温病学是在奠基之作《黄帝内经》和《伤寒杂病论》体系的基础上发展起来而逐渐形成自身体系的，伤寒与温病在概念和临证中是有区别的。

第一，致病邪气不同：伤寒是外感风寒之邪而为病，温病是感受温热之邪而为病，此处不存在"寒极生热"或"热极生寒"的阴阳转化关系。第二，侵袭人体的部位不同：伤寒多从皮毛而入，足太阳膀胱经起于目内眦，布面颊额、头顶、肩背及下肢外侧；温病多从口鼻而入，温邪上受首先犯肺，出现鼻塞、流涕、咽痛、咳嗽、微寒或无寒而热等卫分症状。第三，初发病舌脉不同：伤寒患者舌红，苔薄白，脉浮缓或浮紧，多表现为风寒袭表的舌脉；温病患者舌深红，尖边尤著，苔白或薄黄，脉浮或浮数，多表现为风热袭表的舌脉。第四，治法和所用方药不同：伤寒用辛温解表法，多用桂枝、麻黄、姜、枣，入三阴伤阳多用温热药，如附子、干姜；温病用辛凉解表法，多用金银花、连翘、桑菊，后期多伤阴，用滋阴生津药，如麦冬、沙参、天花粉。第五，疾病的转归不同：在三阳为表实热，入三阴为里虚寒，伤寒后期多伤阳，太阴、少阴、厥阴皆属伤阳为寒；温病初起即是温热之邪，多耗液伤津，后期多伤营阴。第六，发病季节不同：由外感风寒引起的伤寒证多发于冬天，由本经自发的或直中的无季节性，如太阴直中，即使在炎热的酷暑亦可发生，用附子理中丸获效，而用藿香正气丸不能见效；温病则一年四季皆可发生，因为温病风温、温热、温疫、温毒、暑温、秋燥、冬温、温疟等，所以一年四季皆可发生。

历来医家认为伤寒之阳明经证和腑证与温病之气分，湿温邪在中焦、温病里结以及伤寒太阴与阳明随人体虚实可相互转化，少阴病和厥阴病阳气回复病邪还腑，转为阳明，都有雷同之处，甚至有的医家将伤寒中的阳明视为温病，但是它们的病因、病机迥然不同。伤寒属传入阳明，有太阳阳明、少阳阳明、正阳阳明三种，当辨析脾约、大便难、胃家实之不同；温病中的气分是温热之邪在卫分不解而下传气分，湿热中的里结是湿邪化热为结，太阴与阳明互化和少阴病、厥阴病阳复，与正气强弱与治疗得法有关，所以用人参白虎汤、白虎加苍术汤、三承气汤等方药虽相似，其理不同，若是混淆等同，则真是前后不循缓急之法、李代桃僵。叶天士《温热论》指出："伤寒邪热在里，劫烁津液，下之宜猛；此多湿邪内搏，下之宜轻。伤寒大便溏为邪已尽，不可再下；湿温病大便溏为邪未尽，必大便硬，慎不可再攻也，以粪燥为无湿矣。"吴鞠通《温病条辨》亦指出阳明温病用白虎汤、承气汤，与暑温、湿温、湿疟不同。可以得出这样的结论：清代，温病学已臻于完善并自成体系，伤寒和温病是两种外感病的体系，不存在谁包括谁的问题。

（六）温病、温疫和温毒

温病是温热性质的外感病，温疫是指温热病中具有强烈传染性和能够引起流行的一类疾病，温毒则是指因感受温热毒邪而引起的一类具有独特表现的急性热病。历代医家及其中医文献对温病、温疫和温毒的概念认识有一定的分歧，有的认为它们是一类，有的认为它们各不相同。《素问•评热病论》中说"有温病者，汗出辄复热，而脉躁疾，不为汗衰，狂言不能食"，《伤寒论》中说"太阳病，发热而渴，不恶寒者为温病"，这些是对温病较早的认识和阐述。《肘后备急方》中说"岁中有疠气，兼鬼毒相注，名曰温病"，《诸病源候论》中说"人感乖戾之气而生病"，认为疠气、乖戾之气为温病的特殊致病因素。《千金要方》中说"天地有斯瘴疠，还以天地所生之物防备之"，亦指出温病是瘴疠之气所致，并最早提出预防思想。《温疫论》中说："夫温者热之始，热者温之终，温热首尾一体，故又为热病即温病也。又名疫者，以其延门阖户，又如徭役之役，众人均等之谓也。"又说："五疫之至，皆相染易，无问大小，病状相似。"吴又可既认识到温疫的传染和流行，又认为温病和温疫同类。王叔和在《伤寒例》中说："是以一岁之中，长幼之病多相似者，此则时行之气。"庞安时在《伤寒总病论》中说："天行之病，大则流毒天下，次则一方，次则一乡，次则偏着一家。"他们指出温病流行的程度有大流行、小流行和散在发生。有的医家认为温疫与温病不同，以传染与否来区别二者，无传染者为温病，有传染者为温疫，如清代陆九芝《世补斋医书》中说："温为温病，热为热病……与瘟疫辨者无他，盖即辨其传染不传染耳。"其实温病包括了现代医学所说的多种急性传染病和急性感染性疾病，有的传染，有的不传染，不能将不传染的视为温病，将传染的视为温疫。多数温病有程度不同的传染性。温疫是具有强烈传染性的，并可引起流行的一类疾病，大多来势迅猛，病情加重，较之一般温病的危害更甚，传染性更强。温毒因感受毒邪而引起，具有一般急性热病的临床症状，有局部红肿、热痛，甚至溃烂或发斑疹等特征，有肿毒表现。

温病一年四季皆可发生，吴鞠通在《温病条辨》论及温病，以上、中、下三焦论治，此三焦中皆有风温、温热、温疫、温毒、冬温、暑温、伏暑、湿温、寒湿、温疟、秋燥，其中伏暑归暑温，寒暑归湿温。"有风温，有温热，有温疫，有温毒，有暑温，有湿温，有秋燥，有冬温，有温疟"，凡此九条，见于王叔和《伤寒例》。风温，是初春阳气始开，厥阴行令，风夹温。温热，是春末夏初，阳气弛张，温盛为热。温疫是疠气流行，多兼秽浊，家家如是，若役使然。温毒，是诸温夹毒，秽浊太甚。暑温，是正夏之时，暑病之偏于热者。湿温，是长夏初秋，湿中生热，即暑病之偏于热者。秋燥，是秋金燥烈之气。冬温，是冬应寒而反温，阳不潜藏，民病温。温疟，是阴气先伤，又因于暑，阳气独发。

中华人民共和国成立后，中医将多种急性传染病、急性感染性疾病、腺病毒性疾病、疱疹病毒性疾病参照温热病去辨证辨病论治，取得了可喜的疗效。

笔者以为：温病、温疫、温毒绝非同一种病，也不是由同一种病因、同一种病毒所导致的。它们的共同点是温热毒邪，而它们的不同点尚待进一步探求。医生应更深入地研究，找出温邪、温毒、温疫、疠气等的病毒谱，使温病得到更合理、有针对性的治疗。

（七）气象医学、时间医学与外感

虽未见气象医学和时间医学的定义，但是古往今来的医学论著和临证中无不牵涉到气象和时间。现代有人提出了气象医学和时间医学，貌似新论，其实《黄帝内经》中早就有这方面的论述，或更早的运气学说中已涉及有关气象医学和时间医学的内容。"五运"说明形成气候变化的地面因素，"六气"是气候变化的空间因素。随着医学的发展、人类的进步，气象医学和时间医学都将会引起医者的关注。

气象病是天气或气候原因造成的疾病的统称，主要由温度、湿度、气压反常，紫外线辐射过多或不足等引起生理和心理失调、身体直接或间接受到损伤，如中暑、冻疮、雪盲、闭汗、皮肤癌。其症状随病因而异。

掌握气象学、气象病、医学、气象要素、气候要素、气温日变化、气温年度变化等，对于理解和接受气象医学有所补益。20世纪60年代，笔者曾遇一位"雪盲"患者，于雪域中奔走一天，至傍晚迷路，并出现幻觉。临证几乎每年大暑天后碰到热脱力患者，"炎火天，大暑至，故民病少气"。笔者以为由气象要素和气候要素所造成的疾病涵盖了"六淫"、疫疠所致之病。

时间在《黄帝内经》和《伤寒论》中屡见不鲜，对相关论述需要分析，汲取其精华，剔除其糟粕，使其为医学现代化所用。

《素问·阴阳应象大论》："冬伤于寒，春必温病；春伤于风，夏生飧泄，夏伤于暑，秋必痎疟；秋伤于湿，冬生咳嗽。"四季时令感受不同的邪气而易于发生某病。《素问·金匮真言论》："平旦至日中，天之阳，阳中之阳也；日中至黄昏，天之阳，阳中之阴也；合夜至鸡鸣，天之阴，阴中之阴也；鸡鸣至平旦，天之阴，阴中之阳也。故人亦应之。"这说明一昼夜间阴阳的分划。《灵枢·顺气一日分为四时》："夫百病者，多以旦慧、昼安、夕加、夜甚，何也？……四时之气使然。……春生、夏长、秋收、冬藏，是气之常也，人亦应之。以一日分为四时，朝则为春，日中为夏，日入为秋，夜半为冬。朝则人气始生，病气衰，故旦慧；日中人气长，长则胜邪，故安；夕则人气始衰，邪气始生，故加；夜半人气入脏，邪气独居余身，故甚也。"这说明了疾病在一日之内随时间的变化而变化。《素问·热论篇》："伤寒一日，巨阳受之，故头项痛，腰脊强。二日阳明受之……三日少阳受之……四日太阴受之……五日少阴受之……六日厥阴受之……""一日""二日"等是指热病传变的次序及发展阶段，不能理解为具体日数。而金代成无己《注解伤寒论》等版本中，都可见到"伤寒之为病，一日太阳、二日阳明、三日少阳、四日太阴、五日少阴、六日厥阴，至六日为传经尽，七日当愈，七日不愈者，谓之再传经。至十二日再传经至厥阴，为再传经尽，十三日当愈……"，并以此以长篇大论去阐释其传经规律，这是与临床不相符的理论，况且与"伤寒二三日，阳明少阳证不见者，为不传也"相矛盾，必须明辨，剔除之。《素问·评热病论》中说对劳风的治疗"精者三日，中年者五日，不精者七日"，其中"三日""五日""七日"指病情缓解的大约日数。《普济方·标幽赋》中有"望不补而晦不泻，弦不夺而朔不济"。此处"望"是农历每月月中（十五），此时针灸勿用补法；"晦"是农历每月月底，此时勿用泻法；"弦"是上弦（农历每月初七、初八）和下弦（农历每月二十二、二十三），此时不能强取，强取则无益；"朔"是农历每月初一，强取则无益。

时病指季节性的多发病，如春季的春温、风温、伤风，夏季的中暑、泄泻、痢疾，秋季的湿病、燥秋、疟疾，冬季的冬温、咳嗽、伤寒等。时疾多指季节性流行病，《周礼·夏官·司爟》中说："司爟掌行火之政令，四时变国火以救时疾。"清代雷丰的《时病论》详细论述了四季外感时令性疾病，阐述其病因、病理、证候及辨证施治方法，并附治验医案，为论述时病的专著。

以上相继阐述了《黄帝内经》对外感病的认识，《伤寒杂病论》的重要贡献，温病学的形成过程和意义，伤寒广狭辨析，伤寒与温病不同之辨析，温病、温疫和温毒，气象医学、时间医学与外感，目的在于加深对引起外感病的不同原因的认识，明辨伤寒、温病等的不同，对临床认识和辨治外感病有所裨益，不至于出现 寒寒、热热、温温、补补之弊。

（八）简述温毒

温毒是指因感受温热毒邪而引起的一类具有独特表现的急性热病。它们除了具有一般急性热病的临床表现外，还具有局部红肿热痛，甚至溃烂或发斑疹等特征，包括大头瘟（现代医学的颜面丹毒、流行性腮腺炎，有的认为是双侧腮腺炎、双侧颌下腺炎），烂喉痧（现代医学的猩红热），痄腮（流行性腮腺炎），蛇串疮（带状疱疹），卵子瘟（急性睾丸炎）等。

1.大头瘟

风热时毒是本病的致病因素，在温暖、多风的春季以及应寒反暖的冬季易于传播流行，在现代医学中相当于腺病毒和疱疹病毒感染。当人体正气不足时，易于感染发病。首先毒邪内袭，邪郁卫表，憎寒发热，肺胃热毒蒸迫，而相继出现壮热烦躁、口渴引饮、咽喉肿痛，与此同时邪毒攻窜头面、搏结脉络，而致头面红肿、疼痛，腮腺肿大，甚至有溃脓。治法：透卫清热，解毒消肿。外敷：把仙人掌去刺，捣烂如泥，外敷，用熟石膏中加入鸡蛋清调糊，外敷，面筋、白酒、陈醋调糊外敷。内服：普济消毒饮加减，"普及大头天行病，无里邪热客高巅，芩连薄翘柴升桔，蚕草陈勃蒡兰元"。红肿不消，可加蒲公英、地丁，热甚加丹皮、栀子。

2.卵子瘟和子痈

中医称睾丸为肾子。子痈是指睾丸及附睾的急性化脓性感染。卵子瘟亦是睾丸肿痛，其症状与子痈相同，但不会化脓，特点是发于痄腮之后。《疡医大全》说："又有身体发热，耳后忽生痄腮，红肿胀痛。腮肿将退，而睾丸忽胀，一丸极大，一丸极小，似乎偏坠而实非，盖耳旁乃少阳胆经之分，与肝经相为表里，少阳感受风热，而遗发于肝经也。"按现代医学，子痈为化脓睾丸炎，卵子瘟为不化脓性睾丸炎，二者都为腺病毒所致。

肝脉循会阴、络阴器，睾丸属肾，子痈和卵子瘟与肝肾有关。临床多为湿热下注，气血壅滞经络阻隔而成，亦有跌打损伤，睾丸络伤血瘀，瘀血不得消散吸收，兼感邪毒化热酿成。

由湿热下注所致者，起病较急，恶寒发热，一侧睾丸肿大、疼痛。当炎症波及子系（精索）时，子系亦肿硬、疼痛；炎症波及阴囊时，则阴囊皮肤红肿。化脓时皮肤光亮而软，脓液穿破阴囊后，症状随即迅速消退，疮口亦逐渐愈合。外伤所致者，初时肿痛较急，而全身症状不显，复感邪毒后，瘀血化热酿脓时，方出现红肿热痛和全身发热。急性症状消退后，睾丸常留有硬性结节或肿块，有不定期发作的可能。

目前腮腺炎仍有发作和流行传染，虽然不可怕，但是一旦引起睾丸炎，则会影响到成年后的生育，故对腮腺炎男性患儿尤其要认真对待，以减少男性不育症的发生。积极治疗腮腺炎、睾丸炎、精索静脉炎，在临床有同等重要意义。切忌只用西药输液抗菌，那样会延误病情，应当机立断用中药。而精索静脉炎或曲张亦尽量用中医中药，免于手术治疗。

治疗：内治，对湿热下注者，宜清热解毒、利湿消肿，用枸橘汤加减，药如川楝子、橘核、荔枝核、秦艽、防风、泽泻、赤芍等；高热、阴囊焮红肿痛者，加金银花、龙胆草、栀子、黄芩；对湿重、阴囊水肿明显者，加车前子、木通；对睾丸痛剧者加元胡；对外伤引起者，加桃仁、红花；对形成慢性病者，则宜疏肝散结、活血消肿，用橘核丸加减，药如橘核、海藻、昆布、川楝子、元胡、桃仁、木通、厚朴、枳实、肉桂、木香等；对硬结难消者，加三棱、莪术、炮山甲、鬼箭羽；对阴囊积水者可加赤苓、泽泻；对后期偏寒者可用暖肝煎合导气汤加减，药如小茴香、川楝子、吴茱萸、木香、肉桂、乌药、茯苓、当归、枸杞子、沉香、生姜。外治，卧床休息，用布兜吊托阴囊。对阴囊水肿明显者，用50%芒硝或50%硫酸镁湿敷；若脓肿形成，可切开引流，常规换药。

3.蛇串疮

蛇串疮是一种在皮肤上出现成簇水疱，痛如火燎的急性疱疹性皮肤病。蛇串疮因其皮肤上有红斑水疱，累累如串珠，又多缠腰而发，故又称缠腰火丹、火带疮、蛇丹，即现代医学所说的带状疱疹。其特点是常突然发生，水疱集簇排列成带状或片状，沿一侧周围神经分布区出现，伴有刺痛或烧灼样疼痛，患于躯体左侧一般不会累及右侧，前不过胸腹正中线，后不超过脊柱正中线。如果治疗不及时、不当或不彻底，会留有神经痛的后遗症，3～5年内间断发作。发于眼周者和耳周者，若因治疗不及时或误治，累及视神经可致盲，因颜面神经（第七对）和听神经（第八对）并行绕耳轮，故可引起面瘫和耳聋。

蛇串疮是由肝气郁结，久而化火妄动，外溢皮肤而生；亦有兼感毒邪，以致湿热火毒蕴积肌肤而成。现代医学认为疱疹病毒常寄存于腮颊，一旦遇到适宜的气温，在人体正气不足的情况下发病。疱疹病毒随食物到小肠，从小肠穿出，沿一侧脊神经从里至外达周围神经分部区而发病，透出斑疹。带状疱疹一侧发病，前后不过正中线。

其辨证，发病时患部常有带状、条索状、片状红色斑丘疹，很快成绿豆或黄豆大小的水疱，3～5个簇集成群，似串珠累累。疼痛有的发生在皮疹出现之前，有的伴皮疹同时出现，有的发生于皮疹出现之后。带状、条索状、片状疱群之间是正常皮肤，疱液灌浆后，先透明后浑浊，经治者3～6天成血疱或坏死结痂。皮疹多发生于躯体的一侧，如腰胁、胸部、大腿内侧、颜面、头部，患处下部则疼痛诸证较轻，愈向上越重，头面部最重，有的引发淋巴结核肿痛，甚至影响视听。病程一般为半月，严重者可超过一月。最为严重者会留下凹陷的瘢痕、疙瘩，终生不消。

治疗：内治，清肝火，利湿热，用龙胆泻肝汤加减，药如龙胆草、栀子、车前草、柴胡、黄芩、木通、泽泻、生地、当归、水牛角、赤芍、丹皮等。若蛇串疮发于头面，加牛子、菊花；若蛇串疮发于腰部、腹部及下肢，加苍术、黄柏等。外治，把雄黄、青黛、冰片、白芷研为细末，用醋调，外涂。

（九）对湿温的认识和治疗

湿温是由湿热病邪引起的急性热病。初发病具有身热不扬，身重肢倦，胸闷脘痞，舌苔先为白腻、后转为黄腻，脉缓等主要症状。本病起病较缓，传变较慢，其病机演变虽有卫气营血之变，但主要是稽迟于气分，以脾胃为其主要病变部位。临床表现具有湿和热两方面的证候，因其侧重不同，一般表现湿重于热或热重于湿，后期既有湿热化燥伤阴，又有阳气虚衰。

湿温病名首见于《难经·五十八难》："伤寒有五……有湿温……"晋代王叔和《脉经》中的"常伤于湿，因而中暍，湿热相搏"，阐明了湿温由湿邪所致。延至清代，薛生白对本病有专著《湿热病篇》，首先提出"湿热病证，始恶寒，后但热不寒，汗出胸痞，舌苔白，口渴不引饮"，讲述了湿温初起的典型症状，并以此为湿热病的提纲。该书中所称的湿热证主要指湿温，而吴鞠通《温病条辨》中称暑兼湿热、偏于暑之湿者为湿温。

现代医学的伤寒、副伤寒、钩端螺旋体病、流行性感冒中有湿温证候表现者，可参照湿温来辨证施治。肥达氏反应和外斐氏反应可以验证伤寒和副伤寒，但不能验证湿温。湿温对人类危害甚大，但往往又不被重视。为此，我们应以清醒的头脑、严肃的科学态度，虚心地对待和潜心精读细研湿温病学，不至于某年夏秋湿温高发而束手无策。

湿温病的主要致病原因是温热病邪，发病季节主要是夏秋炎热又多雨、湿气较重之时，病理是天暑下逼、地湿上腾，人处于气交蒸笼之中，最易感受湿热病邪。饮食不节、不洁，损伤脾胃，运化失司，湿邪停聚，郁久化热，亦可蕴生湿热之邪。吴鞠通说"内不能运水谷之湿，外复感时令之湿"，指出仅有外感而无内伤，或仅有内伤而无外感，皆不易形成湿温，唯"外邪入里，里湿为合"方能发病。薛生白说："太阴内伤，湿饮停聚，客邪再至，内外相引，故病湿热。此皆先有内伤，再感客邪。"

湿温病的致病原因为湿热，因湿为阴邪，其性重浊腻滞，与热相合，蕴蒸不化，胶着难解，故较之其他温病缓慢，病程较长，缠绵难愈。虽然其病理演变是由表入里，由卫气及营血，但是脾为湿土之脏，胃为水谷之海，所以湿热致病多以脾胃为其病变中心。

湿温初起，湿热病邪郁滞于肌表，则见头痛恶寒、身重疼痛、身热不扬等类似感冒在卫分的症状；当脾胃受伤，运化失常，湿邪停聚，阻遏气机，则有胸脘痞闷、舌苔厚腻等气分证表现。此时中气的盛衰决定湿热的转化，"中气实则病在阳明，中气虚则病在太阴"，指素体中阳偏旺者，则邪以热化而病变偏于阳明胃，素体中阳偏虚者，则邪以湿化而病变偏于太阴脾，即常说的"实则阳明胃，虚则太阴脾"，由此而出现湿重于热、热重于湿、湿热并重等证型。

湿温的辨证论治如下。叶天士《温热论》论及湿温："……须要顾其阳气，湿胜则阳微，法应清凉……须要顾其津液……酒客里湿素盛，外邪入里，里湿为合。在阳旺之躯，胃湿恒多；在阴盛之体，脾湿亦不少，然其化热则一。热病救阴犹易，通阳最难。救阴不在血，而在津和汗；通阳不在温，而在利小便……"此段文义是湿为阴邪，最易伤阳，凡面色㿠白者，大都阳气不足，如再感受湿邪，易致湿胜阳微，因此在治疗中必须顾护阳气。当用清凉之法时，务必做到适可而止，邪热渐退复用寒凉，可造成阳气衰亡。面呈苍白色之人，大都阴虚火旺，在治疗中必须顾护津液，切忌温补药。凡嗜好饮酒之人，大都湿邪蕴藏于里，一旦再受外湿，则内外合邪必酿成病。阳旺之人，湿邪多以热化归属阳明，病则为热重于湿；在阴盛之体，则邪多从湿化留恋太阴，病则为湿重于热。在温病的治疗中，经常使用滋阴之法，较少运用通阳之法。滋养之品性偏甘凉，施治于邪热渐退、阴津耗伤之证，使阴液易于恢复，故叶天士认为"热病救阴犹易"。通阳之法在温病中一般用不到，只有在湿温病的治疗中才有应用的机会。因为湿热稽留，气机郁阻，既不能过于寒凉清热，以致湿邪难去，气机更难舒展，也不能滥用温运、苦燥化湿，以致助热伤津，所以说"通阳最难"。温病救阴的目的并不在于滋补阴血，而是在于生津养液与防止汗泄过多而损及津液；温病通阳的目的并不在于运用温药去温补阳气，而是在于化气利湿、通利小便，因为气机宣通，水道通调，湿邪则随小便而去。

吴鞠通《温病条辨》论及湿温："头痛恶寒，身重疼痛，舌白不渴，脉弦细而濡，面色淡黄，胸闷不饥，午后身热，状如阴虚，病难速已，名曰湿温。"《温病条辨》论及治疗："汗之则神昏耳聋，甚则目瞑不欲言；下之则洞泄；润之则病深不解。长夏深秋冬日同法，三仁汤主之。"世医有不知其为湿温者，见其头痛恶寒、身重头痛，以为伤寒，而用汗法治之，汗伤心阳，湿随辛温发表之药蒸腾上逆，内蒙心窍则神昏，上蒙清窍则耳聋、目瞑不言。见其中满不饥，以为停滞而用下法，此为误下伤阴，加重脾阳之不升，脾气转而下陷，湿邪乘势内溃，故为洞泄（洞泄即湿泻、濡泻，《素问·阴阳应象大论》言："湿胜则濡泻。"因水湿阻于胃肠，脾虚不能制水而致洞泄。临床表现为身重、胸闷、口不渴、腹不痛或微痛、大便稀溏、尿少或黄赤、舌苔滑腻、脉濡缓等）。见其午后身热，以为阴虚而用柔润之药治之，不知湿本胶滞为阴邪，再加柔润阴性之药，二阴相合，同气互求，遂成锢结不解之势。唯用三仁汤轻开上焦肺气，气化则湿亦化。评注云："湿气弥漫，本无形质，以重浊滋味之药治之，愈治愈坏。……医者呆，反名病呆，不亦诬乎!在按湿温较诸温病，势虽缓而实重。"

叶天士和吴鞠通发自肺腑之言，在临证实践的基础上把湿温理性化了，论证治法精当，无懈可击，特别是"热病救阴犹易，通阳最难，救阴不在血，而在津和汗，通阳不在温，而在利小便""耳聋、目瞑、洞泄""湿温较诸温病，势虽缓而实重"，论理专精，为我们辨治湿温提供了可靠依据。

薛生白《湿热病篇》对湿温病变的证治说理透彻、言简意赅、条分缕析、极尽变化，处常处变皆有案可稽、有法可循，对湿温的辨证论治有很大的指导意义。所以中医把此篇和吴鞠通《温病条辨》视为传世之作、中医必读之本。

《湿热病篇》和《温病条辩》论治湿温都从卫气营血和三焦去辨证论治，然而其用方不完全相同。今天的《温病学》（教材）中有关湿温的辨治借鉴了薛生白、吴鞠通的经验，分别以湿重于热、湿热并重、热重于湿、化燥入血、余邪未净去分型施治，执简驭繁，条理分明，更接近临床实际。如果将湿温与一般感冒相混治，当出现中焦见证时还未引起注意，湿困中焦太阴与阳明转化不分明，致使发展到湿热并重，出现湿热蕴毒、湿热中阻、湿热酿痰、蒙蔽心包时则束手无策。对于热重于湿，如果立法、方药不当，变生化燥伤血，最后气随血脱，治之无效。湿温初时治疗至关重要，是控制其转变发展的关键。邪入中焦，太阴和阳明都可发生发烧甚或高烧，必须明辨在脾、在胃之不同；若出现洞泄，亦应认真对待，紧紧抓住湿邪的性质分别对待；密切观察蕴毒、痰蒙、伤血，认真对待，保持头脑清醒。

1.湿重于热证治

邪阻卫气：恶寒少汗，身热不扬，午后热显，头重如裹，身重肢倦，胸腹痞闷，苔白腻，脉濡缓。以上所述既有湿郁卫分之表证，又有湿遏气机之里证，证属卫气同病。卫受湿郁，肺气失宣，腠理开合失常，则见恶寒而少汗，此处恶寒不显著且为时很短，不像风寒袭表之恶寒。热交织与湿中，为湿所遏，故发热而身热不扬，湿热交争，发热于午后明显。湿郁卫表，清阳不展，则头重如裹，这是湿邪不解的典型症状。当年不愈者，次年或以后几年夏秋连年发生此类湿性头痛，有时白虎加苍术汤或加活血药有效。湿性重着，困于肌表则肢倦，湿遏气机则胸腹痞闷。舌脉皆属卫气同病、湿邪阻滞、气机失于宣展之象。

对湿重于热、邪遏卫气的证治，必须与风寒表证、食滞胃脘、阴虚相区别。湿重于热，邪遏卫气，发热恶寒，头痛少汗，形似风寒表证，但发热持续，恶寒轻短，脉濡缓而不浮紧或浮缓；胸腹痞闷似食滞，但无嗳腐食臭；午后热甚，状如阴虚，但无五心烦热，舌红，少苔或无苔，脉细数。

治法：芳香辛散，宣化表里湿邪。

方药：藿朴夏苓汤合三仁汤加减化裁，两方相较，半夏、杏仁、生薏仁、白蔻仁、厚朴五味药相同而量异，轻宣肺气，芳香化湿，燥湿理气。前方外加赤苓、猪苓、泽泻淡渗利湿，藿香、淡豆豉疏表透卫；后方外加滑石、白通草、竹叶淡渗利湿，清宣郁热。《素问•至真要大论》中说"诸痉项强，皆属于湿"，"痉"指手足搐搦，"项强"指颈项强硬、活动不便。此处虽无痉、项强，然而有头重如裹、身重肢倦，可加粉葛根发表解肌，宣展透湿，解热生津，滑石和粉葛根是用于湿温之良药，治疗湿热泻痢、脾虚腹泻、洞泻。以上两方加入粉葛根、滑石，有开上、畅中、渗下的作用，能宣化表里之湿，用于湿重于热、邪遏卫气之证。

邪阻膜原：寒热往来，寒甚热微，身痛有汗，手足沉重，呕逆胀满，舌苔白厚、腻浊，脉缓。膜原外通肌肉，内近胃腑，为三焦之门户，实一身半表半里（姑且言之）。湿热秽浊之气郁伏膜原，阳气被遏，不能布达肌表而恶寒，久羁阳气渐积至郁极，郁极而通，则恶寒消而发热汗出。正邪反复交争，故寒热往来起伏，湿浊盛，阳气郁，故恶寒甚而发热微。湿邪外渍肌肉，则见手足沉重、肢体疼痛。秽浊之气内阻，气机失调，胃气上逆，故呕逆胀满，舌、脉皆湿浊偏盛之象。

治法：疏利透达膜原湿浊。方药：《时病论》宣透膜原法，并参照吴又可的达原饮，药如厚朴、槟榔、草果、黄芩、藿香、半夏、甘草、生姜。本证病理为湿邪郁闭，故须投以疏利透达之药，以开达湿浊之邪。方中厚朴、槟榔、草果直达膜原，开泄盘踞之湿浊；佐以藿香、半夏、生姜助畅气机、化湿；以黄芩清湿中之蕴热；甘草有和中之用。临床用此方法，确有透达膜原湿浊之功，医者多加用老蔻、干姜破阴化湿（老蔻亦称紫蔻，嫩者为白蔻，老者为紫蔻，现临床很少区分，通以白豆蔻配方），但湿开热透，热势转甚或稽留，此时加清化之品——滑石、佩兰。

2.关于膜原和半表半里的辨析

《伤寒论》少阳证提纲："少阳之为病，口苦、咽干、目眩也。"口苦、咽干、目眩、脉弦、寒热往来、胸胁苦满、心烦喜呕、默默不欲饮食，通常被称作少阳八证，病发于半表半里之间。"半表半里"到底在哪儿?湿温之邪阻膜原，膜原外近肌肉，内近胃腑，为三焦之门户，实为一身之半表半里。膜原，又名募原，指胸膜与膈肌之间的部位。《素问•举痛论》："寒气客于肠胃之间，膜原之下。"王冰注："膜，谓膈间之膜；原，谓膈肓之原。"丹波元简认为："盖膜幕（膜）之系，附著脊之第七椎，即是膜原也。"（《医剩附录•募原考》）温病辨证指邪在半表半里的位置。《温疫论》："其邪去表不远，附近于胃……邪在膜原，正当经胃交关之所，故为半表半里。""膜原"最早见于《黄帝内经》，以后医家渐有论述。吴又可撰《温疫论》，创达原饮，知热邪入于膜原，热势重且很难清除，"达原厚朴与常山，草果槟榔共涤痰……"告诫人们既不用柴胡，又不用双花，以透达膜原之法透达所蕴之邪，为湿温的温热之邪有所出路。

3.湿困中焦和湿热中阻

湿困中焦的症状：身热不扬，脘痞腹胀，恶心欲吐，口不渴或渴而不欲饮或渴喜热饮，大便溏泄，小便混浊，苔白腻，脉濡缓。

湿热中阻的症状：发热汗出不解，口渴不欲多饮，脘痞呕恶，心中烦闷，便溏色黄，小便短赤，苔黄、滑腻，脉象濡数。

虽然两者都是中焦脾胃病变，但是前者是湿浊偏盛，困阻中焦，脾胃升降失司所致。脾受湿困，气机不得展化，则见脘痞腹胀；湿阻于内或湿阻清阳，则口不渴，津液失布，口渴而不欲饮或喜热饮；湿浊趋下，则大便溏泄；脾失升运，胃失和降，则恶心呕吐。故治宜燥湿化浊，用雷丰芳香化浊法，用藿香、佩兰、陈皮、半夏、大腹皮、厚朴。后者是湿热俱盛，交蒸中焦脾胃所致。里热偏盛，则发热、汗出、口渴、心中烦闷、小便短赤；因湿热胶着留连，虽有相蒸之汗，但热势不因汗解；脘痞呕恶是湿阻于里，升降运化失司所致；脾失升运，湿邪流下，故大便溏薄。故治宜辛通苦降，用王氏连朴饮，用黄连、厚朴、石菖蒲、半夏、淡豆豉、焦山栀。

溏泄与洞泄辨析：以上两证中都出现溏泄，前面也提到湿温误下可致洞泄，实际上溏泄和洞泄是不同的。

溏泄：指大便稀薄。症见肠鸣腹痛，痛泻阵作，泻下黏稠，或注泻如水，或水谷不化，肛门灼痛，后重不爽，口渴喜冷，小便赤涩，脉数。治宜清热泻火，用黄芩汤或柴葛芩连汤（柴胡、干葛、黄芩、川黄连），加味四苓汤（白术、白茯苓、猪苓、泽泻、木通、栀子、黄芩、白芍、甘草），香连丸，等等。对气虚而有热者，可用卫生汤（人参、白术、茯苓、陈皮、甘草、薏仁、泽泻、黄连）。

洞泄：出自《素问·生气通天论》，"邪气留连，乃为洞泄"，指水谷不化、下利无度的重度泄泻，也称濡泄、湿泄、濡泻，为湿气伤脾所致。《素问·阴阳应象大论》言，"湿胜则濡泻"，是水湿阻于胃肠，脾虚不能制水所致。临床表现为泻下如水或大便每日数次而溏薄、身重、胸闷、口不渴、腹不痛或微痛、舌苔滑腻、脉濡缓等。治宜化湿和中，用豆蔻散（肉豆蔻、厚朴、甘草），除湿汤，胃苓汤。对挟热者用厚朴汤（厚朴、黄连），亦可用戊己丸。

一旦发生洞泻，很难短时间恢复，除参照以上方剂治疗外，可重用芳香化湿药和淡渗利湿药，如苍术、藿香、佩兰、猪苓、茯苓，并酌加收敛固涩药，如罂粟壳、莲子。总之，要把握"救阴不在血，而在津和汗；通阳不在温，而在利小便"。

4.湿温发热之辨

湿温的发热因湿热的侧重不同和邪犯部位不同而异。湿温是由湿热病邪引起的在夏、秋季节多发的外感热病，特点是发病较缓、传变较慢、病势缠绵、病程较长、脾胃证候显著、湿和热贯穿湿温的全过程，所以在邪抓湿和热，在脏腑抓中焦脾和胃，在治疗有宣化、芳化、清化、化湿、化浊等法。《灵枢·五癃津液别》说"三焦出气以温肌肉，充皮肤，为其津，其留而不行者为液"，又说"邪气内逆，则气为之闭塞而不行，不行则为水胀"。可见津液可化为气，而气可化为津液或水。"气化"这个概念非常重要。后世医家加以归纳，竟认为一切生理功能的发挥都是一个"气化"过程，也可以说物质的变化伴随着的能量转化方是"气化"。根据它，中医学中可以比较合理地说明新陈代谢及许多生理与病理的问题。

湿温的发热无不与"气化"有关。邪遏卫气以恶寒少汗、身热不扬、午后热显为特点。邪阻膜原以寒热往来、寒甚热微、身热有汗为特点。湿困中焦以身热不扬、伴脾胃症状而大便溏泄为特点。湿浊蒙上以泌别失职、热蒸头胀、呕逆神迷、小便不通为特点。湿阻肠道以传导失司、神志如蒙、大便不通为特点。湿热蕴毒以发热口渴、肢酸倦怠为特点。热重于湿以高热、汗出、面赤气粗、口渴欲饮、脉滑数为特点。湿热中阻以发热汗出不解、口渴不欲饮为特点。湿热酿痰以蒙蔽心包、身热不退、谵语为特点。

湿热郁遏气分，脏腑在中焦脾胃，湿盛于热或热盛于湿都会出现高烧不退，但两者的治法和方药因湿和热的侧重不同而异。湿盛于热，身热不扬，汗出不多，周身酸楚，胸闷不饥，舌苔白而微腻，脉濡。宜芳化宣中，淡渗利湿，用藿朴夏苓汤合三仁汤，方中加粉葛根等加减化裁。热盛于湿，壮热，有汗不解，口干欲饮，烦躁不宁，热盛时有谵语，胸痞泛恶，小便浑赤，舌苔黄白相间而腻，脉弦滑数。宜清泄胃热，兼化脾湿，用白虎加苍术汤加减，用生石膏、滑石、知母、苍术、竹茹、茯苓皮、通草、藿佩、粉葛等。湿盛者易出现洞泻不止，热盛者易化燥伤血，洞泻不止和化燥伤血皆可出现危象。

脾属阴，胃属阳；脾主运化，胃主收纳；脾气主升，胃气主降；脾病多湿，胃病多燥；脾喜燥而恶湿，胃喜润而恶燥。脾与胃，一阴一阳，一运一纳，一升一降，一湿一燥，共同完成食物的消化和吸收，与人体的生长发育、健康、疾病有莫大关系，所以称脾胃为后天之本、生化之源。中气的虚实与湿温的发生关系密切，注重脾胃功能，掌握脾胃的生理功能和病理变化，是预防和治疗湿温的重要环节。

（十）对寒燥的认识和治疗

寒燥由笔者定名，是在气候干旱、少雨雪的冬季，由温燥病邪所引起的外感病。2011年，笔者从医已57年，若不作传，实难安抚平生。既欲作传，而以何名之?历代无寒燥之名，却见由风热病邪所引起的风温、由温热病邪所引起的春温、由暑热病邪所引起的暑温、由湿热病邪所引起的湿温、由暑湿病邪所引起的伏暑、由燥热病邪所引起的秋燥等，因而将此病定名为温燥病邪所引起的冬燥，由冬燥易寒燥，当否，望同道斧正。

关于燥的记述，始见于《黄帝内经》。《素问·阴阳应象大论》言："风胜则动，热胜则肿，燥胜则干，寒胜则浮，湿胜则濡泻。天有四时五行，以生长收藏，以生寒暑燥湿风。"

温病先师吴又可、温病大师叶天士、薛生白、吴鞠通、王士雄都是南方人，所以对温热病邪、湿热病邪、疫疠流行都深有体会，而对于燥邪接触较少、感触不多，所以论著中关于燥论及不多，温病部分无冬（寒）燥，只说秋燥。刘完素生长于北方，接触温燥邪气致病的病例，所以在《黄帝内经》的启发下，创"主火论"，并补充"诸涩枯涸，干劲皴揭，皆属于燥"20条病机。

刘完素在《素问玄机原病式·六气为病·燥类》对燥的病机做了自注："枯，不荣也；涸，无水液也；干，不滋润也；劲，不柔和也，春秋相反，燥湿不同也""皴揭，皮肤干裂也……如地湿则纵缓滑泽，地干则紧敛燥涩，皴揭之理明可见焉""俗云皴揭为风，由风能胜湿为燥也，所谓寒月甚而暑月衰者，由寒能收敛腠理，闭密无汗而燥，故病甚也。热则皮肤纵缓，腠理疏通而汗润，故病衰也"。以"诸涩枯涸，干劲皴揭"，言简意赅地揭示了燥病的症状，并对诸字做了解释；以"春秋相反，燥湿不同"，说明因季节不同，燥湿各异；以"寒月甚而暑月衰"，指出"凉极而万物反燥"，由"寒能收敛腠理，闭密无汗而燥"，以此言燥之胜气，亦是笔者以"寒燥"命名的理论根据，并在临床实践中得到验证；由"风热胜湿为燥"，言明燥之复气。

谈到燥，世人皆知燥是秋天的主气，故医家以秋燥论之。秋燥是秋季感受燥热之邪所引起的外感热病，其特点是病之初起邪在肺卫时有津液干燥症状，如咽干、鼻燥、咳嗽、少痰、皮肤干燥。本病多发生于秋分后至小雪前，病势轻浅，传变较少，病程较短，易于痊愈。历代论燥者甚少，清代沈目南论燥，是论燥之胜气，认为燥病属凉，谓之次寒，符合刘完素的"寒能收敛腠理，闭密无汗而燥"，《金匮要略编注》中提出"燥淫所胜治以苦温"的治法。燥邪往往首先侵犯肺脏，燥易化火，易伤肺阴。秋末天气转凉，深秋之燥与初冬之凉相合，则为凉燥。凉燥的临床表现多有鼻寒、头痛、恶寒、发热、无汗、口鼻咽干、咳嗽、脉浮涩等，宜轻宣凉燥，宣肺化痰，以杏苏散为主方，用苏叶、杏仁、前胡、橘皮、半夏、茯苓、桔梗、枳壳、甘草、生姜、大枣。喻嘉言论燥，是论燥之复气，因久旱无雨、气候干燥，或初秋燥热之气伤人，演化成温燥，其临床表现为发热、口鼻咽干、咽痛、干咳、胸痛、鼻衄、痰中带血丝等症状，宜清宣凉润或清燥润肺，用桑杏汤或清燥救肺汤加减治之。桑杏汤用药：桑叶、杏仁、沙参、川贝、栀子、梨皮、香豉。清燥救肺汤用药：桑叶、石膏、人参、甘草、胡麻仁、麦冬、杏仁、枇杷叶、阿胶。

寒燥，实际继秋季干旱少雨的温燥之邪气迫近于冬季罕见雨雪形成。刘完素言"寒月甚而暑月衰"，暑月多见湿热，寒月多见寒燥，地冻干裂、水湿下沉则为燥，水遇寒则冰，由水易冰，则容积缩小耗能为燥。最普通而朴实的"冻干"，譬如鲜豆子受冻则干，湿衣服经冻则干，这就可以理解"凉极而万物反燥"的道理，与"寒能收敛腠理，闭密无汗而燥"同理，湿衣服挂到当风处则干，此即"风热胜湿则燥"之理。汉代许慎《说文解字》中有

"燥，干也"，清代段玉裁《说文解字注》说"燥干也"，易曰"水流湿，火就燥"，所以说燥邪仍属温燥之邪。

冬燥的特点与地域关系密切，多见于少雨雪、干旱的北方冬天，往往继发于秋燥之后，温邪上受，燥自上伤，温燥之邪首先伤及肺卫，即有津液干燥，一般病势轻浅，传变较少，病程长短不一，亦可发为消渴（非专指糖尿病之消渴，指中医广义的消渴病，下同）。

我国北方每年秋天，干旱燥烈的西北风吹来，若遇久旱无雨则形成秋燥。秋燥持续到冬，北方大部地区不见雨雪，干燥的气候随着凛冽寒风的到来而变为寒燥。寒燥形成，首先侵犯肺卫，温邪上受，燥自上伤，肺位最高且肺为娇脏，故先受邪，即出现津液干燥，如口鼻咽干、双目干涩、干咳少痰或痰中带血丝、血衄、皮肤干燥等症状。寒为阴邪，燥为热邪，寒燥相合，凉极反燥。一般温热之邪疾病易于传变，而寒冷冬日疾病传播受限，所以病势以寒燥为主，传变也少。治疗得及时、得当则患者病愈，治疗不及时或不当则患者经久不愈。

前面已提到温燥亦可导致消渴，而中医的消渴是多义的，包括现在的糖尿病，但不局限于糖尿病。历代论消渴者颇多，认为消渴与燥关系密切。《素问•奇病论》言"……此肥美之所发也，此人必数食甘美而多肥也，肥者令人内热，甘者令人中满，故其气上逆，转为消渴。治之以兰，除陈气也。"《素问•腹中论》有："夫热中消中者，皆富贵人也，今禁高粱……"由于脾胃燥热或湿热壅脾，久之伤津化燥。《素问•气厥论》："心移热于肺，传为膈消""肺消者饮一溲二，死不治"。以上说明在《黄帝内经》成书前医生对消渴已有深刻认识。《宣明论方》："上消者……又谓之膈消病也。"《丹溪心法•消渴》称上消；《证治要诀•三消》称消心，指以口渴引饮为主证的消渴，该病多属心胃火盛，上焦燥热，治宜以润肺、清胃为主，方用人参白虎汤、消渴方、二冬汤。宋元后称"三消"者，泛指以多饮、多食、多尿症状为特点的病证，多由过食肥甘、饮食失宜或情志失调、劳逸失度导致脏腑燥热、阴虚火旺，治疗一般以滋阴、润燥、降火为主，根据病机、症状和病情发展阶段不同，有上消、中消、下消之别。《伤寒论·辨太阳病脉证并治》：“太阳病，发汗后若脉浮、小便不利、微热、消渴者，五苓散主之。”《医学心悟·三消》：“渴而多饮为上消，消谷善饥为中消，口渴、小水如膏者，为下消。三消之症，皆燥热结聚也。大法，治上消者，宜润其肺，兼清其胃，二冬汤主之；治中消者，宜清其胃，兼滋其肾，生地八味汤主之；治下消者，宜滋其肾，兼补其肺，地黄汤、生脉散并主之。夫上消清胃者，使胃火不得伤肺也；中消滋肾者，使相火不得攻胃也；下消清肺者，滋上源以生水也。三消之治，不必专执本经，而滋其化源，则病易痊矣。”

以上可见消渴的形成无不与燥热有关，“燥渴为病，多兼于热”，“燥极则烦渴”。湿热壅脾，久之伤津化燥，脾胃燥热，心胃火盛，上焦燥热，脏腑燥热，阴虚火旺，等等，所以《医学心悟》中有一句总结：“三消之症，皆燥热结聚也。”

通过以上论述，对寒燥的认识会逐步加深，就是“非其时而有其气”，或者说是秋燥延发到冬天。由寒燥所致的外感病有现代医学所说的咽炎、扁桃体炎、鼻炎、支气管炎、干眼症等。

(1)邪犯肺卫，发烧或不发烧，鼻塞流涕，口、鼻、咽干，双目干涩，干咳少痰或痰中带血，鼻衄，皮肤干燥，胸闷憋气，有的患者体乏无力，舌红、苔白或薄黄，脉缓涩或浮。

燥胜则干，燥性干涩，易伤津液。燥邪致病，即使在严冬并不影响燥邪自身的特性。干燥涩滞，最易伤人体之津液，造成各种津液亏虚、干燥涩滞的症状。燥易伤肺，因肺位最高且为娇脏，喜润而恶燥。肺外合皮毛，开窍于鼻，司呼吸，故燥邪伤人，必从口、鼻、皮毛而入，最易伤肺。燥邪犯肺，耗伤肺津，宣降失司，甚则伤及肺络，而出现干咳少痰，或痰黏难咯，或胸闷憋喘，痰中带血。

对发烧者宜辛凉甘润、清肺润燥，用银翘散合桑杏汤加减化裁；对咳嗽重者加二母宁嗽汤；对肺热燥咳者可加二冬二母汤；对咽痛嘶哑者加牛子、马勃、玉蝴蝶；对鼻衄者加栀子；对咯血者加白茅根、仙鹤草。

对发烧不著但鼻塞声重者，宜清宣润燥、轻透肺卫，用桑杏汤合止嗽散加减化裁；对鼻塞声重者酌加苍耳子、辛夷花；对痰难咯者加天竺黄；对胸闷者加前胡、枳实；对咯血重者，改用百合固金汤。

对以上两种证型，除鉴别症状外，亦可做血常规检查。发烧患者的白细胞数和中性粒细胞数大都偏高，一般用药3天烧退、血象正常，对余症未解者可以原方去银翘，患者继服3天即愈；不发烧患者的白细胞和中性粒细胞正常或略低，而淋巴细胞偏高，一般用药3～6天可愈，早发现、早服中药可减少痛苦、少用药、早康复。以上两种证型中7日不愈者可能并发咽炎、扁桃体炎、咽鼓管炎、支气管炎、鼻炎等，这几种病是相互关联而侧重不同的，或与反复感邪有关的。临床就诊者，有半数是经输液治疗不愈而改服中药的，大都是未成年人和妇女。考虑与输液时使用激素有关，用激素易发汗，更伤津液，复易重感。初用激素时食欲增加，多用则饥不欲食，久用时加重咽炎的发生甚至咽后壁滤泡形成，致使温燥外感久治不愈，形成恶性循环。在感冒中使用抗生素是种浪费，感冒是病毒所致。要合理使用输液治疗，能口服药就别肌内注射，能肌内注射就别输液。

临床过案中寒燥所致扁桃体炎患者并不多，大都有扁桃体炎病史，有的已成为腺样体增殖，有的腺体表面凸凹不平，但观其颜色不是红肿新发炎症，观其咽腔红赤、咽后壁滤泡形成，呈现急慢性咽炎之象。燥邪所导致的鼻炎大都是干燥性鼻炎，而不是过敏性鼻炎。有的患者用呋麻滴鼻液，药中所含麻黄辛温，可致心率加快，使患者心慌，还对鼻黏膜有收缩作用，从而加重鼻腔和鼻中隔干燥充血，已犯热因热用、燥因燥用之戒。病至于此，在润肺清凉的同时，可把凡士林、香油、薄荷油等润滑抗燥之剂涂于鼻腔，吸入湿润气体，出门戴口罩，再加服治鼻炎的中药。

对治疗燥咳的中药方药列举如下。

银翘散出自《温病条辨》：银花、连翘、桔梗、薄荷、竹叶、芥穗、豆豉、牛子、甘草。

二母宁嗽汤出自《古今医鉴》：知母、浙贝、黄芩、栀子、石膏、桑白皮、茯苓、瓜蒌子、陈皮、枳实、甘草、五味子、生姜。

止嗽散出自《医学心悟》：桔梗、荆芥、紫菀、百部、白前、陈皮、甘草。

二冬二母汤出自《症因脉治》：天冬、麦冬、知母、贝母，治肺热燥咳。

百合固金汤录自《医方集解》：生地、熟地、麦冬、百合、当归、白芍、贝母、玄参、桔梗、甘草。

注：桔梗，辛苦，微温，疗咽肿痛，载药上行，开胸利壅，宣肺祛痰，消肿排脓。其实，在燥咳病中，因桔梗辛苦、微温且上行，故最好不用。

(2) 肺燥与腑实便秘之不同：肺燥则肠闭，腑实则阴伤，二者皆可导致大便秘结，然而它们的病机完全不同。肺燥肠闭，证见咳嗽不爽而多痰，胸腹胀满，便秘；腑实阴伤，证见便秘，口干唇燥，身热或谵语，苔黑、干燥，脉沉细。肺燥影响到肠，肺与大肠相表里，肺为华盖、水之上源，肺津不布，使肠中津液缺乏，津亏而肠闭，气机失于宣扬，故咳而不爽。肺之输布失职，则津液停聚而为咳嗽痰多；肺不布津，大肠失于濡润，传导失常，糟粕停聚于内而为便秘腹胀。治宜肃肺化痰、润肠通便，用五仁橘皮汤、二冬二母汤加减化裁。五仁橘皮汤出自《通俗伤寒论》，中药有甜杏仁、桃仁、松子仁、郁李仁、柏子仁、橘皮。二冬二母汤出自《症因脉治》，中药有天冬、麦冬、知母、贝母。腑实便秘系燥热内结阳明，津伤肠燥。胃为水谷之海，与脾相表里，为水液上腾下达之枢，中焦如沤的功能受制，上不能输精以养肺，下不能助肾以制水。阳明热结津伤，故大便不通；耗伤津液，故口干唇燥；腑热过盛，上冲扰及神明则谵语；舌苔黑而干燥、脉沉细是热结阳明、津液被灼之象。宜滋阴通下，用调胃承气汤合增液承气汤加减化裁。调胃承气汤出自《伤寒论》，中药有大黄、芒硝、甘草。增液承气汤出《温病条辨》，中药有大黄、芒硝、玄参、麦冬、生地黄。

以上两证均见大便秘结，然而病机不同：前者为肺不能布化津液而肠燥便秘，并无谵语及苔黑、干燥、热盛之象；后者因燥热结滞而腑实津伤，并无咳嗽、多痰。所以两者的治法、用药不同。温燥邪气致大便秘结是常见的，若邪伤卫气，用药时酌情加麦冬、天冬、玄参、生地黄等防微杜渐，既有利于燥病的治疗，又免于大便秘结。麦冬养阴清热，润肺止咳，上提清气使津升；天冬滋阴清热，润肺化痰，下行滑肠而通便；玄参养阴生津，泻火解毒，润肠，可通便；生地黄清热生津，凉血止血，抗燥而通便。

（3）温燥病邪与消渴治疗辨析：前面已经论述很多，现代医学中的消渴常见于糖尿病、尿崩症、肾上腺皮质机能减退等疾病。中医学的消渴常见于伤寒病、温热病、温燥病等疾病。现代医学可以检验血糖、糖化血红蛋白、胰岛素等来界定、诊断、鉴别、用药，但是用现代检测手段不能监测中医学中的消渴，中医学中的消渴仍需要中医去辨病辨证施治，现代的糖尿病在未发生并发症时亦可参考中医的消渴去辨病辨证施治。

《素问·经脉别论》："饮入于胃，游溢精气，上输于脾，脾气散精，上归于肺，通调水道，下输膀胱，水精四布，五经并行。"本段经文非常经典，不仅阐发了人体水液代谢的全过程，还把水谷精微的代谢寓于其中，结合前面论述的"气化"和人体的升降出入理论（"升降息则气立孤危，出入废则神机化灭"），便可以解释中医学的新陈代谢。刘完素和叶天士论燥治消渴，都是在经典理论指导下产生新的理论。

温燥病邪所导致的燥热伤肺、肺胃阴伤、气血两燔、燥伤真阴等都可出现消渴。刘完素用麦门冬饮子治消渴，方中人参、粉葛、甘草有助于脾气散精上归于肺，麦冬、知母、茯苓通调水道，下输膀胱，促进新陈代谢，源清流洁，消渴止而燥证自除。叶天士"上燥治气，下燥治血"，在燥病和消渴的治疗用药上亦可参考。

（4）气阴两虚（气阴两伤）指在热性病或某些慢性消耗性疾病过程中出现的阴液和阳气均受耗伤的现象。程度轻者称为气阴不足，程度重者称为气阴两虚，这在温燥病中属于常见的现象。临床上有三种情况：①见于热性病的前期，患者热退或未退，大汗气促，舌嫩红或干绛，口渴，脉散大或细数，有虚脱倾向。②见于热性病后期，患者肝、肾真阴亏损，元气大伤，低热，手、足心灼热，自汗，盗汗，神倦，食少，口干舌燥，舌绛苔少，脉虚大。③见于内伤杂病，如肺结核、糖尿病，患者出现神疲形倦、少气懒言、口干咽燥、自汗、盗汗、潮热、口渴，舌红无苔、脉虚数等。

患者在温燥病中出现气阴两虚，其平素就有气虚的症状，如少气懒言，活动时气喘、心慌，自汗，又具有阴虚的症状，如皮肤干燥、口干、自觉发烧而体温不高。一旦温燥病邪侵袭，气阴两虚的症状尤为突出，宜益气养阴、肺肾同治，用加减复脉汤合生脉散。

加减复脉汤出自《温病条辨》：炙甘草、干地黄、生白芍、麦冬、阿胶、麻仁。

生脉散出自《内外伤辨感论》：人参、麦冬、五味子。在燥性病所致的气阴两伤中用西洋参或太子参为妥。

二、感冒的误治

感冒是最常见、最多发的一种疾病，一年四季皆可发生，在基层医院居就诊患者所患疾病的首位，貌似轻病，实则多种多样，传变为重症的例子数不胜数。前人将感冒大致分为伤寒、温病、时病等，这些皆为病毒所致，每一类又分为多种类型。到今天医学也未能将感冒病毒剖白缕析，这是医学的难题，但愿将来医学能将外感病毒分得像化学元素周期表那样清楚。

半个多世纪以来，治疗感冒从使用解热镇痛的复方阿司匹林、复方氨基比林、对乙酰氨基酚、非那西丁、安乃近等，到加入氢化可的松、地塞米松，有的还用复方氨基比林和激素类药混合肌内注射，此类治疗成为家常便饭。所用消炎药有磺胺药等多种抗生素，如磺胺噻唑、磺胺嘧啶、复方新诺明、土霉素、四环素、氯霉素、多西环素、金霉素、青霉素、氨基糖苷类、头孢类……何止是普及，简直是滥用。这种滥用解热镇痛药、激素、抗生素的做法大错特错。

说到感冒，迄今为止，医学也难能尽数其种类。感冒在西医看来属于上呼吸道感染、普通季节性感冒、流行性感冒；在中医看来，大致分为伤寒、温病、时病三大类。对伤寒再以太阳、阳明、少阳、太阴、少阴、厥阴经病、腑病和兼证去细分。温病又有温病、瘟疫、温毒之不同，按时令和温之轻重又分为风温、温热、温疫、温毒、春温、冬温、暑温、伏暑、湿温、寒湿、温疟、秋燥等。按四季时令派生出时病。相对于西医而言，中医更为详细和对证。滥用解热镇痛药、激素和抗生素危害大，打乱疾病的走势，抑制自身免疫功能，掩盖症状，给治疗带来更多麻烦。初始貌似有效，过后反复发作、长期不愈，有些小儿经常输液导致多年难以康复。

发炎有细菌性、病毒性、外伤性、物理性等因素。绝大部分感冒是病毒感染引起的，而抗生素是用来抗菌的。滥用抗生素带来的弊端包括菌群失调、产生细菌耐药性疾病、杀伤正常抗病细胞、抑制自身免疫功能、胃肠功能紊乱、诱发其他疾病等，不胜枚举。当然，近年来我国生产了很多抗病毒药，如阿昔洛韦、更昔洛韦。但是，这些药的作用与用中药饮片配方煎服、中药针剂的作用大相径庭。可以随机抽样，中医、西医各治疗10个内科患者，制定治愈标准，把短期疗效、长期疗效、病程长短、近期复发情况做对照，结果会使西医不得不折服。北京名医孔伯华等几位老中医就曾做过这样的对比。

至于用药途径，能口服者不要肌内注射，能肌内注射者不要输液，输液给药是下下之策。在输液的过程中，必然要建立通道，建立通道会破坏血管，脱落的细胞、组织等微小物质会形成用肉眼看不见的无数微血栓混入血液。经常输液，微血栓积累会造成什么样的后果？

其实，发烧本身并不是疾病，而是很多疾病的一个症状，感冒时发烧也是正邪交争所出现的一种抗病反应。人的正常体温约37℃（腋温低、口温中、肛温高），若无任何不适感，不能认定为发烧。感冒时发烧，若体温不超过38.5℃（成人）或39℃（小孩），无须太过紧张，也不主张立即用解热镇痛药或激素退烧。即使高烧，也需先弄清病因、病种再做相应的处理。一般感冒时发烧，在人体能耐受的范围内，最好不要急于用解热镇痛药或激素去降温。传统治疗感冒的中成药中不含解热镇痛药成分，可以服用。最好的办法是多饮水和物理降温，如温水擦澡、冷敷，这样处理后一般无大碍。去医院检查一下血常规和C反应蛋白，有利于细菌性感染等炎性疾病和病毒感染性疾病的鉴别诊断，病毒感染时的C反应蛋白多不升高。若已经盲目地用了解热镇痛药、激素或含解热镇痛成分的中成药，即使去医院检验白细胞和C反应蛋白，数据也不正确，无任何参考意义。有些医生依此检验结果而去使用抗生素、激素是错误的。

一些人认为用抗生素、激素、解热镇痛药退烧快、疗效显著，殊不知这样做后，半天至一天就复发，甚至对外感咳嗽毫无效果而造成危害。由于这些药抑制了自身免疫功能，病情反复发作，病程迁延数日、数月，甚至常年有感冒症状。待患者再去找中医治疗，早已是表气虚、营卫不固、气阴两虚。实际上，一开始用几剂中药即可痊愈。

不仅是对感冒，对大多数内科病，如急性菌痢、腮腺炎、睾丸炎、带状疱疹、消化道疾病，中医治疗仍占优势。小儿服用中药有一定的难度，但事在人为，一周岁后的小孩习惯用中药的大有人在。中医还有推拿、按摩、针灸、理疗等法。对于一些疾病，中西医结合治疗有优势，有必要进行中西医结合的研究。

三、痹症古今说

痹症是因感受风寒湿热之邪，闭塞经络，气血运行不畅，引起以肢体关节疼痛、肿胀、麻木、酸楚、重着以及活动不利为主要症状的病症。历代医家对痹症都有精辟的阐述，自轩岐以来，医论鸣世者众。而现在临床上所遇到的痹症，在前人阐释的基础上发生着变化，这也是继承发展的必然，有些是古人未经治疗的痹症，说明今天的痹症涵盖的范围扩大了。

对痹症的论述最早见于《五十二病方》的伤痉："痉者，伤，风入伤，身伸而不能屈。"它既含有颈项强直、角弓反张的痉，又包括痹痉的痉。《黄帝内经》中以"痹论"详细论说。《素问•痹论》曰："所谓痹者，各以其时重感于风寒湿之气也。"又曰："风寒湿三气杂至，合而为痹也。其风气胜者为行痹，寒气胜者为痛痹，湿气胜者为著痹也。"又曰："以春遇此者为筋痹，以夏遇此者为脉痹，以秋遇此者为皮痹，以冬遇此者为骨痹。以至阴遇此者为肌痹。"肾主骨，主时在冬；肝主筋，主时在春；心主脉，主时在夏；脾主肌，主时在长夏；肺主皮，主时在秋。此为四时五脏痹之最早出处。《素问•四时刺逆从论》曰："厥阴有余病阴痹，不足病生热痹。"其中，"热痹"一词首次出现。《灵枢•五变》云："粗理而肉不坚者，善病痹。"嗣后诸家多从《黄帝内经》的《素问》和《灵枢》之言而发挥。《金匮要略•中风历节病脉证并治》言："夫风之为病，当半身不遂，或但臂不遂者，此为痹。"此言中风与痹症之区别，一则是内风，一则是外风。《金匮要略•血痹虚劳病脉证并治》，从脉证说到痹则言："夫尊荣人，骨弱肌肤盛，重因疲劳汗出，卧不时动摇，加被微风，遂得之。"对于痹症的治疗，《金匮要略》载有乌头汤、桂枝芍药知母汤、防己黄芪汤等。唐代孙思邈《千金要方》中创独活寄生汤。宋代医者也多以清热祛湿治热痹，如宋代朱肱《类证活人书》创白虎加苍术汤。元代朱震亨立"痛风"这个病名。明代张景岳，清代叶天士、吴鞠通等据《黄帝内经》理论对痹症皆有所阐释。

随着医学的不断发展，痹症也在发生变化，现已归类为肢体经络病症的范畴。通常把西医学中的风湿性关节炎、反应性关节炎、股骨头无菌缺血性坏死、痛风、肩关节周围炎等归于痹症的范围。而今，痛风、颈椎病、腰椎病日渐增多，已成为常见病和多发病。

痛风之名由来已久，在西方国家最早见于古希腊的西医鼻祖希波克拉底的描述，在我国远在春秋战国时代就有相关记载。《黄帝内经》中往往将痛痹或热痹认定为痛风。《金匮要略•中风历节病脉证并治》则立"历节病"，认为"历节疼，不可屈伸""疼痛如掣""诸肢节疼痛，身体魁羸，脚肿如脱"。明代秦景明《症因脉治•痹证论•热痹》："热痹之症，肌肉热极，唇口干燥，筋骨痛不可按……热痹之因，阴血不足，阳气偏旺，偶因热极见寒，风寒外束。"这是关于痛风症因的描述。

对于痛风的正名和认识，当推"义乌三溪"，即元代朱震亨（又名丹溪）、明代虞天民（又名华溪）、清末民初陈无咎（又名黄溪）。此三人虽非出自一朝，但祖籍都是义乌。由于义乌气候偏热，环境潮湿，许多人嗜食酒肉、厚味，有痛风发生的条件。所以，"义乌三溪"论痛风、湿热痹症较多。现在"三溪堂国药店"门庭若市。朱震亨立"痛风"的病名，对后世影响很大。他著有《格致余论》一书，内有"痛风论"篇，明确提出："彼痛风者，大率因血受热已自沸腾，其后或涉冷水，或立湿地，或扇取凉，或卧当风，寒凉外搏，热血得寒，污浊凝涩，所以作痛，夜则痛甚，行于阴也。"他在著作《丹溪手镜》中，清楚地表明痹和痛风不是同一病症。《丹溪心法•痛风》中创痛风方，将清热燥湿之"二妙散"（虞天民在《医学正传》中所创的三妙散和张秉成在《成方便读》中创的四妙散），泻火引水之龙胆、防己，活血祛瘀之桃仁、川芎，燥痰祛风之南星、白芷，祛风通络之桂枝、灵仙，消积和胃之神曲熔于一炉，疏风祛寒宣于上，清热利湿泄于下，活血祛瘀，燥痰消滞调其中，以达到三焦同治之目的。

当代首都国医名师路志正，也曾去朱震亨的故地——义乌考察，对痹症和痛风的研究都有独到之处。今天，由于交通物流的方便，大量的海产品运销于内陆地区，那里的人们可以经常服食酒、肉、鱼、虾，痛风也多起来了。所以，我们要借鉴前贤的经验，密切结合临床，洞悉中医经典，参考《中医内科学》对痹的分类和诊治，对新发病做出准确的判断和正确的治疗。

颈椎病和腰椎病现在已成为常见病和多发病，而且患者越来越年轻化了。这类疾病归属于中医骨痹、筋痹、脉痹、血痹、热痹中的哪种，尚未有明确说法，见仁见智，尚存歧义，有待同道商榷。

四、胸痹别论

目前，临床上一提到胸痹，就首先联想到西医学的冠心病、心绞痛和心肌梗死，甚至教材所述和老师讲课也是这一口径。其对冠心病和心肌梗死的重视无可非议，殊不知"胸痹"是一个大课题，在多学科、多病种中都可见到。比如，妇科病中的妇女行经胸胀闷痛、颈椎病压迫臂丛神经引起的胸痛、经络气血运行不畅所导致的肋间神经痛、肋软骨炎（旧称泰奇氏病）、外感失治和误治所形成的结胸症，难道都成了冠心病吗？中医临床不能一味地将胸痹按冠心病去诊治。

正式提出"胸痹"的名称，并长篇论述的，当推汉代张仲景。他在《金匮要略·胸痹心痛短气病脉症并治》中谈到胸痹、心痛、短气三种病，对三者分论。他说："胸痹之病，喘息咳唾，胸背痛，短气，寸口脉沉而迟，关上小紧数，瓜蒌薤白白酒汤主之。""胸痹不得卧，心痛彻背者，瓜蒌薤白半夏汤主之。"西医学的冠状动脉粥样硬化性心脏病，简称为冠心病，全称未表达出动脉硬化的病因。冠心病不能涵盖胸痹。

胸痹是指以胸部闷痛，甚至胸痛彻背、喘息不得卧为主症的一种病，轻者仅感胸闷隐痛、呼吸欠畅，重者则有胸痛，严重者心痛彻背、背痛彻心。无怪乎临床将胸痹都按冠心病去诊治，因为这个定义就是按冠心病的症状去定义的。"胸"指的病变发生的部位在胸膺；"痹"指麻木，闭阻不通。其实临床上的确存有歧义：把胃病当冠心病去治，或把冠心病当胃病去治；把胸乳胀痛当冠心病去治，或把冠心病当胸乳胀痛去治；把肋神经痛当冠心病去治，或把冠心病当肋神经痛去治；等等。胸痹不一定都是冠心病、心绞痛、心肌梗死。临床上多种病都能出现胸部闷痛、刺痛，甚至胸痛彻背的症状。胸痹有些转变为心肌梗死，有些是突发性心肌梗死，有些并不是冠心病。

按照冠心病、心绞痛、心肌梗死的症状去寻求理论根据，当然要查阅《素问》和《灵枢》了。《素问•脏气法时论》曰："心病者，胸中痛，胁支满，胁下痛，膺背肩胛间痛，两臂内痛。"《素问•缪刺论》曰："邪客于足少阴之络，令人猝心痛。"《灵枢•厥病》云："真心痛，手足清至节，心痛甚，旦发夕死，夕发旦死。"《灵枢•五邪》云："邪在心，则病心痛，喜悲，时眩仆。"多处谈到心痛病，但那时没指出胸痹。

凡遇胸痛，应注意发生部位、疼痛性质、疼痛持续时间、放射部位、伴随的其他症状，做心电图、心脏超声、心肌酶等检查，必要时做冠脉造影，中西医结合做出较为确切的诊断。笔者以为临床诊断应将真心痛单独列为一种病，张仲景也认为胸痹和心痛不能混为一病。

胸痹以胸部闷痛为主症，患者多见膻中或心前区憋闷疼痛，甚至痛彻左肩背、咽喉、胃脘部、左上臂内侧等部位，呈反复发作性，一般持续几秒到十几分钟，休息或用药后可缓解。常伴有心悸、气短、自汗，甚至喘息不得卧，严重者可见疼痛剧烈、汗出肢冷、面色苍白、唇甲青紫、脉散乱或微细欲绝等危候，可发生猝死。真心痛乃胸痹的进一步发展，症见心痛剧烈，甚至持续不解（一般超过15分钟），伴有汗出、肢冷、面白、唇紫、手足青紫、脉微或结代等危重证候。心衰主要表现为心悸、气短、尿少、浮肿并见或伴有胸闷涩痛、气急喘、不得卧等。任何疾病都有复杂的一面，可能多病种交织，所以治疗时须周察。

笔者自1991年2月至2010年3月，曾先后患过三次心肌梗死，于2010年4月做了冠状动脉旁路移植术（即冠脉搭桥术）。三次心肌梗死的症状不尽相同。第一次发病于1991年2月26日下午2时，发病前几天笔者多次出现眩仆，有一次头碰到水泥柱子上。发病时胸闷、腹痛、恶心、反复多次呕吐酸苦水及胃内容物、冷汗出、心悸、面白、气短，有濒于死亡感，持续半小时以上，症状与急性胃脘痛非常相像，心电图检查是急性下壁心肌梗死。第二次发病于1994年10月10日午饭后，由患感冒和劳累而诱发，胸闷、胸痛，不能平卧，心前区胸骨后绞榨样痛，牙痛，自己注射杜冷丁无效，改注射一支吗啡后，被抬到病房，吸氧、滴注硝酸甘油近两小时方缓解，心电图显示侧壁心肌梗死。第三次发病于2010年3月25日晚9时，由恼怒而诱发，出现心悸、气短、眩晕、头痛、脉结代、血压升高，自己爬到六楼病房，气喘、胸闷加重，心电图显示二、三联律（频发室性早搏），除原来心肌梗死部位外没有发现异常，血压21.33／12.00kPa（160／90mmHg），经用药缓解。笔者于2010年4月16日，在北京协和医院行冠脉搭桥术，术中发现有新的梗死病灶并渗血。

通过自己三次心肌梗死的发病经历，回想当年高德恩老师讲心电图学时（1981年）再三强调：中老年患者如患牙痛、头痛、眩晕、颈肩痛，一定考虑到冠心病、心肌梗死；心电图显示ST段平直延长和PTF–V1出了问题，要联想到冠心病和心肌梗死。

"十二五"规划教材《中医内科学》中，把胸痹的证治分为7种类型：①心血瘀阻证，证机属血行瘀滞，胸阳痹阻，心脉不畅，治宜活血化瘀，通脉止痛，代表方用血府逐瘀汤加减。②气滞心胸证，证机属肝失疏泄，气机郁滞，心脉不和，治宜疏肝理气，活血通络，代表方用柴胡疏肝散加减。③痰浊闭阻证，病机属痰浊盘踞，胸阳失展，气机闭阻，脉络阻滞，治宜通阳泄浊，豁痰宣痹，代表方用瓜蒌薤白半夏汤合涤痰汤加减。④寒凝心脉，证机属素体阳虚，阴寒凝滞，气血痹阻，心阳不振，治宜辛温散寒，宣通心阳，代表方有枳实薤白桂枝汤合当归四逆汤加减。⑤气阴两虚证，病机属心气不足，阴血亏耗，血行瘀滞，治宜益气养阴，活血通络，代表方用生脉散合人参养荣汤加减。⑥心肾阴虚证，证机属水不济火，虚热内灼，心失所养，血脉不畅，治宜滋阴清火，养心和络，代表方用天王补心丹合炙甘草汤加减。⑦心肾阳虚证，证机属阳气虚衰，胸阳不振，气机痹阻，血行瘀滞，治宜温补阳气，振奋心阳，代表方用参附汤合右归饮加减。这7种类型的证机相同点有痹阻、瘀滞、不通，所以以通为补，活血化瘀为其治疗之大法。这7种分型，在临床上不仅适用于冠心病、心绞痛，还适用于胸痹的其他类证。临证周察确属急性心肌梗死，必须以中西医结合治疗。

曾记得，有一位患者胸痛、胸闷，市（淄博）、县（桓台）级医院都按冠心病去治疗罔效。该患者曾在笔者门诊就诊，笔者认为其病属经络不通的肋间神经痛，七情所致心胃神经官能症，为气滞血瘀、思虑伤脾所致，该患者不接受这个诊断。2007年2月21日，该患者住我院，请济南齐鲁医院王苏加主任会诊，笔者亦在场。王苏加主任否定了冠心病的诊断，而是诊为心胃神经官能症，并无给予治疗，嘱其请中医调治。

今撰此文，意在于冠心病属中医胸痹的范畴，胸痹并不都是冠心病。临床对冠心病不要漏治和误治。

五、眩晕与颈椎病

眩是眼花或眼前发黑，晕是头晕甚或感觉自身或外界景物旋转，因为二者常同时出现，故称眩晕。轻者闭目即止，重者如坐舟车，旋转不定，站立不稳，或伴有恶心、呕吐、汗出，甚或昏仆。现代医学认为，眩晕是因机体对空间立位的障碍而产生的一种动性或位置性错觉。它涉及多学科如内科、耳鼻喉科、骨科等，可以说是一个病证，也可以说是某些病中的一个症状。临床常见病证有梅尼埃病、良性位置性眩晕、低血糖症、高血压病、低血压病、脑动脉硬化症、贫血、椎－基底动脉供血不足等。大都忽视了颈椎病所导致的眩晕，亦即本文对眩晕有歧义之处。

历代医家谈及眩晕者颇多，都有精当之处、经典之论。如《素问•六元正纪大论》曰："……甚则耳鸣眩转，目不识人，善暴僵仆。"《灵枢•海论》云："髓海不足，则脑转耳鸣，胫酸眩冒，目无所见，懈怠安卧。"《灵枢•大惑论》云："独瞑独视，安心定气，久而不解，独转独眩。"《灵枢•卫气论》云："上虚则眩，上盛则热痛。"

汉代张仲景认为：痰饮是眩晕的重要致病因素之一。元代朱震亨《丹溪心法•头眩》强调"无痰不作眩"，提出痰水致眩学说。明代张景岳将此症称为眩运，在《景岳全书•眩运》中以较长篇幅论述，强调"无虚不作眩"。

"十二五"规划教材中，对眩晕的病因、病机、辨治分类都有详细的阐述，唯独没有提到颈椎病所导致的眩晕，而现在临床上这却成了常见病和多发病，且多被许多医生所忽视，每当遇到眩晕，一概以梅尼埃病、脑动脉硬化症、椎－基底动脉供血不足等去误治。椎间盘病有明确的手术指征，可考虑手术，但是绝大多数可以保守治疗，尽管不好治，并不是不能治。当然，《中医内科学》中"眩晕"一节的后面所附的《临证备要》中也提到："部分眩晕患者西医诊断属于椎－基底动脉供血不足，CT检查多发现有'颈椎病'的显像，临证除给予药物治疗外，还可以适当配合手法治疗，以缓解颈椎病的症状。"设问：给予什么样的药物治疗？什么样的手法治疗？既然出现问题，怎么能一言蔽之！

颈、腰椎间盘病，常见的是椎间盘突出、髓核脱出和椎间盘膨出，尚有退行性病变、黄韧带钙化等，统称为颈椎病和腰椎病。病变压迫神经根及其周围血管、神经、肌肉、组织，中医则称为压迫血管、经脉、肌肉、筋膜，使其充血水肿，则出现眩晕、肩臂发麻、胸痹、腰痛、坐股神经痛等病症。中医并无颈椎病、腰椎病之说，根据临床症状、表现、体征和部位，它们属于骨痹、筋痹、脉痹等范畴，古之所言痹证中也缺乏此类描述，颈椎病、腰椎病与古之痹证有殊义之处，所以在诊断、治疗、用药等多方面都有歧义。虽然，目前对颈椎病、腰椎病的治法多，有手术、推拿等，但无成熟可行的办法。谈到颈椎间盘，医疗卫生界要感谢潘之清先生，在CT、MRI用于临床之前，潘先生首先发现了颈椎间盘，而且笔者曾亲眼见到他做颈椎间盘复位的操作展演，应该说他是世界颈椎病的第一人了。

笔者仅以个人之管见，对颈椎病所导致的眩晕的治疗加以粗论，至于当否，愿与同道商榷。

《素问·至真要大论》曰："诸痉项强，皆属于湿。"这明确提出湿致项强和痉证，湿与水气、水肿同类。《灵枢·大惑论》云："故邪中于项，因逢其身之虚，其入深，则随眼系以入于脑，入于脑则脑转，脑转则引目系急，目系急则目眩以转矣。"这段经文的意思是若邪气侵入项部，乘人体虚弱引起目系紧急，出现眩晕的症状。此处"邪"可以理解为所有能累及颈项的致病因素。汉代张仲景《金匮要略·痰饮咳嗽病脉证并治》言："心下有支饮，其人苦冒眩，泽泻汤主之。"首次谈到致眩为支饮，写到第一个制方——泽泻汤。《伤寒论》言："太阳病，项背强几几，无汗恶风，葛根汤主之。"张仲景认为太阳病无汗恶风，又兼有项背拘急不舒，此为风寒袭表、经气不利、气血运行不畅所致，用葛根汤去治疗。提示我们项背拘急不舒、经气不利、气血运行不畅，这不正是颈椎病的病因证治吗？清代程钟龄

《医学心悟》谈到眩晕时说："头旋眼花，非天麻、半夏不除是也，半夏白术天麻汤主之。"

至此，我们应该心中有数了。《中医内科学》对眩晕做了五个证治分类：肝阳上亢证，治宜平肝潜阳，清火息风，代表方用天麻钩藤饮加减；痰湿中阻证，治宜化痰去湿，健脾和胃，代表方用半夏白术天麻汤加减；瘀血阻窍证，治宜祛瘀生新，活血通窍，代表方用通窍活血汤加减；气血亏虚证，治宜补益气血，调养心脾，代表方用归脾汤加减；肾精不足证，治宜滋养肝肾，益精填髓，代表方用左归丸加减。细考之，这五个证型中，眩晕最严重、最常见，应该是痰湿中阻证，即西医的梅尼埃病和颈型眩晕。不过，在临床上，对于眩晕证，也仅根据患者的描述、症状和体征推断，而目前尚不能做到量化检测。

现代中医诊治疾病，除四诊合参外，大都是再借助现代医学的某些检测手段，先辨病而后去辨证论治。在颈椎病所导致的眩晕中，也应该是这样的辨治思路。四诊的望、闻、问、切中，将切脉延伸到叩、触去诊疗疾病，当触攂患者颈项，手下便有感知，再结合CT检查即可做出颈椎病的诊断。

治疗颈椎病的基本方（指内科保守治疗）：葛根30～60g、姜黄12g、水红花子30g、半夏9g、白术12g、泽泻25g、橘红9g、茯苓12g、天麻12g、三七6g、甘草6g、益母草30g，水煎服。在此基本方的基础上，可以参照《中医内科学》对眩晕的辨证分型加减化裁施治。总之，主要着眼于痰湿、瘀阻，选用既能活血，又能利水、祛湿、镇痛的药物为宜。泽泻利水渗湿、化浊降脂、祛腐水、生新水，水红花子活血消积、健脾利湿，益母草既能活血，又能利水，天麻息风止痛、平抑肝阳，祛风通络。主要药物葛根属发散风热药。大凡解表药概言之有五大作用，即表、疹、痰、水、风。葛根味辛能行，通经活络，可用于治疗中风偏瘫、胸痹心痛、眩晕头痛，缓解项紧。现代药理研究，葛根的煎剂、醇浸剂中的总黄酮、大豆苷、葛根素均能对抗垂体后叶素引起的急性心肌缺血。葛根总黄酮能扩张冠状动脉血管和脑血管，增加冠状动脉血流量和脑血流量，降低心肌耗氧量，增加氧供应。葛根具有直接扩张血管的作用，使外周阻力下降，而有明显降压作用，能较好地缓解高血压患者的项紧症状。葛根所含有的不同成分分别具有收缩与舒张内脏平滑肌的作用，并有降血糖、降血脂、抗氧化等作用。

葛根有降压和降血糖的作用，多年来，在临床的应用中，用量大都在50～60g，尚未发现出现低血压和低血糖反应者。这或许与其对症和双向调节、饭后服药有关，至于最适宜剂量有待进一步探讨。

眩晕一证涉及多学科、多病种，数科交叉、数病皆见，你中有我，我中有你，相对复杂。中枢神经和十二对脑神经会于脑，十二正经和奇经八脉直接或间接会于脑，神经和经脉都是比邻紧靠、伴行、相互影响的，一经有病，他经受累。所以，医治眩晕，须周察。比如周围性面瘫引起口眼歪斜、头痛眩晕，不仅第七对脑神经发病，第二、三、八、九对神经亦可累及，失治、误治亦可导致耳鸣、耳聋、视力障碍。

六、泄泻之于脾肾阳虚

泄泻在历代医学文献中皆有论述。《素问·阴阳应象大论》说："……清气在下，则生飧泄，浊气在上，则为䐜胀。"通览全篇有言泄泻、言风、言湿、言寒、言热之处等，此明言四气皆能令泄也。汉代张仲景《伤寒杂病论》及汉代、唐代的医书多称泄泻为"下利"；宋代以后统称"泄泻"；明代李中梓《医宗必读·泄泻》中说，治泄泻法有九。今之称腹泻，凡排便次数增多，粪便稀薄，甚至如水样，但无脓血及里急后重者，即叫作泄泻。"无脓血及里急后重"，此言未必尽然。其实，溃疡性结肠炎亦可见脓血便，而又有学者称之为"宿痢"；湿热泄泻亦见有"里急后重"者。

现代所言腹泻，可分为急性泄泻和慢性泄泻。急性泄泻分寒湿、湿热、伤食三种，慢性泄泻分脾胃虚弱、肝、脾不和、脾肾阳虚三种。论其治法：对寒湿泄泻，治宜散寒化湿，兼以分利，常用胃苓汤加味，对兼有外感风寒、内伤饮食者，可用藿香正气丸；对湿热泄泻，治宜清利湿热，方用葛根芩连汤加味；对伤食泄泻，治宜消食导滞，方用保和丸加减。对急性泄泻辨证明确，治法、用药精当，患者可速愈。对慢性泄泻中的脾胃虚弱，治宜健脾渗湿和胃，常用参苓白术散加减；肝、脾不和，治宜抑肝扶脾，当用痛泻要方加减；对脾肾阳虚，治宜温肾散寒，兼温脾阳，常用四神丸合附子理中汤加减。凡此种种，皆为常理而论治也，李中梓的泄泻九法备已，然则有不效者，又何也？特别是慢性泄泻久治不愈者，临床并不罕见。

脾肾阳虚泄泻属于慢性泄泻的范畴。就脾肾阳虚泄泻而言，肾阳是人体一切阳气之本，肾阳亏虚，必然导致脾阳亦虚，因为脾阳是源于肾阳的。脾阳亏虚又可及脾胃虚弱，脾虚致使肝气过盛，则出现肝、脾不和之泄泻。此三者互相交织在一起，给慢性泄泻的治疗增加困难。所以脾肾阳虚泄泻的治疗，一味地用四神丸合附子理中丸并不一定显效。在此，必须说一下泄泻九法和抑肝扶脾的痛泻要方。

泄泻九法出自李中梓的《医宗必读·泄泻》，一为"淡渗"，使湿从小便而出，即所谓"利小便以实大便，寒湿泄泻之用胃苓汤可矣"；二是"升提"，"久泻脾胃气虚下陷（中气下陷），脱肛，用升、柴、葛、羌，鼓舞脾胃之气上腾，则泄泻脱肛自愈，如脾胃虚弱之用补中益气汤是也"；三是"清凉"，即"热者清之"之意，如"湿热泄泻之用葛根芩连汤即是"；四为"疏利"，即"实者泻之"，"用保和丸、枳实导滞丸，即是"；五为"甘缓"，即"急者缓之"之意；六为"健脾"，如"脾胃虚弱泄泻之用参苓白术散"，即含"甘缓"和"健脾"二法；七为"酸收"，即"散者收之"之意，如"久泻伤阴之用人参乌梅丸，即是"；八为"温肾"，即"温补肾阳，如五更泻之用四神丸，即是"；九为"固涩"，如"治滑泻之用养脏汤，可也"。治法虽多，功在辨证，一法可用，多法并施，融会贯通。

痛泻要方原出自《丹溪心法·泄泻》，原名为白术芍药散，《景岳全书》引刘溥的著作，自张景岳开始称之为痛泻要方。此方可治疗过敏性结肠炎、过敏性腹部紫癜、行经腹痛、肠易激综合征等。明代吴昆《医方考》言"泻责之脾，痛责之肝；肝责之实，脾责之虚；脾虚肝实，故令痛泻"，言简意赅。

脾肾阳虚泄泻俗名"五更泻"。其实，五更是个大约的时间，五更是阴尽阳升之时，此时腹痛、肠鸣，急迫泄泻以缓腹痛。在此附五更（鼓）与今时对照：一更（鼓）约20时，二更（鼓）约22时，三更（鼓）约0时，四更（鼓）约2时，五更（鼓）约4时。

临床常见慢性泄泻的主要症状：大便溏泻，水谷不化，脘腹痞满，食欲不振，面色萎黄，倦怠乏力，舌质淡，苔薄白，脉沉缓或沉弱，此类归型为脾胃虚弱；腹痛即泻，泻后而痛不减，多因生气愤怒，精神因素而加重，平时常伴有胸胁胀闷，嗳气，食少，舌淡，苔薄白，脉弦，此类归型为肝、脾不和；黎明之前，脐下作痛，或偏于左，或偏于右，或在脐周、脐下，肠鸣即泻，泻后即安，或伴有腹部畏寒，下肢觉冷，舌质淡，苔薄白，脉象沉细，此类归型为脾肾阳虚。此三型在舌质、舌苔上有雷同之处。在脉象上，肝、脾不和型与其他两型以脉弦为别，而其他两型舌脉相似。在症状上，脾肾阳虚泄泻有定时，在五更，而其他两型泻时不定。脾肾阳虚泻后而痛缓，而肝、脾不和泻后痛不减。脾胃虚弱侧重在消化道症状，肝、脾不和侧重于肝气疏泄失常和精神因素，脾肾阳虚侧重于寒。

某患者，男，48岁，素有烟酒嗜好，2013年夏，因狂饮啤酒、过食生冷而致腹痛、肠鸣、腹泻，泻后暂缓，多于黎明前腹痛即泻，急迫难忍。当时并没在意，时至秋冬多方延医不效，遂来就诊。辨证属慢性泄泻之脾肾阳虚，处方如下：煨玉果12g、炒故子12g、五味子9g、吴茱萸10g、防风15g、炒白芍18g、焦白术18g、陈皮9g、熟附子12g、炮姜9g、肉桂9g、生姜5片、大枣5枚，为基本方，病重加元胡12g、砂仁9g，肠鸣重则加茯苓30g，随症加减化裁，每服6剂休药1天，连续用药3个月方告愈。

本方中玉果、故子必须分别煨、炒去油，以防滑肠。白芍又名"小大黄"，必酒炒或麸炒以减寒。方中必须加生姜和大枣调和启中，不然难效。四神丸的方歌"四神故子吴茱萸，五味肉蔻四班需，大枣百枚姜八两，五更肾泄火衰易"不无道理。全方将淡渗、升提、甘缓、健脾、酸收、温肾、固涩等法寓于其中。在具体用方时，可根据肝、脾、肾，气、虚、寒的临床症状调整药的剂量，不效亦不更方，欲速则不达。再者，一定注意患者的饮食和情绪。实践证明本方是行之有效的。

需要强调的是，急性泄泻比较单纯，辨证无误，用药精当，效如桴鼓。慢性泄泻则不然，往往几个证型交织在一起，仅是侧重不同罢了，所以，一法独用往往不效，数法并施尚须持久。

七、伤寒与温病绝非一病

临证中用《伤寒论》中方治温病者屡见不鲜，其实伤寒与温病绝非一病。温病学是在奠基之作《黄帝内经》和《伤寒论》的基础上发展起来而逐渐形成的体系，因此，伤寒与温病在概念和临证用药中是有区别的。《素问•热论篇》"今夫热病者，皆伤寒之类也"中的"热病"是发热性疾病，"伤寒"泛指一切外感病。《素问•生气通天论》"冬伤于寒，春必温病"中的"寒"是感而即发的外感风寒之邪，而不是泛指一切外感病，其义迥然不同。《难经•五十八难》"伤寒有五：有中风，有伤寒，有湿温，有热病，有温病"中"寒""湿""温""热""风"有区别。《伤寒论》："太阳病，发热而渴，不恶寒者为温病。"这是说太阳病，无论是中风还是伤寒，均不应见口渴和不恶寒之症，若见口渴、不恶寒，则标志着邪气已内传阳明。今既见此证，却又称太阳病，则知非为风寒，而属温病。此条如是解释亦属牵强。

伤寒与温病有不同。第一，致病邪气之不同：伤寒是外感风寒之邪，尽管它有传变，顺经传也好，越经传也罢，皆风寒之邪所致之传变，绝不是风寒之邪转变为风热之邪；温病是感受温热之邪而发病的，此处不存在"寒极生热"或"热极生寒"的阴阳转化关系，不然，辨证论岂不成了诡辩术？第二，侵袭人体的部位不同：伤寒多从皮毛而入，足太阳膀胱经起于目内眦，布面颊、额、头顶、肩背及下肢外侧，故又称太阳经为一身之大表、诸经之藩篱，其受风寒之邪，则脉浮、头项强痛而恶寒；温病多从口鼻而入，出现鼻塞、流涕、咽痛、咳嗽、微寒或无寒而热等卫分症状。第三，初发病舌脉不同：伤寒多舌红、苔薄白、脉浮缓或浮紧，多表现为风寒袭表的舌脉；温病必舌深红，尖边尤著，苔白或薄黄，脉浮或浮数，多表现为风热袭表的舌脉。第四，治法和所用方药不同：伤寒用辛温解表法，多首先选用麻黄汤、桂枝汤，生姜、大枣，入三阴伤阳，多用温热药，如附子、干姜；温病用辛凉解表法，多用金银花、连翘、桑菊，后期多伤阴，用滋阴生津药，如麦冬、沙参、玄参、天花粉。第五，疾病的转归不同：伤寒在三阳为表实热，入三阴为里虚寒，后期多伤阳、太阴、少阴、厥阴，皆属伤阳为寒；温病初起即是温热之邪，多耗液伤津，后期多伤营阴。第六，发病季节不同：由外感风寒引起的伤寒证多发于冬天，由本经自发的或直中的无季节性，如太阴直中，即使在炎热的酷暑亦可发生，用附子理中丸获效；温病则一年四季皆可发生，因为温病有风温、湿热、温疫、温毒、暑温、秋燥、冬温、温疟等，所以一年四季皆可发生。历来医家认为伤寒之阳明经证和腑证与温病之气分、湿温邪在中焦、温病里结以及伤寒太阴与阳明随人体虚实可相互转化，少阴病和厥阴阳气回复病邪还腑，转为阳明，用药都有雷同之处，甚至有的医家将伤寒中的阳明视为温病，但是它们的病因、病机则迥然不同。伤寒属传入阳明，有太阳阳明、少阳阳明、正阳阳明，当辨析脾约、大便难、胃家实之不同；温病中的气分是温热之邪在卫分不解而下传气分，湿温中的里结是湿邪化热为结，太阴与阳明互化和少阴、厥阴病阳复，与正气强弱与治疗是否得法有关，所以用人参白虎汤、白虎加苍术汤、三承气汤等方药。温病也用这些方，虽然方药相似，然而其理不同，若是混淆等同，则与伤寒与温病的机理相悖。叶天士《温热论•里结阳明》指出："伤寒邪热在里，劫烁津液，下之宜猛；此多湿邪内搏，下之宜轻。伤寒大便溏为邪已尽，不可再下；湿温病大便溏为邪未尽，必大便硬，慎不可再攻也，以粪燥无湿矣。"吴鞠通《温病条辨》亦指出阳明温病用白虎承气汤与暑温、湿温、温热用白虎承气汤不同。可以得出这样的结论：清代温病学已臻于完善并自成体系，伤寒和温病是两种外感病的体系，不存在谁包括谁的问题。

八、烦热自汗

多年来，临床常见烦热自汗的患者。烦热自汗症状在更年期（经断前后）妇女中多见，有人认为这是更年期妇女必见之症状。其实，在80岁以上的妇女及个别男性患者中亦可见到此症状。

烦热自汗属汗证的范畴，而所有教科书中却未见其记述。自汗当分生理性和病理性汗出。生理性汗出是因劳作、活动、夏热、嗜辛辣等而自汗出，小儿由于身为稚阳之体，也常见头部多汗，此皆属生理状态，不能以病态去论。常说的汗证多指病理性汗出是指阴阳失调、腠理不固，而致汗液外泄失常的病证。常见的病理性汗出多因病后体虚、表虚受风、思虑烦劳过度、情志不舒、紧张应激、过嗜辛辣等而肌表疏松，表虚不固，腠理开泄而汗出，或汗液贮藏失司而外泄。

古代医者大致将汗证分为自汗和盗汗两种。在出汗异常的病证方面，还谈到了多汗、寝汗、绝汗等。汉代张仲景《金匮要略·水气病脉证并治》中，最早出现"盗汗"之名称："食已汗出，又身常暮（卧）盗汗出者，此劳（荣）气也。"宋代陈无择《三因极一病证方论·自汗论治》言："无问昏醒，浸浸自出者，名曰自汗；或睡着汗出，即名盗汗，或云寝汗。若其饮食劳役，负重涉远，登顿疾走，因动汗出，非自汗也。"明代张景岳在《景岳全书·汗证》中对汗证做了精辟的论述："汗出一证，有自汗者，有盗汗者。自汗者，濈濈然，无时而动作则益甚；盗汗者，寐中通身汗出，觉来渐收。诸古法云：自汗者属阳虚，腠理不固，卫气之所司也。人身以卫气固其表，卫气不固，则表虚自汗，而津液为之发泄也，治宜实表补阳。盗汗者属阴虚，阴虚者阳必腠之，故阳蒸阴分而血热，血热则液泄而为盗汗也，治宜清火补阴。"

烦热自汗，其症状犹如其名，先出现烦热而后出现汗出，病发于瞬间，故笔者定其名为"烦热汗出"。各类医籍中罕有记载，最新版即"十二五"规划教材《中医内科学》，在气血津液病证中单列了"汗证"一节，为历次教材中首见，也只是分为肺气不固、气血不足、阴虚火旺、邪热郁蒸四类，也未见有"烦热自汗"的记载。笔者在翻阅各类医籍时发现，对于"烦热自汗"，疑似者众，相符者寡。在高辉远等整理的《蒲辅周医案》一书中的"自汗（四）"一案与烦热自汗颇为相近，今录之供参："自觉胃脘的阵发性烘热，热气外窜，随即汗出浸衣，日数次发，睡眠欲醒尤易发作，汗后畏冷，口干不渴，轻微咳嗽，饮食、二便皆可，病起于五月中旬肺炎之后，现胸透已趋正常，唯遗此恙，前医用参、姜、五味、龙、牡及玉屏风之类未效。脉寸尺沉细，两关洪数，舌红苔黄腻，此由病后湿热未清，郁遏肺胃，治宜清泄肺胃郁热。处方：冬瓜仁三钱、苡仁四钱、杏仁二钱、苇根六钱、竹叶二钱、煅石膏三钱、知母一钱、枇杷叶（炙）二钱、荷叶二钱、粳米四钱。"自汗，大凡三诊，方为八剂；三易其方，大致在千金苇茎汤、竹叶石膏汤的基础上化裁。

方药后加了按语："汗多必参合脉舌及病因综合分析，伤寒太阳桂枝证有自汗出，阳明白虎证有大汗出，大承气证日晡潮热，手足浆浆汗出，少阳病有头汗出，温病之汗，必分在卫在气，内伤杂病有自汗、盗汗之异，总之，有虚实挟杂，要权衡施治。"案中说了众多汗证，但无一例与烦热自汗相符者。蒲老"自汗（四）"也只是主症疑似烦热自汗，理法与烦热自汗迥异。

"烦热自汗"的主要症状和体征：自觉心下（胃脘部）、头面或躯体某部位不定，阵发性烦躁炽热，继而自汗，汗出以上半身为重，尤以胸颈头面更著，须臾，烦热随汗出而解，继之背有畏冷感，日发数次亦无定时、定数。体征不尽相同，舌红，苔白或黄，脉弦或沉细不等，久之总觉乏力易疲。

考"十二五"规划教材内科之汗证，对肺卫不固者，治宜益气固表，以桂枝加黄芪汤或玉屏风散加减为其代表方；对心血不足者，治宜养血补心，以归脾汤加减为代表方；对阴虚火旺者，治宜滋阴降火，以当归六黄汤加减为代表方；对邪热郁蒸者，治宜清肝泄热，化湿和营，以龙胆泻肝汤加减为代表方。

肺痨中有骨蒸、盗汗、潮热。骨蒸："骨"表示深层，"蒸"是熏蒸之意，因阴虚而热自内生，触之灼手，叫作骨蒸。盗汗：入睡则汗出，醒来即汗收。"盗"，偷也，神不知鬼不觉，偷偷摸摸地出汗为盗汗，是一种典型的阴虚症状。潮热：是指发热有一定规律性，按时发热或按时热势加重，如潮汐之有定时的涨落，一日一次，按时而发，按时而止。在临床上常见三种潮热，一是阴虚潮热：多为午后或入夜发热，以五心烦热为特点，常有颧红盗汗、舌红少苔、脉细数等症状，属阴虚内热；二是阳明潮热：多为日晡（下午3－5时）发热，热势较高，又称为日晡潮热，多由胃肠燥热内结所致，常伴有腹满硬痛、大便燥结、舌红、苔黄燥等；三是湿温潮热：以午后热甚、身热不扬为特征，多由湿遏热伏、热难透达所致，常伴有头身困重、胸闷呕吐、便溏、苔黄腻等。

由以上分析，烦热自汗与"十二五"规划教材中所讲的四种汗证不同，又与骨蒸、盗汗、潮热等汗出相近而不相符，所以烦热自汗是自汗的"另类"。烦热自汗的原因是阴虚火旺，也就是说，阴虚火旺既可以出现盗汗，又可以出现自汗。这种理论可能会遭到同道的质疑。木秀于林，风必摧之；共性中有个性，视为叛经；独出异论，遭人嫉妒。请参阅明代张景岳《景岳全书•汗证》："自汗亦有阴虚，盗汗亦多阳虚也，如遇烦劳大热之类最多自汗。故或以饮食之火起于胃，劳倦之火起于脾，酒色之火起于肾，皆能令人自汗。若此者，谓非阳盛阴衰者而何？……自汗、盗汗亦各有阴阳之证，不得谓自汗必属阳虚，盗汗必属阴虚也。然则阴阳有异，何以辨之?曰：但察其有火无火，则或阴或阳，自可见矣。盖火盛而汗出者，以火烁阴，阴虚可知也；无火而汗出者，以表气不固，阳虚可知也。知斯二者，则汗出之要无余义，而治之之法亦可得其纲领矣！"读者研读此文，笔者无须辩矣。

对"烦热自汗"，治宜滋阴清热除蒸，参考清骨散加减。笔者制方如下：忍冬藤30g、龟板15g、鳖甲15g、知母9g、黄柏9g、生地20g、玄参9g、麦冬15g、天冬15g、浮小麦60g、地骨皮15g、银柴胡12g、胡连9g。水煎服，一般服6～12剂。对汗多者亦可加用煅龙骨30g、煅牡蛎30g或水陆二仙丹。退骨蒸用地骨皮而不用丹皮，因前者治有汗之骨蒸，而后者治无汗之骨蒸。

九、原发性肾小球疾病最新分类

目前对原发性肾小球疾病仍未能按病因和发病机制进行分类，一般多根据病理改变分型，鉴于我国部分地区尚未开展组织检查（特别是基层医院更难做到），故暂时保留原发性肾小球疾病的临床分型。

（一）临床分型

（1）原发性肾小球肾病。

（2）原发性肾小球肾炎：①急性肾小球肾炎。②急进性肾小球肾炎。③慢性肾小球肾炎。④隐匿性肾小球肾炎。

（二）世界卫生组织关于原发性肾小球疾病的分类

（1）轻微肾小球病变。

（2）局灶性或节段性损害（增殖、坏死、硬化）。

（3）弥漫性肾小球肾炎。

（4）膜性肾小球肾炎（膜性肾病）。

（5）增生性肾小球肾炎：它包括系膜增生性肾小球肾炎、毛细血管内皮增生性肾小球肾炎、系膜毛细血管性肾小球肾炎（膜增殖肾炎Ⅰ型和Ⅲ型）、致密物沉积肾小球肾炎（膜增殖肾炎Ⅱ型）、新月体（毛细血管外）肾小球肾炎、硬化性肾小球肾炎、未分类肾小球肾炎。

原发性肾小球疾病的临床分型，虽不如病理分型确切，但两者之间尚有一定的联系。原发性肾小球肾炎中，急性肾小球肾炎的病理类型为新月体性肾炎，肾小球新月体占50%以上；慢性肾小球肾炎的病理类型可表现为膜性肾炎、系膜增生性肾炎、膜增殖肾炎；局灶节段性系膜增生性肾炎的病理类型可表现为局灶节段性系膜增生、系膜增生、早期膜性、IgA肾病、薄基膜肾病和早期膜增生等。

原发性肾小球疾病的临床分型可发生改变，而病理分型可相应转型，如隐匿性肾小球肾炎病程进展出现临床症状，病理变化可能转型，而临床上症状持续、缓慢地发展，即诊断为慢性肾小球肾炎，而病理类型亦可以由局灶节段性系膜增生转为弥漫性系膜增生。目前临床分型虽有一定局限性，但尚有一定的实用性，它对临床诊断思维、治疗方案制定、劳动力和预后判断有帮助，亦便于教学。

以上录自《实用内科学（第13版）》。

从以上分型看，我国对于肾病的研究、诊治是发展了的，但是与发达国家相比，仍然是滞后的。但是中医对肾病的治疗独具方法，基层肾病工作者也要学会"两条腿走路"。今就原发性肾小球疾病临床分型重温如下。

（三）原发性小肾球疾病的临床分型

1.原发性肾小球肾病（简称肾病）

（1）尿蛋白每日排出量＞3.5g（蛋白定性在＋＋＋以上）。

（2）血浆蛋白低，白蛋白＜3g。

（3）有水肿，且较明显。

（4）无持续性高血压，离心尿红细胞＜10个（高倍视野），无持续性氮质血症或肾功能减退，无贫血。

（5）常有高胆固醇血症。

（6）起病可急可缓。

2.原发性肾小球肾炎（简称肾炎）

（1）急性肾炎。

①起病急骤，病程多在一年以内。

②有血尿（肉眼或显微镜下）、管型尿、蛋白，可有高血压、短期肾功能衰竭。

③部分患者兼有肾病综合征表现，但伴有血尿（肉眼或显微镜下）和／或高血压、和／或肾功能衰竭。

（2）急进性肾炎。

①起病急骤，病情发展迅速。

②少尿（每日尿量＜400mL或无尿）。

③有蛋白尿、血尿（显微镜下或肉眼）、管型尿，可有水肿、高血压。

④有迅速发展的肾功能损害以至尿毒症。

⑤可有迅速发展的贫血及低蛋白血症。

⑥如无有效治疗，多于半年至一年中死亡。

（3）慢性肾炎。

①慢性肾炎普通型：病程迁延。尿蛋白每日排出量1.0～3.5g（定性＋～＋＋＋）。可有血压升高，离心尿红细胞＞10个（高倍视野），管型尿及肾功能损害。

②慢性肾炎肾病型：除上述普通型表现外，还有尿蛋白每日排出量＞3.5g（定性＞＋＋＋）。血浆蛋白低，白蛋白＜3g。水肿可轻可重。

③慢性肾炎高血压型：除上述普通型表现外，以持续中度以上高血压为主要临床表现。

④隐匿性肾炎：尿蛋白每日排出量＞0.2g，但一般不超过15g（定性微量～＋＋）。呈屡发性或持续性血尿。偶发肉眼可见的血尿。肾功能良好。无其他明显的临床症状。

附：常见临床综合征

（1）急性肾炎综合征起病急骤，以血尿、蛋白尿为主要表现，常伴有水肿和高血压。

（2）急进性肾炎综合征急性起病，肾功能进行性减退。常伴有少尿、血尿、高血压和水肿，可在几天、几周或几个月内发展为肾衰竭。

（3）慢性肾炎综合征起病隐匿，病程冗长，有不同程度的蛋白尿和血尿，可有水肿、高血压和不同程度的肾小球滤过功能减退。

（4）隐匿性肾炎综合征表现为无症状性蛋白尿和（或）血尿。

（5）肾病综合征表现为大量蛋白尿，24小时尿蛋白为3.0～3.5g；有低蛋白血症，血浆总蛋白低于60g／L或尿蛋白低于30g／L；有明显水肿和高脂血症。

十、马钱子、木鳖子非一物

马钱子和木鳖子外形扁圆，都有外壳。马钱子又名番木鳖，去掉"番"字则成"木鳖"；木鳖子去掉"子"字亦成"木鳖"。所以，有人将两者混为一物。其实木鳖子虽扁圆，但外周有多个凹陷的小弧形孤裂，是果肉里的种子。两者科属、药性、功效、应用迥异，故做出比较，免得误投致伤，造成不良后果，甚至危及生命。

马钱子为马钱科植物马钱的干燥、成熟的种子，国内主产于云南、广东、海南等地，国外多产于印度、越南、缅甸、泰国等国。有野生或栽培的。冬季果实成熟时采收，除去果肉，取出种子，晒干，必须炮制，方可入药。

木鳖子为葫芦科植物木鳖的成熟种子，主产于湖北、广西、四川等地，多为野生，也有栽培。9月至11月采收成熟果实，剖开，晒至半干，取出种子，干燥。用时去壳取仁，捣碎，或制霜用。

（一）马钱子

1.马钱子的药性、功能

药性：苦寒，有大毒，归肝、脾经。功能：散结消肿，通络止痛。《本草纲目》谓其"治伤寒热病，咽喉肿痛，消痞块，并含之咽汁，或磨水噙咽"。《得配本草》谓其"散乳痈，治喉痹，涂丹毒"。

2.临床应用

（1）马钱子可以散结、消肿、止痛，被视为伤科治伤止痛之佳品。马钱子用来治疗跌打损伤、骨折肿痛，可配麻黄、乳香、没药等分为丸，如九分散（《救急应验良方》）；也可与穿山甲等同用，如马钱子散（《救生苦海》）、青龙丸（《外科方外奇方》）。

（2）马钱子苦泄有毒，能散结消肿，攻毒止痛。马钱子用来治疗痈疽疮毒，多作外用，单用即效；治喉痹肿痛，可配青木香、山豆根等分为末吹喉，如番木鳖散（《医方摘要》）。

（3）马钱子能搜筋骨间风湿，开通经络，透达关节，止痛作用强，为治风湿顽痹、拘挛疼痛、麻木瘫痪之要药，单用可效，尚可配麻黄、乳香、全蝎等为丸；或配甘草用，如《现代实用中药》用马钱子与甘草等分为末，炼蜜为丸，治手足麻木、半身不遂。

以上三种方法为常用之法。由于西医外科的迅速发展、全民卫生条件的改善，第二、三种应用大为减少，现可试用于颈椎病、腰椎病、增生性关节病、强直性脊椎炎等的保守治疗，亦可获得良效。

3.用法用量和注意事项

（1）用法用量：马钱子有大毒，所以必须严格剂量，为0.3～0.6g，原则上一日量不能超过0.9g。必须炮制后入丸散用。外用适量，研末调涂。

注：关于马钱子的用量，许多医者都做过临床试验。上海中医学院的程门雪先生通过多次在患者身上试用，严控治疗量和中毒量，得到的结论是每次服0.3g，日服2～3次，日服总量不得超过0.9g。

（2）注意事项：内服不宜生用，不宜多服、久服。马钱子所含有毒成分能被皮肤吸收，故外用亦不宜大面积涂敷。孕妇禁用，体弱者忌用。

4.现代研究

（1）化学成分：马钱子含有生物碱，主要为番木鳖碱及马钱子碱，并含有微量的伪番木鳖碱、伪马钱子碱、奴伐新碱、还含有α-可鲁勃林及β-可鲁勃林、士屈新碱、脂肪、蛋白质、绿原酸等。

（2）药理作用：马钱子所含番木鳖碱首先提高脊髓的反射机能，其次兴奋延髓的呼吸中枢及血管运动中枢，并能提高大脑皮质的感觉中枢机能。马钱子碱有明显的镇痛作用和镇咳祛痰作用，其镇咳祛痰的作用强度超过可待因，但平喘作用较弱。番木鳖碱具有强烈的苦味，可刺激味觉感受器，反射性增加胃液分泌，促进消化机能和食欲。水煎剂对流感嗜血杆菌、肺炎双球菌、甲型链球菌、卡他球菌以及许兰毛癣菌等有不同程度的抑制作用。

（3）不良反应：成人一次服5～10mg番木鳖碱可致中毒，30mg致死。

死亡原因为强直性惊厥反复发作造成呼吸衰竭及窒息死亡。中毒的主要表现为口干、头晕、头痛和胃肠道刺激症状，亦有心慌、肢体不灵、恐惧、癫痫样发作。如患者一次误服番木鳖碱0.03～1g，会出现咀嚼肌及颈肌有抽筋感觉，咽下困难，全身不安，随后出现强直性惊厥，并反复发作，患者可因窒息而死亡。可用乙醚轻度麻醉或用戊巴比妥钠等药物静脉注射，用水合氯醛灌肠以止惊厥，惊厥停止后，如胃中尚有余毒，可用1∶5000高锰酸钾溶液洗胃。

引肖相如等编著的《中西医结合性治疗学》："士的宁，常用盐酸士的宁，又名士的年、番木鳖碱、马钱子碱。本品自1818年发现，系马钱子科植物成熟的种子番木鳖中的一种成分。自古中国和古印度即作药用。对脊髓有选择性的兴奋作用，可提高骨骼肌的紧张度。其用于性治疗，主要用于阳痿，但因其非特异性药物，所以多作为一般兴奋剂和育亨宾等作用。片剂1mg，针剂2mg／mL。性治疗用片剂，每次1～2mg，每日1～3次。本品毒性大，代谢慢，易引起中毒。高血压、动脉硬化、肝肾病者忌用。"

（二）木鳖子

1.木鳖子的药性、功能

药性：苦，微甘，凉，有毒。归肝、脾、胃经。功能：攻毒疗疮，消肿散结。《本草纲目》谓其"治疳积痞块，利大肠泻痢，痔瘤瘰疬"。《开宝本草》谓其"主折伤、消结肿、恶疮，生肌，止腰痛，除粉刺䵟暗、妇人乳痈、肛门肿痛"。

2.临床应用

（1）木鳖子可治疗疮疡肿毒、瘰疬、乳痈、痔疮肿痛、干癣、秃疮。木鳖子能散结消肿、攻毒疗疮，并有生肌、止痛作用，故能治疗上述各病。如单用木鳖子，可用研末，醋调，敷患处。治痈肿诸毒，可与草乌、半夏等炒焦，研细，水调，外敷，如乌龙膏（《医宗金鉴》）。治痔疮肿痛，《普济方》配伍荆芥、朴硝，等分煎汤，熏洗。治瘰疬痰核，可以把木鳖子研碎，撒入鸡蛋内蒸熟食之，如木鳖膏（《仁斋直指方》）。若治跌打损伤、瘀肿疼痛，可配肉桂、丁香等研末，取生姜汁加水，煮米粥，将药末放入粥中，调成糊外敷，如木鳖裹方（《圣济总录》）。

（2）木鳖子也能疏通经络，而治痹痛、瘫痪。可与乳香（煅）研为末，加入香油、黄腊，调为膏，取少许搓擦患处，不停手以达到极热为度，如木鳖子膏（《百一选方》）。

3.用法用量和注意事项

（1）用法用量：内服0.9～1.2g，多入丸、散用。外用适量，研末，用香油或醋调涂患处。

（2）注意事项：孕妇及体虚者忌服。

4.现代研究

（1）化学成分：含木鳖子皂苷、木鳖子酸、木鳖子素、齐墩果酸、蛋白质、海藻糖等。

（2）药理作用：木鳖子皂苷有抗炎及降血压的作用，并能抑制离体蛙心和离体兔心的病变。

（3）不良反应：木鳖子的水及乙醇浸出液均有较大毒性，其皂苷有溶血作用〔药学杂志（日），1971，2：174〕。木鳖子中毒表现：恶心呕吐、头痛头晕、腹痛腹泻、四肢乏力、便血、烦躁不安、意识障碍、休克等。中毒轻者，可用1：5000高锰酸钾溶液或0.5%药用炭洗胃、服蛋清、灌肠、硫酸镁导泻（最好用33%硫酸镁溶液）等方法解毒。

（4）有实验证明木鳖子无论动脉、静脉给药，在出现降压作用后，实验动物均可于数日内死亡（中国医学科学院，1956年论文报告会，论文摘要）。

（三）马钱子和木鳖子的药用区别

两种药物都为有毒之品，均能消肿散结，通络止痛，用于治疗痈疮肿痛、跌打损伤之痛。但是马钱子有大毒，用时应慎之又慎。马钱子长于通经络、消结肿、止疼痛，用于风湿顽痹、麻木不遂、跌打伤痛等症，其止痛效果强于木鳖子；木鳖子长于攻毒疗疮，多用于恶疮肿毒、瘰疬、乳痈、痔疮等症，其止痛作用次于马钱子。

马钱子的炮制有砂烫法和油炸法。砂烫法：将砂子先炒至非常热，然后将马钱子置入搅匀，待其皮焦黄或褐黄倒出，待凉，去其外壳，取其中马钱子仁。油炸法：先将香油烧热，然后置入马钱子，将其炸焦，去其外壳取仁。两种制法都是取仁后，将其研成细粉，用多层绵纸包起来，然后用砖或石块压在通风阴凉处，大都需7天，其仁中的有毒物质被吸除后，配丸、散入药用。

十一、莫把麦蒿作茵陈

每到春天，大地萌生，一些人从麦田里采来麦蒿，当作茵陈食用，认为可以利水退黄、防治肝病。《药性赋》云："茵陈主黄疸而利水。"麦蒿实则为中药葶苈子的幼苗，与中药茵陈绝非一物。

1989年春，新城镇昝家村乡医写了篇《食麦蒿防肝病》请本人审阅。文中错将麦蒿认作茵陈，本人当即指出他的错误，为免其一错再错、误伤于民，领他去实地辨识真伪。春天麦田里的麦蒿处处可见，其实是葶苈子的幼苗；茵陈在新城医院东，临西猪龙河，就像谚语"四月茵陈五月蒿，七月割来当柴烧"所说，春天遍地可见。

1991年春，有新城镇四里村耿姓患者因肝硬化腹水延医。当时用"茵陈60g"配伍组方，利水退黄，消肿止痛，服3剂显效。再次叩触疑为肝占位，二诊仍用"茵陈60g"加软竖散结、活血化瘀药等配伍组方。该患者服1剂后，次日腹大如鼓，胀闷，难以平卧，诊见病情危笃、急恶凶险，即送医院（后随访患者病逝）。问其家人从何处取药，其家人如实相告：第一次从医院取药，第二次从新城北门里路西私人药店取药。经查看尚未服的两剂中药，乃知应用茵陈，药中却全是麦蒿。于是取道新城北门里路西药店，院子里果然晒着200余斤（1斤为500g）麦蒿，店主振振有词，一口咬定那些药是茵陈。当时通知药检和防疫部门查封，等候处理。

茵陈药性苦、辛，微寒，归脾、胃、肝、胆经；葶苈子辛、苦、大寒，归肺、膀胱经。

（一）茵陈

（1）茵陈为菊科植物滨蒿或茵陈蒿的干燥地上部分，在我国大部分地区有分布，主产于陕西、山西、安徽、山东等地。春季幼苗高6～10cm时采收或秋季花蕾长成时采割。春采者习称绵茵陈，秋割者习称茵陈蒿，除去杂质及老茎，晒干，生用。

（2）茵陈功效：清利湿热，利胆退黄。《神农本草经》："主风湿寒热邪气，热结黄疸。"《名医别录》："通身发黄，小便不利，除头痛，去伏瘕。"

（3）临床应用：①黄疸。本品苦泄下降，性寒清热，善清利脾、胃、肝胆湿热，使之从小便而出，为治黄疸之要药。若身目发黄、小便短赤之阳黄症，常与栀子、黄柏、大黄同用，如茵陈蒿汤（《伤寒论》）；若黄疸湿重于热者，可与茯苓、猪苓同用，如茵陈五苓散（《金匮要略》）；若脾胃寒湿郁滞、阳气不得宣运之阴黄，多与附子、干姜等配伍，如茵陈四逆汤（《卫生宝鉴•补遗》）。②湿疮瘙痒。本品苦微寒，取其清利湿热之功，故可用于湿热内蕴之风瘙隐疹、湿疮瘙痒，可单味煎汤外洗，也可与黄柏、苦参、地肤子、土茯苓等同用。

（4）现代研究：①化学成分：茵陈含挥发油，油中有β－蒎烯、茵陈炔酮等多种成分。全草还含香豆素、黄酮、有机酸、呋喃等成分。②药理作用：茵陈有显著的利胆作用，并有解热、保肝、抗肿瘤和降压作用。其煎剂对人型结核菌有抑制作用。其乙醇提取物对流感病毒有抑制作用。

（二）葶苈子

（1）葶苈子为十字花科植物独行菜或播娘蒿的成熟种子（黄色或深黄色）。前者称北葶苈，主产于河北、辽宁、内蒙古、吉林等地；后者称南葶苈，主产于江苏、山东、安徽、浙江等地。夏季果实成熟时采割植株，晒干，搓出种子，除去杂质，生用或炒用。

（2）葶苈子的功效：泻肺平喘，利水消肿。《神农本草经》："主症瘕积聚结气，寒热饮食，破坚逐邪，通利水道。"《名医别录》："下膀胱水，伏留热气，皮间邪水上出，面目浮肿。身暴中风热痱痒，利小腹。"

（3）临床应用：①痰涎壅盛，喘息不得平卧。本品苦降辛散，性寒清热，专泻肺中水饮及痰火而平喘咳。常佐大枣以缓其性，如葶苈大枣泻肺汤（《金匮要略》），亦可与苏子、桑白皮、杏仁等配用。

②水肿，悬饮，胸腹积水，小便不利。本品泄肺气之壅闭而通调水道，

利水消肿。治腹水肿满属湿热蕴阻者，配防己、椒目、大黄，即己椒苈黄丸（《金匮要略》）。治结胸、胸水，腹水肿者，配杏仁、大黄、芒硝，即大陷胸丸（《伤寒论》）。

（4）现代研究：①关于化学成分，播娘蒿的种子含有强心苷、脂肪酸、异硫氰酸酯等。独行菜的种子含有芥子苷、脂肪油、蛋白质、糖类。②关于药理作用，两种葶苈子的提取物均有强心作用，能使心肌收缩力增强，心律减慢，对衰弱的心脏可增加血输出量，降低静脉压。尚有利尿作用。葶苈子中的苄基芥子油具有广谱抗菌作用。葶苈子在很低剂量时，即可发挥显著的抗癌效果。

十二、蟾酥驯马致畜死

1967年春，桓台县供销社购进一批经过防疫、查体、检疫的马匹，马匹需要经过驯教后方能驾车上路、下地干活。

马的野性很大，很难套进马车的辕里去驯使。当时，我在金家卫生所上班，药房里有半斤蟾酥，马车夫来买，我说此药毒性很大，一般外用，很少口服。问明是驯马用，在对方的再三要求下，卖给他三钱（相当于现在9g多）。他将药研成细末，用布搓到马嚼子上，把马嚼子再套到马的口腔，硬将马套入车辕。马在车辕内昂首摆尾，撂蹄挣扎，三番五次地折腾嘶闹，出现了"眼矇"（牲畜在火急暴躁时，突然眼球充血，继而眼球表面蒙上一层白灰色云雾状的罩子，是牲畜的一种急性眼病。车把式大都备用刀子，可立即给予割治），尚未得到割治，马就突然摔倒在地死去。

此事与医似无关联，为用药安全，当提醒医者，以资警惕，因为中医处方用药中也有外用和内服的蟾酥粉末，故作一记以警示后人。

蟾酥为蟾蜍科动物中华大蟾蜍或黑眶蟾蜍的耳后腺及皮肤腺分泌的白色浆液。夏、秋二季捕捉蟾蜍，洗净体表，挤取耳后腺及皮肤腺的浆液，盛于瓷器内（忌与铁器接触），晒干贮存。用时将碎块置于酒或鲜牛奶中溶化，然后风干或晒干。

（一）药性、功效、应用（用于患者）

药性：辛、温，有毒，归心经。

功效：解毒，止痛，开窍醒神。

应用：用于痈疽疔疮、瘰疬、咽喉肿痛、牙痛、痧胀腹痛、神昏吐泻。

蟾酥有良好的解毒消肿、麻醉止痛作用，既可外用也可内服，如《外科正宗》中的蟾酥丸、雷允上的六神丸。本品也可用于五官科手术的黏膜麻醉，如《医宗金鉴》的外敷麻药方。《药性论》："治脑疳，以奶汁调，滴鼻中。"《本草汇言》："疗疳积，消膨胀，解疗毒之药也。能化解一切瘀郁壅滞诸疾，如积毒、积块、积脓、内疗痈肿之症，有攻毒拔毒之功。"

（二）用法、用量、注意事项

内服0.015～0.03g，研细，多入丸散用。外用适量。本品有毒，内服慎勿过量。外用不可入目。孕妇忌用。

（三）现代研究

（1）化学成分：蟾酥主要含蟾毒素、蟾酥内酯等。

（2）药理作用：蟾毒素有强心作用，又有抗心肌缺血、抗凝血、升压、抗休克、兴奋大脑皮层及呼吸中枢、抗炎、镇痛及局部麻醉作用。蟾酥内酯有抗肿瘤作用，并能增加白细胞数量、抗放射线；还有镇咳、提高免疫力、抗疲劳、兴奋肠管和子宫平滑肌等作用。

（3）不良反应：静脉注射或腹腔注射蟾酥后，小鼠呼吸急促、肌肉痉挛、惊厥、心律不齐，最后麻痹而死亡。

（四）讨论

本例用蟾酥驯马致畜死一案，马死后无条件做尸检，当时的兽医界或畜检部门能否鉴定尚未可知。其中错用的是，把蟾酥研细搓到马嚼子上，马嚼子是铁做的，蟾酥忌与铁接触。蟾酥的用量超过9g，尽管马的体重比人的大几倍，但是剂量也大大超量了。人用蟾酥也千万不能过量，切记！

十三、中药中毒致死案

（一）经过

某患者，女，15岁，桓台县新城镇城南村人，于1983年4月11日上午8点30分就诊。

其父代述：因为上学名额被他人占用而失学，失学后长期萎靡不振，渐渐精神失常，请城南个体医生治疗，开了3剂中药，服完1剂即咽喉红肿疼痛，口唇发紫，腹痛腹泻。昨天（即4月10日）曾来医院就诊，医生诊为过敏，便服扑尔敏、维生素C和PPA（吡哌酸），不效，病情加重，今晨见口腔、牙龈、舌头、口唇全是紫色血疱，大便呈黑血稀便，不能开口说话，所以再次就诊。

情急，立即通知家属把该患者未服的两剂中药拿来。当日有新城大集，其家属乃转道东花园村取来中药。经查看是镇静安神、活血通络之品，其中每剂药中有朱砂10g、带皮巴豆12g，中药煎服，巴豆去皮研末与朱砂粉冲服。

诊断：急性中毒（疑是巴豆和朱砂）。

治疗：该患者病情危笃，立即安排该患者住院观察。住院后抗敏、抗毒、吸氧、控感染等用氢化可的松、维生素C、丁胺卡那等对症治疗。至晚6点该患者病情更重，出现昏迷。

笔者下班后未吃晚饭，急查资料，经过一个多小时的翻阅，从《上海中医学院学报》上查到有程门雪先生的文章记述：8滴巴豆油即可致死。此案例不能排除巴豆和朱砂中毒。该患者家属同意转院，当时交通很不方便，借来运货汽车，转院途中该患者停止呼吸和心跳。

服中药致死者罕见。此案例疑为巴豆和朱砂中毒，然而当时没有检验条件，无法证实。

（二）巴豆的药性、功能

巴豆辛、热，有大毒，归胃、大肠经。其功能为峻下冷积、逐水退肿、祛痰利咽，外用蚀疮。临床多用于寒实便秘、腹水膨胀、喉痹痰阻、痈肿脓成未溃、疥癣恶疮。用法用量：入丸、散服，每次 0.1 ～ 0.3g。大都制成巴豆霜用，以减低毒性。外用可适量。《神农本草经》："破癥瘕结聚、坚积、留饮痰癖、大腹水胀，荡涤五脏六腑，开通闭塞，利水谷道，去恶肉。"《本草通玄》："巴豆禀阳刚雄猛之性，有斩关夺门之功。气血未衰，积邪坚固者，诚有神功；老羸衰弱之人，轻妄投之，祸不旋踵。巴豆、大黄，同为攻下之剂。但大黄性冷，腑病多热者宜之；巴豆性热，脏病多寒者宜之。故仲景治伤寒传里恶热者，多用大黄。东垣治五积属脏者，多用巴豆。"

（三）巴豆的现代研究

1.化学成分

巴豆含巴豆油、巴豆毒素、巴豆苷、生物碱、β－谷甾醇等。

2.药理作用

巴豆油外用，对皮肤有强烈的刺激作用。口服半滴至1滴巴豆油，即可产生口腔、咽及胃黏膜的烧灼感及呕吐感。短时期内可有多次大量水泻，伴有剧烈腹痛和里急后重。巴豆煎剂对金黄色葡萄球菌、白喉杆菌、绿脓杆菌有不同程度的抑制作用。巴豆油有镇痛及促进血小板凝集作用。

3.不良反应

巴豆具有强烈的毒性，其含巴豆毒素及巴豆油。巴豆毒素是一种细胞原浆毒，能溶解红细胞，并使局部细胞坏死。巴豆油是一种峻泻剂，对胃肠道黏膜具有强烈的刺激和腐蚀作用，可引起恶心、呕吐与腹痛，重者发生出血性胃肠炎，大便内可带血和黏膜。巴豆油对肾也有刺激作用。巴豆油接触皮肤后，能引起急性皮炎。外用巴豆霜可产生接触性皮炎，局部烧灼成脓疱状红疹、水疱等。

（四）朱砂的药性和功能

朱砂甘，微寒，有毒，归心经。其功能为清心镇惊、安神解毒，临床多用于心神不宁、心悸、失眠、惊风、癫痫、疮疡肿毒、咽喉肿痛、口舌生疮。用法用量：内服，只宜入丸、散服，每次0.1～0.5g，不宜入煎剂。外用适量。《神农本草经》："养精神，安魂魄，益气明目。"《本草从新》："泻心经邪热，镇心定惊……解毒，定癫狂。"

（五）朱砂的现代研究

1.化学成分

朱砂的主要成分为硫化汞（HgS），还含铅、钡、镁、铁、锌等多种微量元素。

2.药理作用

朱砂能降低中枢神经的兴奋性，有镇静催眠、抗惊厥、抗心律失常作用，外用有抑制和杀灭细菌、寄生虫的作用。

3.不良反应

朱砂为无机汞化合物，汞与人体蛋白质中的巯基有特别的亲和力，汞的浓度高时，可抑制酶的活性，使代谢发生障碍，直接损害中枢神经系统。急性中毒的症状：尿少或尿闭、浮肿，甚至昏迷抽搐、血压下降或因肾功能衰竭而死亡。慢性中毒者口有金属味，流涎增多，口腔黏膜充血、溃疡，牙龈肿痛、出血，恶心、呕吐，腹痛、腹泻，手指或全身肌肉震颤，肾脏损害可表现为血尿、蛋白尿、管型尿等。朱砂中毒的主要原因：一是长期大剂量口服引起蓄积中毒；二是挂衣入煎剂时（入药只宜生用，忌煅），因其不溶于水而沉附于煎器底部，经长时间受热发生化学反应，可析出汞及其他有毒物质，增加毒性。所以必须控制剂量，中病即止。服药期间，应避免与含甲基结构的药物以及含溴、碘的物质同服。患者要避免高脂饮食或饮酒，合理用药，以保证用药安全。在朱砂中毒的早期可催吐，并给予解毒剂。严重者可对症处理。

总结：巴豆禀阳刚雄猛之性，有斩关夺隘之功。巴豆油有镇痛作用、促进血小板凝集和对胃肠道黏膜的刺激和腐蚀，亦可导致出血性肠炎；巴豆毒素能溶解红细胞并使局部细胞坏死，严重者皆可致呼吸或循环衰竭而死亡。

朱砂为无机汞化合物，汞与人体蛋白质中巯基有特别的亲和力，大剂量使用能抑制酶的活性，造成人体的多个脏器损害，最后患者可因肾功能衰竭而死亡。

痛定思痛，本例中药中毒死亡案例，主要问题是剂量严重超标和未经炮制。巴豆应制成巴豆霜，入丸、散，每次服0.1～0.3g。此例患者所服巴豆是未经炮制生用的。把生巴豆去皮、研细，按一日两次服用，可到5g；朱砂只宜入丸、散（多挂衣或配散），每次服0.1～0.5g，此例患者用到5g。

（六）关于巴豆霜和朱砂的炮制

（1）巴豆霜的炮制：先将巴豆去皮，然后将巴豆仁研细，用多层绵纸包裹，用砖石镇压，置于干凉通风处，七天后巴豆中的大部分巴豆油被吸附到绵纸中，即成巴豆霜。经制作后的巴豆霜口服量是每次0.1～0.3g。

（2）朱砂的净处理：朱砂为硫化物矿物，产于古辰州（今湖南沅陵）者为道地药材。采挖后选纯净者，用磁铁吸净含铁杂质，再用水淘洗去杂石、泥沙，照水飞法研极细粉末，晾干或40℃以下干燥。

十四、肾综和狼肾的治疗概述

肾综即肾病综合征，属原发性肾小球疾病，在我国又分为Ⅰ型和Ⅱ型。Ⅰ型患者有"三高一低"，尿中无红细胞和潜血；Ⅱ型患者"三高一低"，患者尿中可见红细胞或潜血。常说的"三高一低"：严重（明显）水肿，尤以眼睑为著；尿检可出现大量尿蛋白，定性＋＋＋以上，定量3g／L以上；高胆固醇；低蛋白血症。Ⅱ型属于慢性肾炎肾病型。

狼肾即系统性红斑狼疮的肾损害，属继发性肾小球疾病。肾综和狼肾虽然诊断各异，但是在治疗上有雷同之处，故一并讨论。

由于这两类疾病病程长，治疗难度大，预后差，费用高，患者难能始终在医院住院治疗，所以，临床过案不少，难能据实阐释全过程，恕难一一笔录，故仅就其要做综合性的阐述。目前，临床常出现放弃治疗、消极治疗、过度治疗的现象。此类疾病患者必须找中西医都相当成熟的医生，只用中医或只用西医，"单腿跳"是难以治愈的。必须先辨病而后辨证施治，中西医联合用药，方能少走弯路。经临床检验观察，中西联合治愈率明显高于单用中医或单用西医，且能缩短病程、减少费用。中西医联合用药，制约平衡，相辅相成，抑制毒副作用，其始似异，其终则同，已成共识。

（一）西医用药

1.激素疗法

总的原则：首始剂量足，撤减激素缓，维持时间长。一般成人按每1kg体重用泼尼松1mg，小儿按每1kg体重用2mg。首始治疗也可用甲强龙冲激疗法。此类患者有共性，也有个性，医生应知晓每一个患者的个性。所以，要在整体治疗中考虑到个体差异。这方面用药应当参照叶任高先生的用药。多说一句，广州的叶任高先生曾自己编著《实用内科学》，他原本是西医内科医生，但是中老年时积极地学习中医，可见中西医结合的必要性。

一般而言，治疗顺利，需要两年左右的周期，当泼尼松用到10mg时，副作用就不明显了。最后微量撤减停药。在使用激素的全过程中，一定加服钙剂，因为激素会影响肠道对钙的吸收。

2. 免疫抑制剂的应用

可选用环磷酰胺、麦考酚酸酯（骁悉）、环孢素等。近年来，随着麦考酚酸酯的临床应用增多，环孢素相对用得少。但是，也可以联合应用几种免疫抑制剂，如他克莫司、西罗莫司。

（1）环磷酰胺：设计总剂量为7g左右，一般不超过8g。初始将0.6g（每支200mg）环磷酰胺溶入100～150mL 0.9%的生理盐水中，静脉滴注，每次3天，后改为每月或2～3个月一次，持续3天，当累计达到设计总剂量后停用。不良反应：有的患者明显脱发，有的患者脱发不显著，停药后可逐渐恢复。

（2）麦考酚酸酯：具有独特的免疫抑制作用和较高的安全性，多用于肝、肾移植手术后的排斥反应和难治性排斥反应，现在也是肾综和狼肾的常用药。每次服0.5g，一天2次，可视病情进退而服用或停用。

（3）硫酸羟氯喹片（纷乐）：属于慢性免疫抑制药，具有累积作用，数周后方能发挥作用。本类药适用于类风湿关节炎、青少年慢性关节炎，也是临床对盘状和系统性红斑狼疮的常用药。每次服200mg，一天2次。当视改善情况增减药量，一般可维持在200～400mg。系统性红斑狼疮有关节疼痛的症状，硫酸羟氯喹片具有解热、镇痛、抗炎作用，所以明确诊断为系统红斑狼疮后，即可服用。

（4）降压药的应用：血压不在肾综和狼肾的诊断标准之内，但是有些患者常伴有高血压，而长期血压高影响治疗效果，肾综和狼肾并发高血压与肾性贫血有相关性。所以，可针对病情选用降压药，如洛丁新、卡托普利。所有降压药对肾脏都有损害，再者，一些常服降压药的男性患者也可出现阳痿，所以要慎重选用降压药物。

（二）中医中药

在应用西药的治疗中，必然会出现某些症状、副作用，如向心性肥胖、面火、脱发、乏力、心慌。药物的副作用还是很难控制的。长期应用激素类药物者，初时易饥，久之厌食，严重者可出现股骨头无菌缺血性坏死，原发病尚未治愈，又加上新病，雪上加霜。所以，中西医联合用药，发挥各自的优势势在必行。叶任高和黎磊石先生中晚年在中西医联合用药上早已达成共识。

医生必须密切观察疾病的变化、转归，及时调整用药，大抵分以下几步走。

1. 治疗初期

大剂量用激素（泼尼松或甲强龙冲击），会出现阴虚火旺的症状：面红如妆，心率加快，脉细数（笔者称这种细数脉为激素脉），面部逐渐出现多毛，女性唇周类生胡须，出现满月脸，等等。有的女性患者月经失调，有的年幼女性患者过早出现月经。

为了减少副作用，又能加强疗效，可用滋阴清热或滋阴泻火的方药。可参考应用知柏地黄汤、六味地黄汤、一贯煎等方化裁并加用清尿蛋白的药物，如水蛭、山药、金樱子、芡实。颜面或下肢水肿，用西药螺内酯，加用既能活血、又能利水的中药，如益母草、泽兰、丹皮。

2. 治疗中期

到此期开始撤减激素或用隔日疗法，临床症状会出现气阴两虚：少气、乏力、多汗或盗汗、恶风、口干或咽干而不欲饮等。

为了与西药相辅相成，可用生脉散、玉屏风散、枸菊地黄丸、金水六君煎等方化裁并酌加消除尿蛋白的药物，如黄芪、党参或太子参、西洋参（合并血压高者慎用）、山药、防风。

3. 治疗后期

治疗顺利，激素撤减到泼尼松每日10 mg，此时，免疫抑制剂、细胞毒类药的使用已大多按方案结束，西药的副作用已影响不大。所以，继续用泼尼松，经过1～2个月不出现蛋白尿后，微量减激素到停药。

后期除气阴虚，尚见气阳虚、脾阳虚或肾阴虚，可参照四君子汤、八珍汤、十全大补丸、金匮肾气丸等方化裁。

4. 常用治疗肾病的对药

人参（党参、太子参、西洋参）配黄芪，山药配白术，茅根配益母草，金樱子配芡实，枸杞子配山萸肉……

（三）病程估计

一般治疗顺利，2～3年可痊愈，若迁延不愈，8～10年可出现肾功能异常，BUN超过8.945 mmol／L，Scr超过176.804μmol／L，可诊断为慢性肾衰。加重至肾衰竭后是不可愈的，虽经透析和肾移植可延长寿命，但是也有限度。为此，积极、有效地治疗原发病是其关键。

十五、"四诊"之未及

传统中医，指主要靠四诊合参来诊断疾病的中医，可以简单地总结为"一个老、一个枕头、一根舌头、三个指头"，即所谓"一、一、一、三"的诊断模式。"四诊"是春秋战国时代的名医扁鹊，根据民间流传的经验和他自己多年的医疗实践总结出来的四种基本诊病方法，即望诊、闻诊、问诊、切诊。

现代中医是先辨病，然后辨证论治，所学专业以中医为主，兼顾西医。在"四诊"的基础上，借助现代医学的各种理论和医疗器械检测，对疾病做出相对科学的诊断，知道是什么病，然后去辨证施治。既不失中医整体观念和辨证论治，又能达到理明、法合、方对、药当，对疾病做出有针对性的治疗。

传统中医单靠"四诊"来诊断疾病有局限性。残疾人以医为业，思想专一，精神可嘉，但是更有局限性。盲医缺了望诊，聋医缺了听诊，哑医缺了问诊。况且，传统残疾中医更缺乏西医的基本知识，这样必然导致诊断上的纰漏，或者诊断某些疾病的参数无法取得，即言"四诊"之未及。

当今，医学大进，发展迅速。可是，还有的"名医"（含残疾业医）以"三指禅"去看病，被多人捧之若仙，岂不是变了味的"药到病除"的江湖郎中？"三指禅"即单用脉诊去诊病。要正确地对待脉诊，不可否认脉诊的作用，但是也不能依脉定病。现在中学生都学过染色体，可是一名老中医却称能转胎，即孕有女婴的孕妇吃他的中药可以转换为男婴，滑天下之大稽！

今将常见的"四诊"不能明确诊断的部分病种索引于下，请同道商榷。

（1）心脏疾病：①心律失常、早搏、心房颤动等。②心脏瓣膜病变、先天性心脏疾病。

（2）药物所致脉证变化，大剂量长期用糖皮质激素产生的多毛、向心性肥胖、满月脸、数脉等。

（3）肾病综合征，慢性肾炎，红斑狼疮，甲、乙、丙型肝炎。

（4）各类肿瘤：颅脑肿瘤、霍奇金淋巴瘤、嗜铬细胞瘤、神经胶质瘤、垂体腺瘤、白血病等。

（5）不孕不育：抗精子抗体有问题，男性精液异常，女性子宫内膜发育不全、卵子发育不全、输卵管不通，少见的染色体问题。

（6）外科病：外伤性脾裂、各种肠梗阻、消化道溃疡、消化道穿孔等。

（7）骨科病：膝关节半月板损伤，股骨头无菌缺血性坏死，颈椎病和腰椎病（含突出、脱出、膨出、黄韧带硬化、增生等）。

（8）五官科：白内障、青光眼、玻璃体浑浊、眼底病变、鼻炎、副鼻窦炎、鼻息肉等。

除以上所列疾病，还有很多病仅仅是印象诊断，"四诊"是无法诊断的。将来中西医融合是必然的发展趋势。传统中医有它历史的局限，现代医学也不是尽善尽美，但两者有各自的优势。两者从会通到结合，从结合到融合成有中国特色的医学科学，每一个医务工作者要为此不懈地努力。不要让"中医让患者糊里糊涂地活着，西医让患者明明白白地死去"延续下去。

医案医话

一、内科杂病

(一)慢性肾小球肾炎

1.概述

慢性肾小球肾炎是多种病理类型的原发性肾小球疾病的共同后果。慢性肾小球肾炎患者多有一个相当长的无症状尿异常期,然后出现高血压、水肿等症状。其起病多因上呼吸道感染或其他感染出现慢性肾炎症状。本病与急性肾炎的关系尚未肯定,但可以肯定部分慢性肾炎可能是由急性链球菌感染引起的肾炎演变而来的。在追向患者的病史时可能找到原发病,但临床个案中大部分患者对其原发病尚不清楚,只是因浮肿、蛋白尿、血尿(肉眼血尿或镜下血尿)、腰痛而就诊。

慢性肾小球肾炎的病理分型需做肾穿刺,目前在基层尚难推广,大都采用临床分型。其临床分型包括以下几种类型。普通型:①病程迁延1年以上。②尿蛋白的每日排出量为1~3.5g,定性(+~+++)。③可有血压高,离心尿红细胞>10个(高倍镜),有管型、红细胞。高血压型:除以上普通型表现外,还有持续中度以上高血压。隐匿型:①尿蛋白的每日排出量高于0.2g,但不超过1.5g,定性(微量~++)。②呈屡发性或持续性血尿,偶发肉眼血尿。③肾功能良好。④无其他明显的临床表现(目前对其尚存在争议)。慢性肾炎肾病型:除上述普通型表现外,还有以下表现。①尿蛋白的每日排出量高于3.5g,定性(高于+++)。②血浆蛋白低,白蛋白少于3%。③水肿可轻可重。此型与肾病综合征极为相似,但尿中出现红细胞,有别于肾病综合征,故在我国称为肾病综合征Ⅱ型。

2.病例

某患者,男,42岁,工业与民用建筑工人,2004年4月21日就诊。

自述:春节前因头痛眩晕、体乏无力、腰痛膝软、颜面及下肢轻微浮肿，去淄博市中心医院（以下简称市中心医院）和一四八医院就诊，经检查化验诊为高血压病和慢性肾小球肾炎，治疗3个月效果不显，经他人介绍特延医到此。

检查：中年男性，神志清，精神可；血压21.33/12.00kPa（160/90mmHg），头颅外形正常，颈和甲状腺正常；双肺呼吸音正常；心率74次/分，律整，各瓣膜均未闻杂音；腹软，肝、脾未及，双肾微叩痛，下肢微浮肿；舌红，苔白，脉弦。实验室检查：血常规、肝功能、血脂、肾功能皆正常；彩超提示：双肾大小、形态正常；尿检：蛋白质＋＋，潜血＋＋。

西医诊断：慢性肾小球肾炎（高血压型）。中医诊断：水肿、腰痛。

治疗：西药口服潘生丁50mg、卡托普利25mg，每天服3次。火把花根片每次2片，每天服3次。

中药组方：枸杞子18g、菊花15g、炒牛子9g、蝉蜕9g、水蛭粉4g（冲）、金樱子30g、炒芡实30g、丹皮12g、白茅根60g、益母草30g、炒杜仲15g、芥穗炭9g、血余炭12g、甘草6g，水煎服，每服3剂休药1天，本方用24剂。

2004年6月2日，患者自觉症状好转，血压波动时大时小，尿蛋白＋～＋，潜血情况好转。但是每天去工地，不得休息，只得服药维持。

2004年12月5日，患者不能坚持去工地，来诊，尿检结果如初。嘱其绝对休息，低盐饮食，摄入优质蛋白质，杜绝房事。中西药仍用4月21日方，连用1月。

2005年1月6日，患者先后在市中心医院和桓台县中医院化验检查，尿蛋白－，潜血微量。西药不变，中药调方如下：炒牛子9g、蝉蜕9g、黄芪60g、当归9g、炒杜仲15g、金樱子30g、炒芡实30g、水蛭粉4g（冲）、益母草30g、白茅根60g、血余炭12g、山萸肉12g、天麻10g、甘草6g，水煎服，每服3剂休药1天，本方服24剂。

2005年2月12日，患者血压：17.33/12.00kPa（130/90mmHg），尿蛋白－，潜血－。停用西药，中药调方如下：炒牛子9g、蝉蜕9g、黄芪60g、当归9g、炒杜仲15g、枸杞子18g、菊花15g、天麻10g、水蛭粉4g（冲）、金樱子30g、炒芡实30g、炒山药20g、焦白术18g、益母草25g、白茅根60g、甘草6g，水煎服，每服2剂休药1天。本方连服24剂。嘱其低盐饮食，摄入优质蛋白质，避风寒、防外感，春节可休药3天，过节不要劳累。

患者坚持用药两年，绝对休息一年余，其间病情虽有反复但波动不大。现自己经营内房装修业，四年来一切正常。

按：本例患者诊为慢性肾小球肾炎高血压型，在以往的过案中可观察到此病患者血压稳降，尿蛋白和潜血亦下降。如果患者在治疗期休息并用药，疗效就明显；而治疗期间仍工作，疗效不理想。此型患者血压高，故遣方用药忌应用升压药物。中药的益气健脾药多具消蛋白的作用，水蛭消蛋白多有报道，以生水蛭为优。益母草既能活血又能利水，是肾病用药最好的选择，但剂量过大可导致出血，特别要对用药的女性患者仔细观察。

评：肾综并股骨头坏死和慢性肾小球肾炎属于原发性肾小球疾病，过敏性紫癜性肾炎和系统性红斑狼疮性肾炎属于继发性肾小球疾病。这两类肾小球疾病在系统归类诊断上迥异，但在临床症状和用药上有相同之处。

（二）肾综并股骨头坏死

此病完整的诊断是原发型肾病综合征合并股骨头无菌缺血性坏死。

某患者，女，12岁，2004年5月12日叫诊。

其父母讲述：该患者自春节前后面部浮肿，眼睑处最为严重，下肢亦出现水肿，遂去市中心医院。医生检查该患者有大量蛋白尿，诊为肾病综合征，收住小儿科病房。治疗两个月未愈，带药出院回家，不慎在学校摔倒，后发现右髋关节疼痛。其间该患者曾三次去市中心医院小儿科检查，蛋白尿一直不见好转，经市中心医院小儿科推荐来我院门诊治疗。

检查：小儿女性，全身肥胖，满月脸，以向心性肥胖为主，其身高（155cm）和体重（55kg）与年龄不相称，上唇汗毛似男性之胡须，激素副作用非常明显。双肺正常，心率90次／分，腹部出现花纹，肝、脾未及，无叩痛，右髋关节叩痛，自述活动时疼痛加重并有跛行。查看所有检查结果，患者有大量蛋白尿，定性＋＋＋以上，定量3g以上；颜面及下肢水肿；胆固醇高（7.8mmol／L）；白蛋白低（低于7.8g／L）。诊为肾病综合征无疑。

舌红绛，苔白腻，脉沉细数。明显出现气阴两虚症状，且疑为股骨头病变（疼痛、跛行、功能障碍）。未处理，以信函请市中心医院骨外科李庆涛主任进一步诊治。

2004年5月19日，该患者去市中心医院骨外科复诊。李主任经各项检查后诊为滑囊炎、股骨头无菌缺血性坏死早期。处理意见：绝对休息，局部喷洒扶他林止痛，静脉滴注丹参注射液，再请中医治疗。

股骨头无菌缺血性坏死属于中医的骨痹和筋痹的范畴，肾病综合征属于中医的腰痛、水肿等范畴，病情比较复杂，治疗起来相当困难。满月脸、向心性肥胖、股骨头坏死等与大量应用激素有关。舌红绛、脉沉细数也与应用激素有关。苔白腻属痰湿之象。患者久服激素则厌食、痰浊壅盛、气机不畅。大量蛋白尿与中医的肾精不固有关。总体看来，该患者属气阴两虚，痰浊阻滞。

把详细情况告知该患者的父母，其同意治疗。该患者的复查结果：尿蛋白定性＋＋＋，定量4g／L，胆固醇已不高，白蛋白近正常，肾功能正常，彩超提示：双肾无萎缩。

用药：停用激素（泼尼松）。口服潘生丁25mg，每天3次，口服火把花根片，每次2片，每天3次。另煎服中药，每天1剂，服6剂后休药1天，每次带药18副，即21天为一个疗程。方药如下：水蛭粉4g、全蝎粉6g、三七粉4g、蜈蚣粉3g（以上4种药皆为粉冲服），知母9g、黄柏9g、炒杜仲15g、金樱子30g、芡实30g、益母草30g、白茅根30g、枸杞子18g、粉丹皮12g、山萸肉10g、生甘草6g，水煎服。

2004年6月10日，该患者服18剂中药。舌红绛，苔白腻，脉沉细数，尿蛋白定性仍是＋＋＋，定量稍减，为3g／L。嘱其原方不动，继续服18剂，潘生丁和火把花根片不变，另加迪巧钙每日1片。2004年7月3日，该患者服中药36剂。舌红，无明显绛红，苔白，脉沉细数。尿蛋白定性＋＋，定量2g／L。该患者自觉体乏无力，体重变化不大，饮食稍有好转，右髋关节疼痛减轻。调整方药如下：水蛭粉4g、全蝎粉6g、蜈蚣粉3g、三七粉4g（以上4种药装空心胶囊冲服），知母9g、黄柏9g、炒杜仲15g、当归12g、金樱子

30g、炒芡实30g、益母草30g、枸杞子18g、山萸肉12g、淫羊藿30g、甘草6g，水煎服，共24剂，服法同上。

2004年8月2日，该患者服中药75天，在这75天中以休息为主，未剧烈运动，未上学，未干活。该患者进食以低盐食物和含优质蛋白质的食物为主，基本恢复到病前的饭量，体重稍有下降，仍觉体乏无力，舌红，苔白，脉沉细数。

患者大量服用激素后，舌象有所变化，而细数脉在停服激素后1～2年方有变化。所以此时的脉诊参考价值不大，医者需密切观察病情，舍脉从症。本例患者初诊正确，西医治疗也正确。提倡晨服激素，与人体激素的分泌相顺应。服用糖皮质激素的原则：初时剂量要足，撤减激素要缓，维持时间要长。对激素敏感者须2～3年方能停服，而对激素不敏感者，医生则可对其速给、速撤、速停。

关于激素的副作用，前面提到的晨服激素是个办法，能减少激素的副作用。而更为重要的是中西医结合，激素疗法与服中药同步进行以控制或减少激素的副作用。初服激素时首先出现的是阴虚火热症状，随后可出现气阴两虚症状，其后可见阳虚症状和阴阳俱虚症状。中药的知母、黄柏、玄参、甘草、益母草都是抑制激素副作用的良药。既能利水又能活血的中药有益母草、泽兰等，是治疗肾病不可缺少的药物。在患者的肾病发病过程中要注意患者的上呼吸道感染，特别是慢性咽炎，应随时协同用药。以上所言是密切观察患者必须注意的，因为激素疗法中使用大剂量的激素可能掩盖很多症状。

在各种肾脏疾患的治疗中，中西医结合是可行的，西医单独治疗或中医单独治疗都有缺陷。

2004年8月2日，该患者复诊。化验结果是尿蛋白＋，定量为0.5g／L。此时是病程过程的中间阶段，也许长期保持尿蛋白＋，也许会出现尿蛋白＋－。该患者有体乏、无力、气虚的症状，调方如下：炙黄芪60g、太子参30g、炒牛子9g、蝉蜕9g、水蛭粉4g（冲）、三七粉4g（冲）、炒杜仲15g、菟丝子15g、覆盆子15g、金樱子30g、炒芡实30g、益母草30g、当归12g、枸杞子18g、山萸肉10g、甘草6g，水煎服，24剂，每6剂休药1天。

2004年9月2日，该患者复诊。该患者鼻塞流涕，咽痛喉痒，咳嗽胸闷、咯白黏痰，舌红，苔白，脉浮，出现上呼吸道感染之温燥证，未化验。以桑杏汤合止嗽散为方：桑叶12g、芥穗10g、苍耳子12g、木笔花12g、炒牛子9g、蝉蜕9g、炙冬花15g、炙双皮12g、炙紫菀12g、川贝母10g、前胡10g、炒枳实9g、麦冬15g、天冬15g、炙甘草6g，共6剂，水煎服。

2004年9月12日，该患者自述感冒基本已愈，仅有咽部不适，体乏无力，活动时自汗，右髋关节疼痛已减轻。舌红，苔白，脉沉细数。制方如下：炙黄芪90g、当归18g、炒牛子9g、蝉蜕9g、防风12g、太子参30g、水蛭粉4g（冲）、三七粉4g（冲）、炒杜仲15g、枸杞子18g、山萸肉10g、金樱子30g、炒芡实30g、甘草6g、益母草30g，水煎服，24剂。

2004年10月14日，该患者复诊。其尿蛋白在＋—和＋之间波动近两个月。每两周在淄博市高新区四宝山医院检验一次。气短乏力、自汗有所好转，体重为50kg。舌红，苔白，脉沉细数。嘱其按9月12日方，继服24剂。

对该患者，在控制蛋白尿的同时，还要留心股骨头坏死，故用三七、黄芪、当归、杜仲等药。股骨头无菌缺血性坏死属于中医的骨痹和筋痹，当今临床上的风湿病、类风湿病、痛风、颈椎病、腰椎病、外伤等都有诱变发生此病的可能。在已往的过案中，成年人患此病，很难治愈，小儿有可能治愈。本例患者在大量服用激素加摔倒后，由滑囊炎渐渐出现缺血而致此病，所以治法是补肾强督、补气生血。杜仲强筋、壮骨、强督脉，三七、益母草活血止痛，黄芪配当归补气生血，气行则血行，补气能生血，血能载气，气顺血行，但必须注意两者的比例关系，即黄芪与当归5：1的比例为最佳。黄芪的用量以60～90g为妥，补阳还五汤用黄芪125g，王清任《医林改错》中用到最大量250g，可供参考。

肾病综合征属于中医腰痛、水肿、风湿等疾病范畴，多继发于上呼吸道感染，免疫功能低下，治疗起来有一定难度。在此病的患者中，小儿占2/3，小儿比成人治疗更容易。

2004年11月15日，对该患者的血脂分析、血蛋白分析、尿分析（用尿沉渣检查）、血常规检查皆正常。半年多的治疗已初见成效，嘱其珍惜，慎避风寒、劳累，注意饮食。此病易反复，稳定需在两年之后。治疗过程始终未用细胞毒素类药物。

该患者的体乏无力好转，右髋关节疼痛基本消失，舌红，苔白，脉沉细数。时至冬天，御寒、防外感非常重要。调方如下：炙黄芪90g、当归18g、防风15g、白术15g、炒牛子9g、蝉蜕9g、水蛭粉4g（冲）、三七粉4g（冲）、炒杜仲15g、益母草30g、菟丝子15g、枸杞子18g、炙甘草6g、金樱子30g、炒芡实30g，水煎服，每服2剂休药1天，连服3个月。

该病例总共治疗近3年的时间。该患者曾因重感冒两次复发，高烧时血常规白细胞和中性粒细胞数高时，曾静脉滴注青霉素800万单位加维生素C；如果血象不高，但发烧、外感，一概用中药治疗。

2007年3月，该患者的全面检查无异常，体重保持在50kg，浮肿和激素所致副作用全消，该患者已复课。

（三）系统性红斑狼疮性肾炎

1.概述

系统性红斑狼疮（SLE）是一种常见的结缔组织疾病。结缔组织疾病基本病变是疏松结缔组织有黏液水肿和纤维蛋白样物质沉积。疏松结缔组织广泛分布于身体各处，尤其是皮肤、血管壁、浆膜、滑膜等部位。

结缔组织疾病一般有下列临床特征：①不明原因的长期发热。②多发性关节痛。③皮肤损害。④多器官、多系统损害。⑤有自发性缓解和加重的倾向。⑥激素和细胞毒性药物常对其有效。⑦血蛋白电泳发现γ球蛋白含量升高。⑧血沉加快。

确诊为SLE的患者，约70%的肾受损，如果做活检，用光电镜检查，其肾损达90%。如果再加免疫荧光及电镜检查，几乎全部SLE患者有肾小球损害。

SLE的病因目前尚未明确，只是认为内外抗原作用于免疫调节功能异常的患者，患者的B淋巴细胞高度活跃增殖，产生大量抗体，并与相应抗原结合形成免疫复合物沉积于肾小球，是狼疮性肾炎（LN）的主要发病机制。

SLE是临床常见病。在美国，每500个成年妇女中，就有1个SLE患者。

SLE可发生于任何年龄和性别，常见于青年女性，女性患者与男性患者的比例约为9∶1。在我国无确切统计数据，发病大都是青年女性。

SLE的临床表现呈多样性，包括没有明显症状、仅有红斑狼疮细胞或抗核抗体呈阳性、凶险的爆发型等。患者多有多发性关节炎、发热、皮疹，还有肾、肺、心血管的损害等。SLE患者的肾外表现如下所述。

（1）一般症状：大部分SLE患者全身乏力、体重下降，90%的患者发热，热型不定。

（2）皮肤黏膜：50%的SLE患者可出现面部蝶形红斑，限于两面颊和鼻梁处，红斑呈轻度水肿性，可有毛细血管扩张和鳞屑；如果患者有重度渗出性炎症，红斑可有水疱和痂皮。红斑消退后一般不留疤痕及色素沉淀。脱发见于50%的SLE患者，是SLE活动的敏感指标之一。SLE患者常见网状青斑，这是血管炎的典型特征。此外，SLE患者还可见荨麻疹、盘状红斑、甲周红斑、紫癜、裂片状出血、口腔及鼻黏膜溃疡等。

（3）关节和肌肉：90%的SLE患者有关节疼痛，常见于四肢小关节；约10%的SLE患者可有轻度关节畸形，但一般无骨侵蚀征象。长期、大量、不规则地使用激素可导致一些SLE患者发生无菌性股骨头坏死。1/3的SLE患者有肌痛，有的甚至出现明显的肌无力症状或肌肉萎缩。

（4）心血管：在活动性SLE患者中发生心包炎者可达2/3，一般是有短暂、轻度的临床表现。10%的SLE患者可有心肌炎表现。此外活动性SLE患者还可出现雷诺氏现象、肺动脉高压和复发性血栓性静脉炎。

（5）肺和胸膜：40%～46%的SLE患者可发生胸膜炎，它是SLE即将累及肾脏的可信指标。

（6）循环系统：①50%～75%的SLE患者呈正色素贫血。②60%的SLE患者白细胞少于4500/mm^3，淋巴细胞数下降。③SLE患者的血小板一般为轻度降低，约5%的患者血小板少于30000个/mm^3。

（7）胃肠道：部分SLE患者有恶心、呕吐、腹痛，可能与腹膜炎及腹腔脏器病变有关。肝大、脾大分别见于30%、20%的SLE患者。

（8）神经系统：临床表现复杂多样，常表现为精神异常，如抑郁、精神错乱。

（9）其他：部分女性SLE患者的月经不规则，经前症状加重，特别是偏头痛。部分SLE患者可发生无痛性淋巴结肿大、腮腺肿大、结膜炎等。

约有70%的SLE患者有不同程度的肾损害临床表现。SLE肾累及的症状包括肾小球、肾小管间质和肾血管性疾病的一系列症状，起病隐袭，也可急骤，病程一般较长，有或无自觉症状，可以肾损害为唯一的临床表现。水肿是常见的临床表现之一，也往往是患者就诊的主要原因。夜尿增多是早期症状之一，常反映为尿浓缩功能障碍。约1／6的SLE患者在确诊时有不同程度的肾功能减退。SLE患者肾损害的表现如下。

（1）无症状蛋白尿或／及血尿型：没有水肿，临床常见高血压。

（2）急性肾炎综合征型：起病急，类似链球菌感染急性肾炎，患者有血尿、蛋白尿、管型尿、浮肿、高血压，偶尔可见急性肾衰。

（3）急进型肾炎综合征型：较少见，起病急骤，发展迅速，出现少尿或无尿，有血尿、蛋白尿、管型尿，可浮肿，肾功能迅速恶化，在几周或几个月内发生尿毒症。

（4）肾病综合征型：较多见，约60%的SLE患者肾损害表现为此类型。其临床表现为大量蛋白尿（每天高于3.5g）及低蛋白血症，可有严重水肿，但不一定有血胆固醇含量升高。如不及时治疗，多数患者可于2～3年发展为尿毒症。

（5）慢性肾炎综合征型：有持续性蛋白尿、血尿、管型尿和不同程度的水肿、高血压、贫血及肾功能不全。病程长，迁延不愈而发生尿毒症，预后差。

（6）肾小管综合征型：少见。

诊断标准如下。

（1）临床表现：①蝶形或盘状红斑。②无畸形的关节痛、关节炎。③脱发。④雷诺氏现象和／或血管炎。⑤口腔黏膜溃疡。⑥浆膜炎（胸膜炎或心包炎）。⑦对光敏感的皮疹。⑧神经精神症状。

（2）实验室检查结果：①血沉增快（高于20mm／h）。②白细胞减少

$4×10^9$个／L和／或溶血性贫血。③蛋白尿（持续高于＋）和／或管型尿。④γ球蛋白升高。⑤狼疮细胞呈阳性（每片至少2个或至少2次阳性）。⑥抗核抗体呈阳性。

凡符合以上临床表现和实验室检查结果共6项者，即可确诊为SLE。

中医学中并无系统性红斑狼疮和狼疮性肾炎之名。水肿是SLE常见的临床表现，属于中医学的水肿和脉痹的范畴。患者出现蝶形和或盘状红斑、对光敏感的皮疹。中医学的水肿是指水液停留体内而产生的疾病，多因脾肾阳虚、不能运化水湿所致；而脉痹则是指以血脉症状为主的痹症，临床表现为不规则发热，肌肤有灼热感、疼痛，皮肤有红斑，多因血虚、风寒湿邪留滞血脉所致。

目前，我国对SLE以及由此而出现的LN的治疗已达到国际先进水平，中西医结合治疗LN的前景非常乐观。

2.病例

某患者，女，23岁，商业职工，1995年3月12日就诊。

患者3年前发现面部蝶斑，每至冬天双手背冰冷出现冻疮，并未介意，在一次单位组织的查体中发现大量蛋白尿，去省立医院检查，被诊为狼疮性肾炎。继发于感冒而成爆发型，后转入我院治疗。

检查：体温39℃，全身浮肿，关节疼痛，体酸楚，毛发稀疏、淡黄不泽；咽部充血，口腔多发溃疡；鼻梁两侧有对称的蝶形红斑；双肺干湿性啰音，心率90次／分，律整无杂音；腹软，肝、脾未扪及，亦无叩触痛；双手背可见冻疮斑痕，全身皮肤散在多处蓝紫色皮下出血瘀斑。实验室检查：血沉30mm／h，白细胞$3.6×10^9$个／L，蛋白尿＋＋＋并呈颗粒管型。

诊断：西医诊断为肺部感染狼疮肾炎爆发型。中医诊断为水肿、脉痹。

治疗方案如下。

（1）狼疮肾炎爆发期：在此时期，该患者病势凶险，高烧，咳嗽，全身浮肿，关节痛。以用抗生素控制感染为主，回避青霉素及磺胺药，用左氧氟沙星250mL及阿奇霉素0.5mg，加地塞米松5mg，静脉滴注，吉诺通每次1粒，每天3次，潘生丁每次50mg，每天3次。中药以清热、解毒、宣肺为主，方药如下：金银花30g、连翘15g、鱼腥草30g、川贝母10g、炒牛子9g、蝉蜕9g、炙冬花15g、炙双皮12g、炙杷叶12g、炙紫菀12g、葶苈子20g、天冬15g、知母9g、炙甘草6g，水煎服，每2天服3剂，连服9剂。

3月19日，该患者病情好转，发烧基本控制，仍有咳嗽，咯黄白色黏痰，关节疼痛。西药继续用左氧氟沙星250mL，阿奇霉素0.5mg加地塞米松5mg，静脉滴注；中药原方加生石膏30g、炙麻黄6g，水煎服，每天1剂，连服6剂。3月26日，该患者病情稳定，发烧、咳嗽已去，关节疼痛仍在。西药改为糖盐水加维生素C 2g、维生素B_6 0.2g，另加喜炎平2支，静脉滴注3天，暂停中药。

（2）激素疗法和细胞毒药物冲击治疗期：4月1日，该患者病情稳定，10余天未发烧。尿蛋白＋＋＋，并呈颗粒管型，白细胞$3.4×10^9$个／L。关节疼痛、蝶斑、雷诺氏现象仍存在。争得患者及其家属同意之后，用激素疗法和细胞毒药物冲击治疗，加中药抑制激素的副作用，并协同治疗狼疮肾炎。

所用西药如下：晨服60mg泼尼松，每kg体重1mg，连服56天；环磷酰胺总量设为8g（累积总量），每次用600mg加入100mL生理盐水中静脉滴注，时间不少于1h，连用2天，嘱其多喝水、勤排尿。隔2周后再冲击一次；以后每3个月冲击1次，每次连用2天，直到达到总量后停用。口服潘生丁、火把花根、钙片。

中药用滋阴降火之剂，方药如下：生地15g、知母9g、黄柏9g、山萸肉12g、丹皮12g、金樱子30g、炒芡实30g、水蛭粉4g（冲）、炒杜仲15g、山药18g、益母草30g、白茅根30g、甘草6g，水煎服，每服3剂，休药1天，连用1个月。

治疗1个月后，该患者病情稳定，逐渐好转，激素的副作用不显，细胞毒药物冲击后脱发尚不显，尿蛋白＋，管型未见，舌红，苔白，脉沉细数。继续服用西药，中药调方如下：生地15g、知母9g、黄柏9g、枸杞子15g、山萸肉12g、水蛭粉4g（冲）、金樱子30g、炒芡实30g、炒杜仲15g、益母草30g、太子参30g、二至30g、白茅根30g、甘草6g，水煎服，每天1剂，每服3剂休药1天，连服1月。该患者出院，改为门诊治疗。

（3）撤减激素到隔日疗法期：5月31日，该患者大剂量服用激素已超过56天。该患者对激素效果较为敏感，尿蛋白有时＋－，有时＋，有时－，故开始每月撤减激素5mg，分4次撤减，即每周减1／4片。从开始服用激素的60mg撤减到30mg，然后改为隔日60mg。其他西药不变，中药按上方每天1剂，每服2剂休药1天，继续服1个月。

7月1日，患者曾有上呼吸道感染，未停西药，暂将中药改为银翘散，7天后感冒已愈，改服原方。7月15日，按600mg环磷酰胺加入100mL生理盐水中冲击治疗，连用2天，余药不变。

7月30日，时在盛夏，患者自汗多、体乏无力、厌食。尿蛋白＋，舌红，苔白腻，脉沉细数。该患者服用激素已有100余天，所谓"激素脉"已显，故当舍脉从症，用芳香化浊之品，调方如下：藿香12g、佩兰15g、滑石30g、知母9g、黄柏9g、扁豆15g、金樱子30g、炒芡实30g、益母草30g、白茅根30g、二至30g、土茯苓30g、水蛭粉4g（冲）、甘草6g，每天1剂，连服2剂休药1天，连服1个月。

8月30日，所有症状减轻，患者平妥。继续用西药。中药由汤剂改服知柏地黄丸，每次9g，每天服3次。

10月2日，该患者通过半年多的治疗，病情明显好转。因经济压力，出院后即到单位上班。面部蝶斑和皮肤紫癜已全部消失，关节痛明显好转，仅感到气短乏力，活动时心慌、气喘、出汗，体重已减至54kg，但激素所致满月脸、向心胖不显，仅见面部多毛。实验室检查：血沉20mm／h，白细胞$5.8×10^9$个／L，蛋白尿＋－，未见管型。血脂、血蛋白已正常。自治疗以来，月经不规律，先后无定期。

该患者已出现气阴两虚症状，继续用西药，中药改成人参归脾丸和天王补心丸交替服用，每次9g，每天服3次。

年10月15日，细胞毒类药物冲击已达到7次，每次连用2天，共计14天，环磷酰胺的累计用量已达8.4g，可停用细胞毒类药物冲击。激素改为用隔日疗法，即隔日晨服60mg。

（4）从隔日疗法撤减到维持量治疗期。自10月15日，改为益气养阴治疗，调方如下：炙黄芪60g、当归12g、太子参30g、水蛭粉4g（冲）、炒杜仲15g、枸杞子18g、山萸肉12g、全蝎粉6g（冲）、蜈蚣粉3g（冲）、二至30g、二仙丹30g、桑葚30g、甘草6g。水煎服，每天1剂，连服2剂休药1天。遇感冒停服，改用治外感方，外感愈后再易原方，加炒牛子9g、蝉蜕9g。

（5）维持量治疗期：1996年4月15日，该患者在一年多的治疗中情绪稳定，能积极配合治疗，获得临床满意效果，顺利进入维持量治疗期。一切检查都很正常。维持疗法激素的剂量是每千克体重0.4mg，此时患者体重为52kg。计算维持量为每天20mg，需要用两个月规律地撤减。

此期仍用中药1995年10月15日方，服法改为每隔天服1剂。继续服用西药潘生丁、火把花根、钙片。6月15日，激素改服每天20mg，维持一般需4～6个月。

1997年1月5日，该患者发烧、咽痛、鼻塞声重、咳嗽、咯白黄痰，舌深红、苔微黄，脉浮数。把0.5mg阿奇霉素与5mg地塞米松加入250mL 5%的葡萄糖注射液中，把2支穿琥宁加入250mL葡萄糖氯化钠注射液中，静脉滴注，连用3天。中药宜辛凉解表，用银翘散合桑杏汤加减，方药：金银花30g、连翘15g、炒牛子9g、蝉蜕9g、马勃9g、桑叶12g、杏仁9g、炙冬花15g、炙双皮12g、炙紫菀12g、知母9g、川贝母10g，水煎服，连服3剂。

1月8日，该患者的症状基本消失，偶见咳嗽咯白痰、胸闷。停输液，中药改为桑杏止咳散加减：桑叶12g、芥穗12g、杏仁9g、川贝母10g、炒牛子9g、蝉蜕9g、鱼腥草30g、炙冬花15g、炙双皮12g、炙紫菀12g、知母9g、炒远志12g、炒地龙9g、炙甘草6g，水煎服，连用5剂。

1月15日，该患者的上呼吸道感染已愈，检验结果：白细胞$5.6×10^9$个/L，血红蛋白125g/L，尿蛋白＋。激素服用维持量（每天20mg）已过半年，由于上呼吸道感染后尿中再次出现蛋白，故暂不撤减激素。该患者出现体虚多汗，易于外感，且病后气短乏力，腰酸背疼，中药宜益气固表、补肾强督。调方如下：炙黄芪90g、焦白术18g、防风12g、炒杜仲15g、淫羊藿30g、菟丝子15g、覆盆子15g、枸杞子18g、炒牛子9g、蝉蜕9g、水蛭粉4g（冲）、山萸肉12g、炙甘草6g，水煎服，隔天1剂。

7月10日，该患者自觉全身舒适，饮食、睡眠、工作正常，检验各项指标正常。停服中药，继续服用西药潘生丁、钙片，要缓慢地减泼尼松，当减到10mg时不再减，用每天10mg，维持1年。2年后该患者结婚，婚后生一名男婴，母子健康，生活正常。整个治疗中激素的副作用基本未显。

3. 关于狼疮肾炎与妊娠

以往认为妊娠易导致LN复发和恶化，故多主张避免妊娠。但近年来通过大量的临床观察资料发现，如果患者的SLE没有活动，肾功能和血压都正常，那么妊娠并不增加患者LN的重新活动率，对LN的长程预后影响不大。但应注意以下几点：①患者若有肾功能降低、血压升高，则应避免妊娠。②应在LN治疗缓解1年后怀孕，并要尽力保持LN在孕期不活动。③要定期监测胎儿的生长发育，出现胎儿宫内窘迫时，可考虑终止妊娠。④LN患者先兆子痫发生率高，先兆子痫也可能是LN复发的表现，应经常对母体监测血压和做尿检，若发现问题，宜积极治疗。

（四）过敏性紫癜性肾炎

1. 概述

过敏性紫癜性肾炎（HSP）是全身性以小血管损害为主要病理基础的疾病。该病的主要表现是出现出血性皮疹，同时伴发关节炎、胃肠病和肾损害。

病因和发病机理：HSP的病因尚未明确，可能与感染和变态反应有关。常见的是与上呼吸道感染、药物或食物过敏有关。

中医学中并无过敏性紫癜性肾炎之名，按其发病和临床表现属中医水肿、脉痹之范畴，急性期多以清热凉血、活血化瘀为治。

2. 病例

某患者，男，38岁，1985年4月24日就诊。

自述：春节前连日奔忙劳累，常误进食时间。一次服食鱼、虾后，双下肢出现红色斑点状皮疹，逐渐变为紫红色，触摸稍隆起，表皮出血，以踝部、膝关节周围为著，臀部及上肢散见。皮疹不见消退，有游走性关节疼痛。患者去淄博市第一医院就诊，经检查、化验诊为过敏性紫癜性肾炎，曾服泼尼松等治疗，不见好转。检查：血压20／12kPa（150／90mmHg）；壮年男性，头颅外形正常，面部浮肿；双肺呼吸音正常，心率78次／分，腹软，肝、脾未及，全腹无压痛；双髋及上肢散在紫癜，双下肢有对称性紫癜，以膝、踝关节处显著；舌深红，苔微黄，脉弦细。实验室检查：血常规和出凝血、血小板皆正常，尿蛋白＋，潜血＋。

诊断：西医诊断为过敏性紫癜性肾炎。中医诊断为水肿、脉痹。

治疗：清热凉血、活血化瘀。中药用犀角地黄汤加减，组方如下：水牛角30g、赤芍18g、土茯苓30g、丹皮12g、生地18g、忍冬藤30g、白薇15g、白藓皮15g、蝉蜕9g、滑石30g、蒲黄12g、甘草6g，水煎服，每天1剂，连服12剂。

西药：晨服泼尼松60mg，连服2周，速给速撤；卡托普利25mg，每天3次；维生素C 0.3mg，每天3次。嘱其绝对休息，杜绝变应原。

1985年5月7日，该患者渐好，出血性皮疹、紫癜未再复发，检验尿蛋白＋，潜血＋。停用激素，加潘生丁50mg，每天服3次，继服其他药。

中药调方如下：水牛角30g、白茅根60g、丹皮12g、赤芍18g、土茯苓30g、生地炭15g、益母草30g、滑石30g、知母9g、黄柏9g、白藓皮15g、金樱子30g、炒芡实30g、甘草6g，水煎服，每天1剂，连服3剂，休药1天，本方连服24剂。

1985年6月7日，病情基本控制，紫癜已消退，未再出现，尿检正常。舌红，苔白黄，脉弦细。继续服西药，中药调方如下：黄芪60g、防己12g、益母草30g、白芽根60g、丹皮12g、生地炭15g、枸杞子18g、山萸肉12g、金樱子30g、炒芡实30g、白藓皮15g、黄柏9g、土茯苓30g、甘草6g，水煎服，每日1剂，连服3剂，休药2天，此方服24剂。

1985年7月20日，该患者病情稳定，要求停服中药，带西药去外地，实验室检查一切正常，只血压稍高，同意其停服中药，继续服用西药。

1985年9月27日，该患者来诊，病情有所反复，紫癜不明显，但尿中再次出现尿蛋白和潜血。继续服原中西药，当年年底检查各项指标正常而停药。

按：紫癜性肾炎多见于6～14岁的儿童，成年人则少见。对本例患者诊断明确、治疗及时，因此其恢复较快。据有关统计，15岁以下患儿与成年人发病比例为17：1，这可能与IgA有关。肾脏症状多见于出疹后4～8周，少数患者见于出疹后数月之后，个别患者见于出疹之前或出疹后2年，最常见表现是孤立性血尿，故临床上对有无症状血尿的小儿患者应密切观察。

评：虽然在过敏性紫癜性肾炎的急性期治疗中，以清热凉血、活血化瘀为治收到满意效果，但笔者亦碰到寒凝所致者，当用温经摄血治疗。过敏性紫癜重症者，多从四肢远端出现出血性皮疹，渐成紫癜斑块且伴有胃肠道症状，有脐周阵发性绞痛并伴有恶心、呕吐和便血，偶见吐血者，这是由肠壁及平滑肌紫癜所致，故要临证周察，谨慎处理，切忌一劳永逸。

（五）湿温病治验得失

1.概述

湿温病是由湿热病邪引起的急性热病。发病初期患者具有身热不扬、体重肢倦、胸闷脘痞、苔黄白腻、脉浮缓等症状。

该病起病较缓，传变较慢，病机演变虽有卫气营血之变，但主要稽留于气分，以脾胃为主要病变部位。临床表现具有湿和热两个方面的证候，后期的演变过程既有湿热化燥伤阴，又有阳气虚衰。该病在雨湿较多的夏、秋季多见，如遇某年夏、秋多雨又热，则易出现湿温病。

湿热病邪是湿温病的主要致病原因。病机为天暑之气下迫，地湿之气上腾，人处于气交蒸笼之中，最易感受湿热病邪。如饮食不洁、不节，损伤脾胃，使脾胃运化失司，湿邪停聚，郁久化热，亦可蕴生湿热之邪。且湿热偏盛的夏、秋季，脾胃功能多呆滞，如劳倦过度或恣食生冷，更易使脾胃受伤，导致湿邪内困，加重湿滞不运。吴鞠通说："内不能运水谷之湿，外复感时令之湿。"这句话指出仅外感而无内伤，或仅有内伤而无外感，皆不易形成湿温，"外邪入里，里湿为合"，方能发病。薛生白说："太阴内伤，湿饮停聚，客邪再至，内外相引，故病湿热。此皆先有内伤，再感客邪。"

湿为阴邪，重浊腻滞，与热相合，蕴蒸不化，胶着难解，故传变缓慢，病程较长，缠绵难愈。脾为湿土之脏，胃为水谷之海，故湿热致病多以脾胃为病变中心。中气的盛衰决定着湿热的转化。薛生白说："中气实则病在阳明，中气虚则病在太阴。"这指出素体中阳偏旺者，邪从热化而病变偏于阳明胃；素体中阳偏虚者，邪从湿化而病变偏于太阴脾。这就是常说的"实则阳明（胃），虚则太阴（脾）"。病在太阴者，则湿重热轻；病在阳明者，则湿轻热重。

湿温之湿热郁蒸气分，虽然以中焦脾胃为中心，但湿热长期不解，亦可蒙上流下，弥漫三焦，波及其他脏腑。如湿热郁蒸，蒙阻清窍，则神志昏昧；湿邪下注小肠，蕴结膀胱，则小便不利；湿热内蕴肝胆，则身目俱黄；湿热外蒸肌腠，则发为白痦等。

2.病例一——湿温治之不愈

某患者，女，84岁，2006年8月，因恶寒、头重叫诊。

自述：恶寒、少汗，身热不扬，每天下午发烧明显，头重如裹，胸闷脘痞。

检查：老年女性，体虚久病貌。头颅、五官、外形正常，双肺呼吸音低，心率78次/分，律整，各瓣膜无杂音。腹软，全腹无压痛，肝、脾未及，腹部听诊闻及肠鸣音。四肢、脊柱未见异常。舌淡红，苔白腻，脉濡缓。

辨证：属湿温病之湿热之邪阻遏卫气。治宜芳香辛散，宣化表里湿邪，方药用藿朴夏苓汤合三仁汤加减化裁，连服5剂。

10天后，其家属再次叫诊。该患者仍有身热不扬，脘痞腹胀，恶心欲吐，口渴而不欲饮，大便溏泄，小便混浊，舌淡红，苔白厚腻，脉濡细。家属同意该患者住院治疗。该患者住院6天，输液治疗，病情不见好转，反而有所加重，食水难进且腹泻。中医诊治，辨证属湿温的湿困中焦。

病例分析：该患者平素脾胃虚弱，纳差，去年夏、秋曾发病，治疗到入冬方停药。长夏之时，气候炎热，而又阴雨连绵。本来就脾虚纳差复感湿浊之邪，困阻于中焦，脾胃升降失司。脾气当升而不升，胃气当降而不降，故浊气上逆而为呕吐、厌食，湿中蕴热，热为湿遏，致使身热不扬；湿热病邪直犯中焦，脾受湿困，气机失于展化，则脘腹痞胀；湿阻于内口则渴不欲饮；湿浊趋下，则大便溏泄、小便混浊，舌淡红、苔白厚腻、脉濡细，皆为湿邪偏重之象。治宜燥湿化浊、理气和中，用藿香正气加减化裁，方药：藿香12g、佩兰15g、大腹皮12g、苏叶18g、半夏9g、苍术25g、厚朴9g、茯苓25g、滑石30g、陈皮9g、甘草6g。该患者服6剂后有所好转，要求出院。

其实湿温为病，缠绵难愈，病尚未愈，要求回家，业已潜延月余，日久虑其他变，更难施治。该患者家属于9月初再次叫诊。该患者身热汗出，神志不清，谵语郑声，口干而不欲饮，食水不进，舌苔干腻，脉沉细。此为湿邪久困于太阴脾，陷入少阴心肾。湿为阴邪，最易伤阳，卫阳失于外护而汗出，浮阳越于躯壳而身热，神不守舍则神志不清，与热入心包者迥然有别。观其微动则喘，肾不纳气是也。问其家属其已十余日未下大便，知其已属阴结，正气涣散，阴阳将离，遂留一方——参附龙牡汤，并嘱其住院急救。

日后，访其家属，该患者未服参附龙牡汤，于桓台县人民医院住院，经检查未见明确的阳性指标，3天后作古。

按：如前述，湿温病是湿热病邪引起的外感热病，多发于夏、秋季。湿邪致病，发展较缓，传变较慢，病势缠绵难愈，以脾胃证候显著为主要特点。该病的发生内因脾虚，湿邪停聚，外因感于湿热病邪。湿热的转化随中气虚实而异，实则阳明（胃），虚则太阴（脾），前者多表现为热偏盛，而后者多表现为湿偏盛。在辨证时，要注意分辨湿热孰多孰少以及病变部位。该患者的病机属湿重于热，先是湿热阻遏卫气，继而湿困中焦，最后正虚阳脱。

评：湿热病邪是湿温病的主要外因。2006年夏秋季节，我院病房中有十多个不明原因发烧不退的患者，后改用中医中药以湿温病辨治，大都有效。

湿温病必须注重湿、热的多少，如湿重于热、热重于湿、湿热并重、偏于湿化、偏于热化。《叶天士医案》中说："脾宜升则健，胃宜降为和，太阴湿土，得阳始运，阳明燥土，得阴则安。"

3.病例二——湿温缠绵难愈

某患者，女，55岁，2010年8月11日住院。

主诉：发烧、腹泻、纳差半月。

病史：该患者半月前因吹空调受凉后腹痛，泻下水样便，伴发烧（38℃），纳差，住桓台县人民医院，经治疗6天好转，后因吃葡萄再次出现腹痛、腹泻、发烧，查为低血钾、电解质紊乱，转桓台中医院治疗。

检查：体温38℃，心率68次／分。头颅外形正常，颜面无浮肿，巩膜微黄（属脂肪沉着），瞳孔等大等圆，对光反射敏感；全身淋巴结无肿大；颈、扁桃体、甲状腺、气管皆正常；双肺呼吸音略粗，无干啰音、湿啰音；心率68次／分，律整，各瓣膜无杂音；腹软，肝、脾未及，脐周及下腹部压痛；四肢、脊柱无畸形；经系统的生理反射存在，病理反射未引出。实验室检查：血常规、尿常规、凝血四项、外斐氏反应、肥达氏反应、心肌酶谱都正常，唯血钾含量稍偏低。彩超提示有轻度脂肪肝。CT提示疑间质肺炎。

中医诊断为泄泻。西医诊断：发热原因待查，水和电解质紊乱。

治疗：补液以达到电解质平衡，营养支持治疗。

2010年8月21日，该患者征得病房同意后看门诊。

自述：发病、治疗经过同上。现每天中午开始发烧，下午5点加重，上半夜尤甚，体温37.5℃～39℃，大都为38℃，腹痛，腹泻，泻下黄色水样便，每天3～5次，体乏无力，全身酸痛，不思饮食。

舌红，苔白厚，脉缓，中医诊为湿温之湿重于热。宜用芳香辛散，宣化表里湿邪。三仁汤加减：苍术30g、滑石30g、太子参30g、粉葛根60g、炒薏米30g、炙龟板12g、炙鳖甲12g、白豆蔻12g、芥穗10g、海螵蛸12g、砂仁10g、木香12g、元胡12g、麦冬15g、炙甘草6g、鱼腥草30g，水煎服，连服3剂。

2010年8月25日，该患者仍发烧，体温最高到39℃，腹痛，腹泻，不思饮食。调方如下：苍术30g、焦白术18g、焦三仙各15g、砂仁10g、白蔻12g、滑石30g、葛根60g、太子参30g、柴胡30g、木香12g、熟附子9g、干姜9g、白扁豆15g、炒黄芩12g、炙甘草6g，水煎服，连服3剂。

2010年8月28日。该患者发烧时轻时重，腹痛，腹泻，纳差，恶心。查其液体量不足，给予：500mL葡萄糖氯化钠注射液，加入维生素C 2g、维生素B$_6$ 0.2mg、利巴韦林0.4mg，静脉滴注；静脉滴注林格氏液1500mL，连用5天。嘱其多食稀粥、菜汤。检查可见该患者咽部充血，有寒热，右肋疼痛，晨口干苦，舌红、苔白黄腻，脉濡缓。中药调方如下：金银花30g、连翘15g、苍术30g、柴胡30g、太子参30g、炒黄芩12g、粉葛根60g、滑石

30g、白扁豆15g、白蔻12g、木香12g、麦冬15g、焦三仙各15g、竹茹9g、炙甘草6g，水煎服，连服5剂。

2010年9月2日，该患者已退烧，余症仍在，且尿蛋白＋。停输液，中药如下：粉葛根50g、太子参30g、滑石30g、金银花25g、连翘15g、炒牛子g、蝉蜕9g、白蔻12g、炒薏米30g、通草9g、水蛭粉4g（冲）、金樱子30g、炒芡实30g、白扁豆15g、麦冬15g、半夏9g、元胡12g、木香12g、炙甘草6g，水煎服，连用3剂。

2010年9月4日，该患者平妥，感到恶心，出现肠鸣、痛泻，不思饮食，舌红，苔白，脉濡缓。调方：半夏9g、茯苓25g、炒枳壳9g、党参30g、竹茹9g、三仙各15g、白蔻12g、砂仁10g、麦冬15g、元胡12g、炒白芍18g、白扁豆15g、炙甘草6g、生姜10g，水煎服，连服3剂休药1天，继服6剂。

2010年9月15日，该患者以腹痛、腹泻、腹凉、纳差为主要症状，舌红，苔白，脉缓。组方：人参10g、三仙各15g、炒白术18g、茯神25g、熟附子9g、炮姜9g、肉桂8g、木香12g、炒白芍25g、元胡12g、防风15g、陈皮9g、苍术25g、炙甘草6g、生姜10g、大枣10g，水煎服，连服4剂。

2010年9月18日，该患者伤风，发烧，体温39℃。调方：粉葛根60g、滑石30g、太子参30g、佩兰18g、藿香12g、白扁豆15g、炒薏米30g、苏叶18g、焦三仙各15g、砂仁10g、白蔻12g、金银花25g、连翘15g、炙甘草6g、杏仁9g、竹茹9g，水煎服，连服3剂。

2010年10月4日，该患者自9月18日服药后，无复发烧，停药后痛减，仍腹泻，纳差，体乏无力，眩晕，舌红，苔白，脉沉缓无力。自出院后血压持续为12.00／6.67kPa（90／50mmHg）。观其病湿热虽去，但见阳气虚衰之状，乃调方如下：人参10g、熟附子10g、炮姜9g、肉桂8g、苍术30g、炒白术18g、酒白芍25g、木香12g、藿香12g、茯苓30g、砂仁10g、防风15g、吴茱萸9g、炙甘草6g、生姜10g、大枣10g，水煎服，连服3剂休药1天，继服6剂。

2010年10月13日，该患者的血压为13.33／9.33kPa（100／70mmHg），患者腹痛、腹泻已愈，大便成形，每日1次，要求处方以资巩固。

见其纳差、眩晕，乃调方如下：力参 12g（去芦）、泽泻 25g、水红花子 30g、苍术 25g、焦白术 15g、砂仁 10g、茯苓 30g、熟附子 9g、肉桂 9g、炮姜 9g、酒白芍 20g、天麻 10g、木香 12g、甘草 6g，水煎服，每服 2 剂休药 1 天，服 6 剂。

4.古贤为鉴

前贤论著颇丰，涉湿温者多矣，何不精读？中医学的生命力强，对大多数内科病，西医不能取代中医，如外感之风寒、风热、暑温、湿温等疾病，慢性病中肾炎等；妇产科中的某些月经病、产后病等。湿温病便是西医不能取代中医来诊治的典型的病种，肥达氏反应等检验不能检测出的病种又何止湿温病呢！

刘河间言："治湿之法，不利小便，非其治也。"喻嘉言言："凡治湿病，当利小便，而阳虚者一概利之，转至杀人，医之罪业。"叶天士《临证指南医案》中华岫云按："今观先生治法，若湿阻上焦者，用开肺气，佐淡渗，通膀胱，是即启上闸，开支河，导水势下行之理也；若脾阳不运，湿滞中焦者，用术、朴、姜、半之属，以温运之，以苓、泽、腹皮、滑石等渗泄之，亦犹低窊湿处，必得烈日晒之，或以刚燥之土培之，或开沟渠以泄之耳。其用药总以苦辛寒治湿热，以苦辛温治寒湿，概以淡渗佐之。甘酸腻浊，在所不用。"

前贤之言确属从临证经验中提炼之精华，我们为什么不借鉴呢！

（六）感冒发烧辨治三则病例

1.病历一：阳明之为病，胃家实之治

某患儿，男，9岁，1976年11月，因发烧、头痛、3天不解大便，而由医院和卫生所的医生轮换治疗。当时输液用四环素、土霉素、氢化可的松等，同时口服中药麻桂之类方剂。

发病第9天的早晨，因患儿鼻出血，其父急来卫生所叫诊。

检查：患儿体温38.5℃，咽部充血，扁桃体不大，面色不鲜、多垢，气促，身重，鼻腔出血鲜红，双肺呼吸音粗，但未闻干啰音、湿啰音，腹胀满，脐腹及左下腹轻微压痛，肠鸣音尚可，可触及左下腹粪团包块，舌红绛，苔干黄，脉弦数。问其母，知其食不知味，小便短赤，已7天未下

大便。

回诊所后，将8天来的随诊记录重温：患儿初发病时，鼻塞流涕，鼻烧出火，咽痛，舌尖边红赤，苔微黄，脉浮数，属外感风热无疑，而用麻桂之方实属欠妥。因输液中有激素——氢化可的松，最初进食尚可，几天后厌食、食不知味，渐至漱水难咽，病发4天后，已经出现高烧、大汗出、口大渴、脉洪大的阳明经证四大症状。考虑患儿大汗出或与激素有关，故未引起注意，病发后第5天，下午发烧明显高于上午，可达39.5℃，腹部胀满并微有压痛，病发到第9天晨鼻衄，腑气不通。

当时某些中药紧缺，遂去高青药材公司求购，至当日傍晚配方齐全。用人参白虎汤合承气汤加味：太子参25g、生石膏20g、知母9g、粳米20g、厚朴9g、枳实9g、芒硝9g、大黄9g、麦冬12g、天冬12g，水煎两次混合为500mL，分三次服。患儿晚7点服200mL，晚11点排出恶臭燥粪，粪水俱下，满于便盆，热臭之气充斥室内，并泻下数条蛔虫。清洗后测体温37.5℃，患儿便后进稀粥一碗。第二天凌晨1点，患儿服150mL药，清晨泻下稀便两次，不再发烧，测体温36.5℃。一整夜，家人伴患者，医生陪家人，早晨散去各自休息。改日患儿服完剩余的100mL药，以后换用增液汤，以膳食调养，半月后康复。

按：大汗、大热、大渴，及痞、满、燥、实，脉弦数，大便7日不通，当属阳明经证未罢而出现腑证，又出现阳明鼻衄。刘渡舟《伤寒论诠解》有"病有太阳阳明，有正阳阳明，有少阳阳明""太阳阳明者，脾约是也；正阳阳明者，胃家实是也；少阳阳明者，发汗、利小便已，胃中燥、烦、实，大便难是也""三阳合病，腹满，身重，难以转测，口不仁，面垢，谵语，遗尿……白虎汤主之""渴欲饮水，无表证者，白虎加人参汤主之""发汗不解，腹满痛者，急下之，宜大承气汤""阳明病，口燥，但欲漱水，不欲咽者，此必衄""脉浮，发热，口干，鼻燥，能食者则衄"。

阳明热感的症状：壮热、恶热、大汗出、渴喜冷饮，苔黄而燥，脉浮洪或滑数。清热保津用白虎汤。阳明热结的症状：日晡潮热，时有谵语，大便秘结，或纯利恶臭稀水，肛门灼热，腹部胀满硬痛，苔黄而燥，甚则灰黑而燥，脉沉有力。软坚攻下泄热，用调胃承气汤。

本例患儿先服用辛温解表麻桂之剂，联合应用四环素、土霉素和激素输液，一是辨证不明、用药不当，二是大量激素掩盖了病情。本例患儿最初起病即属温热病，并非伤寒病。本例患儿开始发病就无伤寒症状。温热病在气分可出现白虎汤证和／或承气汤证，但是必须强调：伤寒阳明之用白虎承气与温病气分之用白虎承气，从病因、病理上说截然不同。

评：本例患儿的治疗转机之方是"参虎承气"，用药后其效果明显。输液用抗生素和激素对患儿的治疗无针对性的效果，但是输液对保存正气、控制感染、补充津液起到一定的作用。不过，直接按温热病去辨证论治，会少走弯路。伤寒病与温热病绝不是一类病：致病邪气（即病邪性质）一个为寒邪，另一个为温热之邪；治法不同，一个为辛温解表，另一个为辛凉解表；病后转归殊异，伤寒多伤阳，温病多伤阴。

2.病例二：气营两燔，清热败毒

某患者，男，50岁，某医院院长，1979年3月，高烧不退，连续5天输液未愈。

检查：该患者壮热（39.5℃），口渴，头痛，烦躁不安，肌肤散在可见紫红斑块，舌红绛，苔干黄，脉数。征得该患者同意后，停用所有西药，更服中药。

证候分析：本例患者为温热病，气分热邪未解，营血分热毒已盛，致成气营两燔。其症见：壮热、头痛、口渴、苔干黄，乃气分热盛之象，舌红绛、烦躁则系扰心营之证。肌肤充血或发斑为血热炽盛、阴伤血瘀、损络迫血所致。

诊断：春温、气营两燔。

治法：清热泻火、解毒、凉血救阴。

方药：清瘟败毒饮加减。

清瘟败毒饮方有大、中、小三种剂量，征得该患者同意后选用大剂量，方药：生石膏210g、生地18g、水牛角30g、黄连9g、栀子9g、桔梗10g、黄芩12g、知母10g、赤芍18g、天冬15g、麦冬15g、玄参10g、丹皮12g、竹叶

9g、甘草6g，水煮两次混合为900mL，分早、中、晚三次饭后服用，服后半小时内进热粥一碗。该患者服药后，后半夜退烧，第二天按时上班。

清瘟败毒饮由白虎汤、凉膈散、黄连解毒汤、犀角地黄汤组合而成，具有数方的综合协同作用，能有效地解热毒而清气血。本例患者热毒亢盛、病情较重，故选用大剂量生石膏而组方。

按：本例患者属春温，春温应属伏邪温病。温病是由温邪引起的以发热为主症，具有热象偏重、易化燥伤阴等特点的一类急性外感热病。而春温属于温病。凡初起发病于表，以表热证为主的称为新感温病，如风温、秋燥。凡初起发病于里，以里热偏重为特点的称为伏邪温病，如春温、伏暑。

春温是由春季温热病邪而引起的一种急性热病，一般发病急骤，病情较重，变化较多。初病即高热、烦渴甚至神昏、痉厥。该病的表述最早见于《黄帝内经》"冬伤于寒，春必病温"之说，把该病作为"伏寒化温"而发生的伏气温病。后世乃至今天的中医学，仍认为"冬伤寒"是春温之伏，"春发病"是春温之象，这是谬误。

第一，既然温病是由温邪引起的，伤寒是由寒邪引起的，怎么能把寒、温混为病因？第二，温病的症状为初起病即高热、烦渴、舌红绛、苔黄、脉数等，完全不符合寒邪发病的症状。第三，伤寒后期多伤阳，温病后期多化爆伤阴，尚未见伤寒转化为温病、温病转化为伤寒。第四，治伤寒用辛温解表之剂，而治温病宜用辛凉解表之剂。伤寒阳尽入三阴与温病卫气转营血是截然不同的。承认伤寒之阳明与温病之气分有雷同症状，但二者的病因、病机是不同的。为此，笔者认为："冬伤于寒"，应该理解为冬季曾患过外感，寒邪导致伤寒病。

叶天士《温热论》言："温邪上受，首先犯肺，逆传心包。肺主气属卫，心主血属营，辨营卫气血虽与伤寒同，若论治法则与伤寒大异也。"温病初起邪犯肺卫，若治疗及时病邪即可外解。邪不外解，则可由肺卫而内陷心包营分，当病情急剧变化，病势险重，称"逆传"。若按一般由浅入深逐步发展则为"顺传"，如由上焦肺卫依次传入中焦阳明。正如王孟英所说："温邪始从上受，病在卫分，则以邪从气分下行为顺，邪入营分内陷为逆也。苟无其顺，何以为逆也？"华岫云说："……但春温冬时伏寒，藏于少阴，遇春时温气而发，非必上受之邪也。""逆传"指病情急剧变化，"顺传"指病情之渐进发展。

《温热论》："大凡看法，卫之后方言气，营之后方言血。在卫汗之可也，到气才可清气，入营犹可透热转气，如犀角、玄参、羚羊角等物，入血就恐耗血动血，直须凉血散血，如生地、丹皮、阿胶、赤芍等物。否则前后不循缓急之法，虑其动手便错，反致慌张矣。"这明确地概述了卫气营血病机及对卫气营血证候的不同治法，指出了温病临床辨证的关键，阐明了各种证候的治疗方法及注意点。

本例患者经输液未愈，而病属春温的气营两燔，完全按叶天士的温病大纲辨证施治而得心应手，未走弯路。可见温病之经典，医海之导航。本例患者病后未加评品和褒贬，只是给当地卫生界出了一题：输液治疗是万能的吗?医者必须深思!

3.病例三：风温之汗热，调和营卫，清热保津

某患者，男，53岁，1982年12月18日就诊。

自述：发热，汗出，恶风寒，咳嗽，口渴，家属（是医生）为其输液（红霉素和氢化可的松）3天无效，且大汗出，烦渴，既怕风又怕冷，高烧不退，裹被多寐，请服中药。

检查：体温39℃，高烧汗多，虽咳嗽，但双肺无干啰音、湿啰音，只是呼吸音粗，心正常，腹大，全腹无压痛。舌质红绛，苔白黄，脉浮洪，血常规正常（可能与输液3天有关），胸部X线检查无异常。

证候分析：患者高烧、大汗出、口烦渴、脉洪大，当属伤寒阳明病之四大症状的阳明经证；但又恶风恶寒，裹被鼾睡，又似伤寒太阳伤卫经证之桂枝汤证；又见其舌质红绛、苔白黄，当属风热温病。当对外感病难以辨寒热时，必参以舌脉，此患者属风温无疑，若发于冬，则为冬温。

《医宗金鉴·伤寒心法要诀》将风温列入同伤寒十二证中。风温："风温原自感春风，误汗灼热汗津生，阴阳俱浮难出语，身重多眠息鼾鸣，误下直视失溲少，被火发黄瘛而惊，葳蕤桂枝参白虎，一逆引日再命终。"病到

大汗、恶寒，葳蕤已不当用，应给予桂枝白虎加人参汤：风温虚热汗出多，难任葳蕤可奈何？须是鼾睡而燥渴，方宜桂枝虎参合。

诊断：温证之风温。

治法：调和营卫，清热保津。

方药：桂枝参虎汤加味，人参9g、生石膏30g、知母9g、粳米30g、桂枝12g、白芍12g、苏叶12g、玄参9g、金银花30g、连翘15g、麦冬15g、天冬15g、防风12g、甘草6g，水煎服，连服3剂，3剂药用2天服尽。

1982年12月21日，该患者烧退症安，唯留乏力。见其舌红、苔薄白、脉浮缓，乃用竹叶石膏汤合生脉散方：竹叶9g、生石膏25g、知母9g、苏叶12g、沙参12g、麦冬15g、太子参30g、五味子9g、粳米30g、防风10g、甘草6g，水煎服，连用3剂。

按：风温是风热之病邪所引起的急性外感热病。初起以发热、微恶风寒、咳喘、口微渴等肺卫症状为其特征。《伤寒论》言："若发汗已，身灼热者，名曰'风温'。"这指热病误汗后的坏证。朱肱在《类证活人书》中指出，"其人素伤于风，因复伤于热，风热相搏，即发风温，主四肢不收，头痛身热，常自汗出，体重，其息必喘，四肢不收，嘿嘿欲眠"；其治法"治在少阴，厥阴""不可发汗"。陈平伯说："风温为病，春月与冬季居多，或恶风，或不恶风，必身热，咳嗽，烦渴。"这指出风温多发于冬、春两季，发于冬季的风温称为冬温。

冬天本该寒冷，但是温暖，是发冬温的外部条件。如果秋天温燥，亦与时令不符。秋之燥气与初冬未寒之气相合为温燥，深秋之气与冬之寒气相合为凉燥。临床所见温燥明显多于凉燥，或凉燥甚少。温病多见，而伤寒罕见。抗生素不能治疗病毒所致外感，但其滥用掩盖了温病的症状和抑制其传变。

（七）胃痛、消化性溃疡治验三则

胃痛是以上腹胃脘部近心窝处疼痛为主症的病症。该病属于临床常见病和多发病，可见春、秋两季发病和旧病复发者。

病因、病机：胃痛的病因主要有外邪犯胃、饮食伤胃、情志不畅和脾胃素虚等，导致胃气郁滞，胃失和降，不通则痛。

1.病因

（1）外邪犯胃：外感寒、热、湿诸邪，内客于胃，皆可致胃脘气机阻滞，不通则痛。其中尤以寒邪为多，如《素向•举痛论》说："寒气客于胃肠之间，膜原之下，血不能散，小络急引，故痛。"

（2）饮食伤胃：饮食不节，或过饥过饱，损伤脾胃，胃气壅滞，致胃失和降，不通则痛。五味过极，辛辣无度，肥甘厚腻，饮酒如浆，则蕴湿生热，伤脾碍胃，气机壅滞。《医学正传•胃脘痛》说："致病之由，多由纵恣口腹，喜好辛酸，恣饮热酒……复餐寒凉生冷，朝伤暮损，日积月深……故胃脘疼痛。"

（3）情志不畅：忧思恼怒，伤肝损脾，肝失疏泄，横逆犯胃，脾失健运，胃气阻滞，均可导致胃失和降，发为胃痛。《沈氏尊生书•胃痛》说："胃痛，邪干胃脘病也。……唯肝气相乘为尤甚，以木性暴，且正克也。"气滞日久，或久痛入络，可致胃络血瘀。《临证指南医案•胃脘痛》说："胃痛久而复发，必有凝痰聚瘀。"

（4）素体脾虚：脾胃为仓廪之官，主受纳和运化水谷，若素体脾胃虚弱，运化失职，气机不畅，或中阳不足，中焦虚寒，失其温养而发生疼痛。

2.病机

胃为阳土，喜润恶燥，为五脏六腑之源，主受纳，腐熟水谷。胃气以降为顺，不宜郁滞。寒邪、饮食、情志等伤及胃，均可引起胃气阻滞，失于和降，发为胃痛，即"不通则痛"。胃痛病位在胃，但与肝、脾关系密切。若忧思恼怒，气郁伤肝，肝气横逆，势必g脾犯胃，致使气机阻滞，胃失和降而为痛。肝气久郁，可化火伤阴，又能致瘀血内结而再使胃痛加重。脾与胃同居中焦，一脏一腑，一升一降，一燥一湿，互为表里，故脾胃之病常可互及。胃痛的病理因素主要有气滞、寒凝、热郁、湿阻、血瘀。其基本病机是胃气阻滞，胃失和降，不通则痛。临床分型虽多，有寒邪客胃、饮食伤胃、肝气犯胃、湿热中阻、瘀血停胃、胃阴亏耗、脾胃虚寒、胆胃郁热等，但有时是几种同时存在，互为因果，孤立的分型则少见。

3.诊断依据

（1）以上腹心窝处胃脘部发生疼痛为特征。疼痛有胀痛、刺痛、隐痛、剧痛等不同性质。

（2）常伴食欲不振、恶心呕吐、嘈杂泛酸等上消化道症状。

（3）发病的特点：患者以中青年居多，多有反复发作病史，发病前多有明显的诱因，如天气变化、恼怒、劳累、饥饿、暴饮暴食、进食辛辣的食物、饮酒、服用损伤脾胃的药物。

4.相关检查

电子胃镜或纤维胃镜、上消化道钡餐造影等检查可诊断急慢性胃炎，胃、十二指肠溃疡病，胃黏膜脱垂，并可与胃癌做鉴别诊断；幽门螺旋杆菌（HP）检测可查是否为HP感染；胆红素、转氨酶、淀粉酶化验和B超、CT等检查可与肝、胆、胰疾病做鉴别诊断；腹部透视可与肠梗阻、肠穿孔作鉴别诊断；血常规可协助与阑尾炎早期做鉴别诊断；心肌酶谱、肌钙蛋白、心电图检查可与冠心病、心绞痛、心肌梗死做鉴别诊断。

消化性溃疡含胃及十二指肠溃疡，中医并无此名，从溃疡病的疼痛部位看，消化性溃疡当属中医学胃痛的范畴。当然胃病不等于溃疡病，溃疡病除了疼痛之外，还有痞满反胃、吞酸、嘈杂以及呕血、便血等症状。

胃中酸水上泛，又称泛酸。随即咽下上泛的酸水称为吞酸，随即吐出上泛的酸水称为吐酸，可单独出现，但也常与胃痛并见。《素向•至真要大论》曰"诸呕吐酸，暴注下迫，皆属于热"，认为本证多属于热。《证治汇补•吞酸》曰"大凡积滞中焦，久郁成热，则木从火化，因而作酸者，酸之热也；若客寒犯胃，顷刻成酸，本无郁热，因寒所化者，酸之寒也"，这说明吐酸不仅有热，还有寒，并与胃有关。《寿世保元•吞酸》曰"夫酸者肝木之味也，由火盛制金，不能平木，则肝木自甚，故为酸也"，又说明与肝有关。本证有寒热之分，以热证多见。属热者，多由肝郁化热犯胃所致；因寒者，多因脾胃虚弱，肝气以强凌弱犯胃而成。但总以肝气犯胃、胃失和降为基本病机。

嘈杂是指胃中空虚，似饥非饥，似辣非辣，似痛非痛，莫可名状，时作时止的病证。可单独出现，又常与胃痛、吞酸同时出现。本证始于《丹溪心法•嘈杂》，其曰："嘈杂是痰因火动，治痰为先。"《景岳全书•嘈杂》；"嘈杂一证，或作或止，其为病也，则腹中空空，若无一物，似饥非饥，似辣非辣，似痛非痛，而胸膈懊恼莫可名状，或得食而暂止，或食已而复嘈，或兼恶心，而渐见胃脘作痛。"其病证常有胃热、胃虚之不同。

5.病例一

某患者，男，56岁，2001年4月8日就诊。

自述：该患者连日应酬，饮酒过多，昨日暴饮后，夜间胃脘疼痛，如针刺刀割，嗳气吞酸，按之痛甚，呕吐未消化食物，吐后痛缓；晨起嘈杂泛酸，泛吐清水，神疲纳呆，四肢倦怠，大便稀薄。

检查：舌红，苔白黄腻，脉弦涩。神疲体倦，面目浮肿，心口压痛，四肢怠惰无力。彩超显示有中度脂肪肝。胃镜显示胃体、胃小弯、十二指肠多发溃疡，幽门水肿。

证候分析：该患者素有嗜酒、肥甘、厚味之不节史，因暴饮暴食而发病，初起即为饮食所伤；然其胃脘疼痛如针刺刀割，嗳气吞酸，按之痛甚，则属瘀血停滞之痛，肝气犯胃之症；经呕吐未消化食物痛可暂缓，说明实邪已去，有暂安之象；晨起嘈杂泛酸，泛吐清水，神疲纳呆，四肢倦怠，大便稀薄，未早餐而就诊，又显出脾胃虚寒之象，所以给辨治带来很大麻烦。但综观分析，初起饮食停滞、瘀血停滞、肝气犯胃，待呕吐后休息一夜，次晨的症状则属脾胃虚弱兼血瘀之象。

该患者素有饮食不节之史，脾胃乃伤，脾胃虚寒，水不运化而上逆，故泛吐清水，神疲纳呆，脾虚则生湿，水湿下渗肠间，不能为胃行其津液，故大便稀薄，疼痛如针刺刀割，溃疡、幽门水肿是瘀血所致。脉弦涩为血行不畅所致。

诊断：胃痛，脾胃虚寒，瘀血停滞，多发性消化道溃疡。

治法：温中健脾，活血止痛。

方药：加味苓桂术甘汤合失笑散，蒲黄12g、灵脂12g、白及15g、芥穗炭9g、苍术18g、白术15g、砂仁10g、煅瓦楞子30g、茯苓30g、枳壳10g、元胡12g、海螵蛸12g、甘草6g，水煎服，连服9剂。

患者连用9剂后，自觉已无大碍，出发去济南于齐鲁医院复查胃镜，基本痊愈，当时齐鲁医院消化内科都不相信，嘱其回去后作巩固治疗。

2001年4月21日，该患者要求电传方药，笔者用手机发方药，让弟子代办。于原方去灵脂、海螵蛸，加木香12g、佛手13g，连服6剂。2001年4月底，该患者的溃疡已愈。遂嘱其戒酒、忌食肥腻之品以防复发。

案后注：本例患者有较典型的多型性胃痛合消化性溃疡，发病虽急，但很快治愈，因用药正确，患者积极配合治疗，故能早愈。加味苓桂术甘汤为基本方，对溃疡者加芥穗炭、白及，对幽门水肿所致梗阻者加茯苓、苍术、白术，对胃下垂者加枳壳，对有瘀血者加用蒲黄、五灵脂，对虚寒湿重者加用苍术，皆可获得满意效果。

6.病例二

某患者，男38岁，2010年10月9日就诊。

自述：平素爱喝酒、吸烟，常食辛辣、厚腻食品，经常胃脘胀闷，攻撑作痛，痛及胁肋；近来胃部烧灼样疼痛，烦躁易怒，泛酸嘈杂，口干口苦，大便干黑，服元胡止痛片和逍遥丸不见效果，因此来诊。

检查：面褐红，胖瘦适中，舌红，苔黄，脉弦。彩超检查可排除胆系疾患，肝功能检查可排除各类肝炎。电子胃镜检查发现胃窦多发浅表溃疡，十二指肠球部溃疡。

证候分析：患者素有吸烟、饮酒的嗜好，且恣意食用辛辣、肥腻之物，影响肝之疏泄条达之性，使肝气郁结，横逆犯胃而作痛；胁乃肝之分野，气多走窜游移，故攻撑作痛，痛及胁肋。此为肝气犯胃之证。肝气郁结，日久化热，邪热犯胃，故胃脘灼痛，泛酸嘈杂，口干口苦，烦躁易怒，大便干黑，舌红、苔黄、脉弦乃肝胃郁热之证。

诊断：胃痛，肝胃郁热，多发性消化性溃疡。

治法：疏肝泄热，和胃止痛。

方药：化肝煎合左金丸加减，丹皮12g、栀子9g、白芍15g、青皮9g、陈皮9g、黄连9g、佛手12g、吴茱萸9g、玫瑰花12g、黄芩10g、元胡12g、甘草6g，水煎服，每服3剂休药1天，连服6剂。

2010年10月20日，该患者服药后诸证明显好转，烧灼样疼痛已去，仍有黑便，嘈杂泛酸，烦躁易怒，舌红，苔薄黄，脉弦。调方如下：白及15g、蒲黄12g、生地炭15g、黄连6g、吴茱萸6g、白芍15g、瓦楞子30g、丹皮12g、绿萼梅10g、佛手12g、栀子6g、甘草6g，水煎每服3剂休药1天，连服12剂。

本例患者初起有肝气犯胃的症状，肝气郁滞，气有余便是火，况且纵酒、食辛辣厚味亦可使热从内生，热邪必然伤阴，所以组方遣药忌温燥苦寒，"忌刚用柔"。可选用理气而不伤阴的解郁止痛药，清肝泄热之药中病则减。临床据病情和症状，亦有选用丹栀逍遥散或泻心汤者，可与化肝煎互参。

7.病例三

某患者，男，60岁，2010年11月13日就诊。

自述：近一月来，晨起口干口苦，恶心，烦躁易怒，心口疼痛，痛如刀割，不受按揉，进食则加重，大便干黑。在本村卫生室服雷尼替丁和舒肝健胃丸，不见效果。

检查：患者面红黑，五官端正，巩膜虽黄但属脂肪沉着，而不像黄疸，问其喜饮酒，爱食肥腻，心、肺听诊均无异常，腹胀满，右胁下微有压痛，但无肝、脾肿大。舌紫暗，苔黄，脉弦涩。胃镜显示有糜烂性胃炎，胆汁返流，HP＋＋，十二指肠球部溃疡。

证候分析：患者素食肥腻、恣饮，其肝脏必然受累，使肝胆之气不得正常疏泄，久之，生热克伐于脾胃，使脾胃升降失常。胆汁不循常道，故口干口苦，恶心，烦躁易怒。气为血之帅，血为气之母。气能帅血、行血、摄血，血能截气，血随气行。气滞日久，则导致血瘀内停，瘀血为有形之邪，故痛有定处拒按；瘀停脉络，壅而不通，故痛如刀割；进食则能动其瘀，故食后痛甚；瘀停于肠间，则多见黑便；血瘀舌失滋荣，故舌色紫暗；瘀则血行不畅，故见弦涩之脉；苔黄由肝胆瘀热所致。

诊断：胃痛，胆汁返流，瘀血停滞，消化性溃疡。

治法：活血化瘀、清胆和胃。

方药：失笑散合温胆汤加减，蒲黄12g、乌灵脂12g、丹参18g、砂仁10g、元胡12g、三七粉4g、木香9g、黄芩12g、黄连9g、淡竹茹9g、枳壳10g、麦冬15g、白芨12g、甘草6g，水煎服，每服3剂休药1天，服6剂。

2010年11月19日，该患者服药后好转，腹部胀满。虑其与幽门螺旋杆菌感染有关（HP＋＋），故调方如下：加用蒲公英30g、白芨12g、蒲黄12g、元胡12g、灵脂12g、竹茹9g、郁金12g、生地15g、枳壳10g、黄芩12g、黄连9g、苏叶15g、丹参18g、三七4g、甘草6g，水煎服，每服3剂休药1天，本方服12剂。

2010年12月5日，因幽门螺旋杆菌感染而胃痛，多伴有腹胀满而疼痛，在上方基础上加服西成药：阿莫西林和胃炎胶囊。

8.临证备要

胃痛是临床常见病和多发病，且有较强的季节性，往往在春、秋两季容易复发。在胃痛的辨病和辨证治疗中，诊断分型非常重要。临床症状的鉴别是区分各型胃痛的依据，纤维胃镜或电子胃镜检查有助于诊断。在治疗上方法虽然很多，但应重点掌握以下方法。

（1）调肝理气是遣方的通用之法。肝气疏泄失常主要有两种情况：一是疏泄不及，土失木疏，气壅而滞；二是疏泄太过，横逆脾胃，肝胃不和及肝、脾不和。治疗前者以疏肝为主，治疗后者则以敛肝为主。

（2）活血化瘀是遣方的首要之法。慢性胃痛的发病原因主要是情志伤肝，肝失疏泄，木郁土壅；或饮食劳倦，伤及脾胃，土壅木郁，以致胃中气机阻滞。然而气为血之帅，气行则血行，气滞则血瘀，故肝气疏泄太过和肝气疏泄不及都能影响到血分。初病在气，久病入血；初病在经，久病入络。肝气横逆，伤及脾胃，日久出现吐血、呕血、黑便。

（3）清解郁热是遣方的变通之法。慢性胃痛中的溃疡病和慢性胃炎占绝大多数。但溃疡的"疡"和炎症的"炎"，未必都是热象。在胃痛的早期和／或溃疡、胃炎的早期和／或活动期并不显见中医的热象，当患者出现口干、口苦、舌苔变黄之时，则显示出郁热之象。在选用清热药时，应注意用养阴清热药，即使要用苦寒折火，也要适可而止。

（4）健脾养胃是遣方的固本之法。慢性胃痛的病程长，病情缠绵，多在脾胃虚弱的基础上而诱发。从虚实辨证看，虚多实少，因实致虚，或虚证贯穿全过程，所以治疗胃痛要补虚固本。其虚证主要有脾气虚弱和胃阴不足，前者以食后饱胀、口淡、乏力、舌淡、脉虚弱的虚寒之象为主，后者以胃脘灼痛、口干欲饮、舌红、苔少、脉细的虚热之象为主，分别以健脾益气和养阴益胃为治。尚有脾气虚弱和胃阴不足并见的气阴两虚之候，可益气养阴、健脾养胃并举。

（八）黄疸（急性病毒性乙型肝炎）辨治三则

1.概述

急性病毒性乙型肝炎简称急性乙肝。目前医学能检测出的肝炎病毒有甲型、乙型、丙型、丁型、戊型、庚型，乙型和丁型的肝炎是性传播、血液传播和垂直传播；丙型是非肠道传播，并可能有性传播；戊型在美国以外是粪口传播；粪口传播是甲型肝炎主要的传播方式。

急性乙肝患者常常是初起无黄疸，绝大多数急性乙肝患者表现出无并发症的临床症状，而不引起医生的注意。患者出现典型的前驱症状是流感样，然后出现乏力、厌食、恶心、呕吐、深色尿、浅色便，常常有严重的黄疸。右上腹痛是轻微的，但偶尔会很严重。如果发展到胆汁淤积期，大便白色和皮肤瘙痒是突出的症状。

乙肝急性感染后，有5%～10%的成人发生慢性乙肝感染。然而，年龄和影响机体的免疫状态是决定结局的关键因素。慢性感染发生于20%～30%受感染的小孩和几乎所有接触乙肝病毒的新生儿。在有潜在的免疫疾患的成人（即长期血透析患者）中，慢性感染的发病率也远远大于10%。估计全世界有2亿～3亿乙肝病毒携带者，仅仅在美国就有100万～150万人（本段内容来自《胃肠病和肝病的最新治疗》，贝莱斯编著，北京出版社出版。）

为了积极地预防和控制乙肝的传播和蔓延，我国采取了为新生儿在出生12小时内肌内注射乙肝疫苗的措施，和成人接种一样，在16个月时重复主动免疫。急性乙肝患者的配偶和性伴侣应接种乙肝疫苗，而对急性乙肝患者应积极地治疗，有85%的治愈率，如果拖成慢性乙肝，治疗起来就相当困难了。

《胃肠病和肝病的最新治疗》指出：慢性乙肝尚无明显有效的治疗方法……使用干扰素治疗，每天500万～1000万单位或每周3次，治疗3～4个月，30%～40%干扰素治疗的患者好转，病毒复制标志（即HbeAg）消失，而且极少数病例HBsAg消失。《胃肠病和肝病的最新治疗》指出："虽然干扰素很可能在不久的将来得到美国食品和药物管理局的批准，用于治疗慢性乙型肝炎，但干扰素理想的药物剂量和疗程仍有待在未来的研究中确定。"所以积极有效地治疗急性乙肝，对于我们的国情是非常必要的。

中医并无急性乙肝之名，根据其临床表现和症状，其符合胁痛、黄疸的范畴，然而其从发病到有明显的临床症状、表现，几乎都有严重的黄疸，故归属中医的黄疸之阳黄更为确切。黄疸的病因有外感和内伤两个方面，外感多由湿热疫毒所致，内伤常与饮食、劳倦、疾病有关。黄疸的病机关键是湿，由于湿邪困遏脾胃、壅塞肝脏、疏泄失常，胆汁泛溢而发生黄疸。

急性乙肝大都为中医黄疸之阳黄的范畴，其病因如下。

（1）外感湿热疫毒：夏、秋季，暑湿当令，或因湿热偏盛，由表入里，内蕴中焦，湿郁热蒸，不得泄越，而致发病。若湿热夹时邪疫毒伤人，则病势尤为暴急，极具传染性，表现为热毒炽盛、内及营血的危急重症，称为急黄。《诸病源候论•急黄候》说："脾胃有热，谷气郁蒸，因为热毒所加，故卒然发黄，心满气喘，命在顷刻，故云急黄也。"

（2）内伤饮食、劳倦：长期嗜酒无度，或过食肥甘厚腻，或饮食不洁，脾胃损伤，运化失职，湿浊内生，郁而化热，湿热熏蒸，胆汁泛溢而发为黄疸。《金匮要略》说："谷气不消，胃中苦浊，浊气下流，小便不通……身体尽黄，名曰谷疸。"《圣济总录》说："大率多因酒食过度，水谷相并，积于脾胃，复为风湿所搏，热气郁蒸，所以发为黄疸。"

长期饥饱失常，或恣食生冷，或劳倦太过，或病后脾阳受损，都可导致脾虚寒湿内生，困遏中焦，壅塞肝胆，致使胆液不循常道，溢肌肤而为黄疸。《类证治裁》说："阴黄系脾脏寒湿不运，与胆液浸淫，外渍肌肤，则发而为黄。"

病机：黄疸的病理因素有湿邪、热邪、寒邪、疫毒、气滞、瘀血六种，但以湿邪为主。黄疸形成的关键是湿邪，《金匮要略》指出："黄家所得，从湿得之。"湿邪既可以从外感受，亦可由内而生。如外感湿热疫毒，为湿从外受；饮食劳倦或病后瘀阻湿滞，属湿自内生。由于湿邪壅阻中焦，脾胃失健，肝气郁滞，疏泄不利，致胆汁疏泄失常，胆液不循常道，外溢肌肤，下注膀胱，而发为目黄、肌黄、小便黄之病症。

急性乙肝的诊断依据如下。

（1）目黄、肌黄、小便黄，其中目睛黄染为该病的重要特征。

（2）常伴有食欲减退、恶心、呕吐、胁痛、腹胀等症状。

（3）常有外感湿热疫毒、内伤、酒食不节、胁痛等病史。

血清总胆红素能准确地反映黄疸的程度，结合胆红素、非结合胆红素定量对鉴别黄疸类型有重要意义。总胆红素、非结合胆红素含量升高见于溶血性黄疸，总胆红素、结合胆红素含量升高见于阻塞性黄疸，而三者含量升高见于肝细胞性黄疸。尿胆红素及尿胆原检查亦有助于鉴别，此外，肝功能、肝炎病毒指标、B超、CT、MRI、胃肠钡餐检查、消化道纤维或电子内镜、逆行胰胆管造影、肝穿刺活检等，根据病情均可选择性应用。

急性乙肝（阳黄）临床多见于热重于湿、湿重于热、胆腑郁热、疫毒炽盛四种证型，此四型各具特点。疫毒炽盛型属于急重危症，患者需住院，由中西医结合诊断治疗。

2.病例一

某患者，男，24岁，1995年9月12日就诊。

自述：既往体健，春天查体无异常。素有烟酒嗜好，暴饮，不避辛辣、肥甘、厚腻，每到盛夏暑湿之时，常聚友狂饮，一醉方休。本想最近结婚，但觉体乏无力，恶心呕吐，厌食，厌油，逐渐发展为发热，口渴，腹部胀闷，口干口苦，全身和目睛俱黄，小便短少而黄赤，大便秘结。

检查：青年男性，全身黄染，鲜黄如橘皮色，尤以巩膜为著，舌苔黄腻，脉象弦数。实验室检查：谷丙转氨酶1850U／L，谷氨酰转肽酶1460U／L；总胆红素2010μmol／L，直接胆红素670μmol／L，间接胆红素1340μmol／L；尿胆原＋3，尿胆素＋3。彩超显示：可排除结石及占位，胆囊壁厚，透声差。乙肝五项：乙肝表面抗原呈阳性，乙肝e抗原呈阳性，乙肝核心抗体呈阳性。

证候分析：患者素有烟酒嗜好，恣食辛辣、肥甘、厚腻之食品，资湿助热，久之，湿热熏蒸，困遏脾胃，壅滞肝胆，胆汁泛溢则身目俱黄；湿热充斥脾胃，则恶心呕吐，厌食厌油，发热口渴，腹部胀闷，口干口苦，湿热不解，泛滥下焦则小便短少而黄赤，腑气不通则大便秘结；舌苔黄腻，脉象弦数，皆属湿热之象；口干口苦，尿赤便干，发热口渴，为热重于湿之象。

诊断：黄疸之阳黄，热重于湿，急性乙肝。

治法：清热通腑，利湿退黄。

方药：西药用250mL 5%的葡萄糖注射液加入30mL茵栀黄，静脉滴注。250mL 10%的葡萄糖注射液加入2g维生素C、0.4g肌苷、0.2g三磷酸腺苷、0.4mg辅酶A，静脉滴注，每天1次，连用12天。

中药用茵陈栀子大黄汤加减，方药：茵陈60g、栀子9g、虎杖15g、大黄9g、蒲公英30g、黄柏9g、滑石30g、竹茹9g、土茯苓30g、车前草18g、龙胆草12g、白花蛇舌草30g、五味子12g、板蓝根18g、田基黄50g，水煎服，每服3剂休药1天，连服12剂。

1995年9月28日，输液12天停用，改口服维生素C，每次服300mg，每天服3次；口服肌苷，每次服2片，每天服3次；中成药服龙胆泻肝丸，每次服9g，每天服3次。中药调方如下：田基黄60g、茵陈60g、栀子9g、大黄9g、黄柏9g、紫珠草18g、五味子12g、板蓝根18g、白花蛇舌草30g、车前草18g、土茯苓30g、甘草6g、大枣5枚，水煎服，每服3剂休药1天，连用18剂。

1995年10月26日，该患者复查，有好转，饮纳基本正常，饮食清淡，低盐、低脂肪、高糖、高蛋白，多食水果、蔬菜。肝功能基本正常。唯谷丙酰转肽酶含量略高。彩超显示胆囊壁不厚，透声良好。舌红，苔薄黄，脉虚弦。

继服西药，口服中成药龙胆泻肝丸。中药调方如下：茵陈30g、枸杞子18g、田基黄30g、玉米须30g、苍术15g、焦白术15g、白蔻12g、五味子

9g、太子参30g、扁豆15g、水红花子30g、鸡内金30g、甘草6g，水煎服，每服3剂休药1天，连用18剂。

1995年11月25日，经检查，该患者的各项指标均正常，随访补查中乙肝五项一年后亦正常。

3.病例二

某患者，男，46岁，1998年11月10日就诊。

自述：常饮白酒和啤酒，近半月来腹胀，大便稀薄，胸脘痞满，食欲减退。3天前醉酒后恶心呕吐。头身困重，身目俱黄。

检查：颜面、全身皆黄，巩膜深黄，面部黄褐色不鲜明，全身皮肤黄染，肝区微有叩痛。舌红，苔微黄、厚腻，脉濡数。彩超显示胆囊壁变厚，囊内透声弱，可排除结石和占位及阻黄。谷丙转氨酶1895U／L，谷氨酰转肽酶1482U／L，总胆红素2060μmol／L，直接胆红素720μmol／L，间接胆红素1340μmol／L，尿胆原＋＋＋，尿胆素＋＋＋。乙肝表面抗原呈阳性，乙肝e抗原呈阳性，乙肝核心抗体呈阳性。

证候分析：患者平素不断饮酒，过食肥腻之品，屡伤脾胃，使脾胃运化失职，湿浊内生，郁而化热，湿热熏蒸，胆汁泛溢而发为黄疸；湿遏热伏，困阻中焦，则头重身困，胸脘痞满，食欲减退，恶心呕吐，脾运失职，湿热积于肠道，故腹胀，大便稀薄，舌红，苔微黄、厚腻，脉濡数，皆为湿热之象。其头重身困，胸脘痞满，腹胀便溏，为湿重于热之证。

诊断：黄疸之阳黄，湿重于热，急性乙肝。

治法：利湿化浊运脾，佐以清热。

方药：10%的葡萄糖注射液加20mL甘利欣和8mL丹参，静脉滴注，连用12天。中每次口服维生素C 0.3g，1天3次。口服中成药护肝灵片，每次4片，1天3次。中药用茵陈五苓散合三仁汤加味，方药：茵陈60g、栀子9g、土茯苓30g、猪苓9g、白术12g、薏仁30g、黄柏9g、白蔻12g、滑石30g、田基黄50g、五味子12g、紫珠草18g，水煎服，每服3剂休药1天，连服20剂。

1998年12月10日，该患者的黄疸明显消退，症状减轻，舌红，苔微黄腻，脉濡。停止输液，继续用口服药。中药调方如下：茵陈30g、玉米须

30g、栀子9g、滑石30g、金钱草30g、白蔻12g、赤苓30g、田基黄30g、五味子12g、虎枝15g、薏米30g、苍术18g、板蓝根18g，水煎服，每服3剂休药1天，连服20剂。

1999年1月10日，该患者症状消失，进食尚差，自感乏力身重，舌红，苔白黄相间、微腻，脉濡缓。口服西药加肌苷片，每次2片，1天3次，停服中成药。嘱其多食高糖、高蛋白饮食和水果，仍需休息调养，对于肝病患者休息就是治疗。中药调方如下：藿香12g、佩兰15g、苍术18g、焦白术15g、车前草18g、玉米须30g、白蔻12g、焦三仙各15g、党参18g、茯苓15g、鸡内金30g、竹茹9g，水煎服，每服2剂休药1天，连用20剂。

1999年2月10日，该患者的彩超、肝功能检查结果等均正常。乙肝五项正常。嘱其停服中药，西药：仍服维生素C，每次0.3g，1天3次；肌苷每次2片，1天3次；再加服辅酶Q10，每次1片，1天3次。不要劳累，切忌吃肥甘、油腻的食品和饮酒。

4.病例三

某患者，女，1994年8月14日，因重度黄疸、大便呈白色来诊。

自述：上半年查体一切正常，近来感右胁胀闷疼痛，反射到右肩背，口苦咽干，寒热往来，呕吐呃逆，初起认为是感冒或胆囊炎，但近日来全身及颜面发黄，巩膜尤甚，黄色鲜明，尿黄赤，大便呈白色。

检查：患者颜面黄褐，肥胖痰湿之体，全身皮肤鲜黄，巩膜尤甚，黄色鲜明如橘皮色，舌红，苔黄厚腻，脉弦滑数。彩超显示胆囊壁厚，囊内透声极差，但可排除胆石症、息肉、肿瘤等。实验室检查：谷丙转氨酶2516U／L，谷氨酰转肽酶1544U／L，总胆红素2300μmol／L，直接胆红素800μmol／L，间接胆红素1500μmol／L，尿胆原＋＋＋＋，尿胆素＋＋＋＋。乙肝表面抗原呈阳性，乙肝e抗原呈阳性，乙肝核心抗体呈阳性。

证候分析：患者系肥胖痰湿之体，痰湿久淫必致郁积，痰湿瘀结，肝脏络脉阻滞，故使胆淤汁溢发为黄疸；肝脏经脉布两胁，走少阳故右胁疼痛，反射到右肩背；淤胆不得宣泄，故寒热往来，口干口苦；肝木克脾土，影响胃肠，故呕吐呃逆；大便呈白色为胆汁不泄所致。舌红、苔黄厚腻、脉弦滑数，皆为胆腑郁热之象。

诊断：黄疸之阳黄，淤胆型急性乙肝。

治法：疏肝泻热，利胆退黄。

方药：10%的葡萄糖注射液加入20mL肝得健和20mL穿心莲，静脉滴注12天。口服维生素C每次0.3g，每天3次；水飞蓟宾每次3片，每天3次；肌苷片每片0.4g，每次服2片，每天服3次。中药用大柴胡汤和茵陈蒿汤加减：柴胡15g、黄芩12g、茵陈60g、金钱草30g、薏米30g、栀子9g、白蔻12g、田基黄60g、半夏9g、大黄12g、枳实9g、五味子12g、郁金12g、白芍15g、水煎每服3剂休药1天，连服20剂。

1994年9月12日，该患者服药后黄疸减轻，大便转黄，其他症状减轻，舌红，苔黄腻，脉弦数。停止输液，仍用口服药。中药调方如下：茵陈50g、栀子9g、白蔻12g、柴胡15g、金钱草50g、大黄10g、枳实9g、滑石30g、田基黄50g、虎杖15g、佩兰15g、竹茹9g、五味子12g，水煎服，每服3剂休药1天，连服20剂。

1994年10月10日，该患者的黄疸基本消退，大便恢复正常，右胁痛减轻，寒热往来已去，呕恶去，进食可。舌红，苔黄，脉弦。继续用口服药，中药如下：柴胡12g、黄芩12g、大黄9g、金钱草30g、半夏9g、栀子9g、茵陈30g、白花蛇舌草30g、白蔻9g、太子参30g、五味子9g、田基黄30g、甘草6g，水煎服，每服2剂休药1天，连服20剂。

1994年11月12日，该患者的症状减轻，觉得体乏无力，晨起恶心，要求停药。查患者面褐不鲜，舌红，苔微黄，脉弦细，虑其余邪未尽，脾胃功能尚未完全恢复，仍需服药。继续服用口服药，中药用温胆汤以善其后，方药：半夏9g、茯苓15g、陈皮9g、竹茹9g、白蔻9g、金钱草30g、枳实9g、扁豆15g、党参18g、五味子9g、田基黄30g、紫珠草18g、甘草6g，水煎服，每服2剂休药1天，连用20剂。

1994年12月12日，该患者的彩超与实验室检查结果皆正常，唯乙肝五项尚未完全转阴。嘱其停服中药，口服药改为辅酶Q10每次10mg，每天3次，口服肌苷每次0.3g，每天服3次。一年后查肝功和乙肝五项均正常后，注射乙肝疫苗。

5.临证体会

近20年来，特别是1993——2004年，本人在桓台中医院所治急性乙肝患者实属不少，有记载者不下20例。急性乙肝看似来势凶猛，实际上治疗及时、得当并不难。茵栀黄、甘利欣、肝得健皆为中成药静脉针剂，其疗效可靠，但对不同患者效果不同。

中草药降酶退黄效果非常好，常用的有大黄、五味子、田基黄、紫珠草、玉米须、金钱草、茵陈、栀子、土茯苓等。关于大黄的应用：治疗阳黄需选用茵陈蒿汤、栀子大黄汤等，此类方中均有大黄。吴又可谓："退黄以大黄专功。"实践证明，茵陈与大黄、玉米须与大黄协同使用，退黄效果更好。大黄除有清热解毒、退黄通下的作用外，还有止血、消瘀、化痰之功，对急慢性肝炎、肝硬化患者皆可用。对大黄的泻下通便、止血、止痢、止泻的作用，在临床上当灵活运用。

淤胆型肝炎是以肝内胆汁淤积为特征的肝脏疾患，较为常见的有病毒性、药物性、酒精中毒性、妊娠性、复发性淤胆型肝炎，共同特点为黄疸持续时间长，常有皮肤瘙痒，大便色白，血清胆红素明升高，以直接胆红素为主，谷氨酰转肽酶、胆固醇等含量明显升高。其病机特点是痰湿结聚、肝胆络脉阻滞。该病可现于阳黄或阴黄之中，阳黄系湿热与痰瘀蕴结，胆汁泛滥；阴黄则为寒湿痰瘀胶结，正气渐损。

（九）癃闭（前列腺肥大症）辨治三则

1.概述

癃闭是以小便量少、排尿困难，甚至小便闭塞不通为主症的一种疾病。其中小便不畅、点滴而短小，病势较缓者称为癃；小便闭塞、点滴不通、病势较急者称为闭。《证治准绳·闭癃》说："闭癃合而言之一病也，分而言之有暴久之殊。盖闭者暴病，为溺闭，点滴不出，俗名小便不通是也；癃者久病，溺癃淋漓，点滴而出，一日数十次或百次。"由此可见，癃与闭都是指排尿困难，二者只是在程度上有差别。

病因、病机：癃闭的病因主要有外邪侵袭、饮食不节、情志内伤、瘀浊内停、体虚久病五种。基本病理机制为膀胱气化功能失调。

正常人小便的通畅有赖于三焦气化的正常，但三焦气化，则源于肾所藏之精气。肾主水液而司二便，与膀胱相为表里。肾主水液，是指肾在调节体内水液平衡方面起着极其重要的作用，体内水液的分布与排泄主要靠肾的气化作用，气化正常，则开阖有度。正常生理水液的代谢还要通过胃的受纳、脾的传输、肺的肃降而下达到肾，再通过肾的气化功能，使清者上归于肺而布散周身，浊者下输膀胱而排出体外，从而维持人体水液代谢的平衡。正如《素问·经脉别论》所言："饮入于胃，游溢精气，上输于脾，脾气散精，上归于肺，通调水道，下输膀胱，水精四布，五经并行……"若肾的气化功能失常，则开阖不利即可发生癃闭。此外，肺失肃降，金令不及州都；脾失转输，升降失度，肝主疏泄，气郁不达，瘀浊内停，气化被阻等，均可影响三焦气化，导致癃闭。

中医并无前列腺肥大症的病名。根据其临床症状和表现，尿点滴不下，发生潴留属闭症；点滴而下，排尿不畅则为癃。所以其属中医癃闭讨论的范畴。癃闭包括西医各种原因所引起的潴留及无尿症，如神经性尿闭、膀胱括约肌痉挛、尿路结石、尿路肿瘤、尿路损伤、尿道狭窄、老年人的前列腺增生、脊髓炎和尿毒症等而出现的尿潴留及无尿症。

癃闭以湿热蕴结、肺热气壅、脾气不升、肾元亏虚、肝郁气滞、尿路阻塞为多见。

前列腺肥大症为常见的老年病之一。过度劳累，或感受到寒冷，或情绪剧变，或贪食过量刺激性食物，均可激发前列腺组织突然充血肿胀，压迫尿道，而导致尿潴留。目前临床处理这一急症的措施是热敷、按摩膀胱、针灸、导尿、应用雌激素和抗生素等。若以上方法无效，则考虑手术，但老年患者体质较差，如有明显的泌尿系统感染、肾功能不全或心血管功能障碍等，则不宜手术，因此给老年患者带来很大的痛苦。近年来运用中医中药治疗本病，效果良好。

诊断依据如下。

（1）起病急骤或逐渐加重，主证为小便不利，点滴不畅，甚或小便闭塞，点滴全无，每日尿量明显减少。

（2）触叩小腹部可发现膀胱明显膨隆等水蓄膀胱证候，或检查膀胱内无尿液，甚或伴有水肿、头晕、喘促等肾元衰竭证候。

（3）多见于老年男性、产后妇女；就患者而言，多见于做过腹部手术的患者，或患有水肿、淋症、消渴等病，迁延不愈的患者。

对癃闭，首先应通过体格检查与膀胱B超判断有无尿潴留。对有尿潴留者，再做尿流动力学检查，以明确是否有机械性尿路阻塞。对有尿路阻塞者，再通过肛指检查、前列腺B超、前列腺癌特异性抗原等检查以明确尿路阻塞的病因，如前列腺肥大、前列腺癌、尿道结石、外伤性尿道狭窄。做神经系统检查以排除脊髓炎、神经源性膀胱，其多无尿路阻塞的尿潴留。对无尿潴留的癃闭应查血肌酐、尿素氮等以排除急慢性肾衰。

应本着"腑以通为用"的原则，但通利之法要因证候虚实之不同而异。对实证者宜清邪热、利气机、散瘀结，对虚证者宜补脾肾、助气化，万不可不经辨证，滥用通利小便之法。对于水蓄膀胱之急症，应配合针灸、取嚏、探吐、导尿等法急通小便。

2.病例一

某患者，男，86岁，2005年10月24日就诊。

自述：多年来小便点滴不畅，夜里尿频，排尿无力，尿后余沥不尽，近年来日渐加重；一年四季四肢不温，每到冬天畏寒肢冷更甚，腰膝冷而酸软无力，大便时常稀，但无明显腹痛。

检查：老年男性，神气怯弱，面色发白，舌淡胖、有齿印，苔薄白，脉沉细缓。彩超检查可排除泌尿系统结石、尿路梗阻、肿瘤占位等，实验室检查可排除急慢性肾脏疾患。心电图显示窦性心动过缓、冠心病。颅脑CT显示陈旧性腔隙性脑梗死、大脑皮质萎缩。肛门指诊：前列腺明显肥大，8cm×7cm×8cm，质硬，中央沟变浅。

证候分析：患者素有四肢不温、入冬畏寒肢冷的病史，可知其肾阳衰惫，命门火衰，气化不及州都，故小便点滴不畅，夜尿频，排尿无力；面色发白，神气怯弱，是元气疲惫的症状；畏寒肢冷、腰膝冷而酸软无力、大便稀等由肾阳虚殃及脾阳虚所致；舌淡胖而有齿印、苔薄白、脉沉细缓皆为肾阳不足的症状。

诊断：癃闭，肾阳衰惫，老年前列腺肥大。

治法：温阳益气，补肾利尿。

方药：右归丸合当归四逆加吴茱萸生姜汤加减，熟附子9g、肉桂6g、熟地18g、山药18g、芋肉12g、菟丝子15g、枸杞子15g、杜仲15g、牛膝15g、车前子15g、吴茱萸9g、通草9g、当归12g，水煎服，每服3剂休药1天，连用6剂。

2005年11月2日，服上方有效，该患者排尿有所好转，四肢仍有恶寒，腰膝凉且酸软。舌脉同上。乃于上方中去当归，加入鹿角胶15g、党参15g、牡蛎30g，水煎服，每服3剂休药1天，连用12剂，诸证悉去后，改为口服中成药右归丸，以资巩固。

3.病例二

某患者，男，82岁，1983年11月2日就诊。

其婿代述：素有脾胃不好，纳少体弱，小腹坠胀，想尿而不得出，不想尿而遗尿滴沥，常常强忍而遗尿湿裤，日久则精神疲乏，食欲不振，气短而语声低弱。一年前，该患者曾去桓台县人民医院泌尿外科，医生诊为老年前列腺肥大，行手术摘除睾丸以减缓症状。结果术后效果不佳，该患者仍然排尿困难，时而发生尿潴留。

检查：老年男性，身材瘦长，精神倦乏，语声低怯，舌质淡，苔薄白，脉象细弱。肛门指诊：前列腺9cm×8cm×8cm，质硬，中央沟消失。当时无B超、CT之类仪器。血常规正常，尿检正常。既往钡餐检查该患者有胃下垂病史。

证候分析：患者体形瘦长，既往有胃下垂病史，可知其中气虚弱。中气既虚，则食欲不振，纳少体弱；中气下陷，则小腹坠胀，精神倦乏，语言低怯；中气不足，则清气不得以升，而浊气又不得以降，故小便不利。舌质淡、苔薄白、脉细弱均为气虚之象。

诊断：癃闭，中气下陷，老年前列腺肥大症。

治法：升清降浊，化气行水。

方药：补中益气汤合春泽汤加减，力参9g、黄芪60g、白术12g、当归12g、柴胡9g、升麻9g、猪苓9g、泽泻15g、茯苓15g、桂枝9g、陈皮9g、甘草6g，水煎服，每服3剂休药1天，连服12剂。

1983年11月20日，该患者服上方配合耻骨联合上按摩有效，因触及前列腺质硬，中央沟消失，久之可成为前列腺结石，故上方中应适当加入活血化瘀、软坚散结药为妥。调方如下：夏枯草12g、桃仁9g、王不留行30g、升麻9g、柴胡9g、黄芪60g、当归12g、白术12g、猪苓9g、桂枝9g、泽泻12g、丹参15g，水煎服，每服3剂休药1天，连服12剂，并嘱其每顿饭少吃，可多吃几次，以促其胃内容物排空。

1983年12月10日，患者未来，家属告之：服药后明显好转，但每天要煎药，很烦琐，要求改丸剂。乃更服补中益气丸和参苓白术散，交替服用。

4.病例三

某患者，男，80岁，1985年4月10日就诊。

治疗经过如下。

两位同道（一位是内科医生，一位是外科医生）邀诊去果里医院。患者患老年前列腺肥大症，多次出现尿潴留，故行外科膀胱造漏插管以排尿，初时尚有尿液随管排出，几天后即使膀胱有尿成潴留也排不出尿，固定于膀胱的尿管亦不能取下，必要时行空针抽尿，此时尿潴留得不到改善。

检查：前列腺如桃子，大小约8cm×9cm×7cm，中央沟消失，质硬，大便干结。患者五心烦热，舌红，少苔，脉弦细数。住院检查已排除泌尿系统结石占位、损伤等。

证候分析：该患者肾阴亏虚，无阴则阳无以化，故使小便闭塞不通，欲小便而不得尿，虽有造漏管亦无法排尿；阴虚生内热，故五心烦热，大便干结。舌红、少苔、脉弦细数皆显示肾阴亏耗。

诊断：癃闭，肾阴亏耗，老年前列腺肥大症。

治法：滋补肾阴，化气利尿。

方药：滋肾通关丸合猪苓汤加减，知母9g、黄柏9g、肉桂6g、龟板

12g、丹皮12g、猪苓12g、泽泻12g、茯苓12g、熟地15g、萸肉12g、阿胶15g、滑石30g，水煎服，每服3剂休药1天，连服6剂。嘱其能自排尿后除去造瘘的导管，再带药回家调养。

5.临证备要

老年前列腺肥大症所致癃闭多属虚证，临床表现主要为尿潴留和排尿困难，其虚以肾虚为主，是因年老肾气虚弱，气化不及州都，而小便排除困难。临证时常见肾阳虚者，则腰酸足冷，畏寒肢冷，面色发白，脉沉细，因此，温补肾阳、通利水道常以济生肾气加减为治。肾阴虚者，则五心烦热，舌红、少苔或无苔、脉沉细数，当滋补肾阴，化气行水，常用大补阴丸、滋肾通关丸，资水行舟。肾气虚者气短乏力，自汗恶寒，舌红，苔白，脉虚弱，当补肾纳气，常用全匮肾气丸。除此之外，临床多合用缩泉丸，属治本兼治标之法。

中医学认为小便的通利除了肾的气化有关外，还与肺的通调肃降，脾的转输、上行、下达密切相关。所以临证急性尿潴留，小便涓滴不下时，可在辨病辨证、制方遣药时，适当加入开宣肺气的药物，如桔梗、荆防，此即所谓"下病上治""提壶揭盖"之法；亦可加入升提中气之药物，如升麻、柴胡，取清气得升则浊气自降、欲降先升之义。

水蓄膀胱，即尿潴留急症的处理方法如下。

（1）取嚏或探吐法：打喷嚏或呕吐，能开肺气、举中气，而通下焦之气。试用消毒棉签或用干净葱叶向鼻中取嚏或喉中探吐；也可用皂角和细辛末0.3～0.6g，吹鼻取嚏。

（2）外敷法：取独头蒜1个、栀子3枚，盐少许，捣烂，摊纸贴于患者的脐部；或取食盐250g，炒热，用布包起来熨脐15分钟，两包交替以通为度；或用白酒将白胡椒末调成糊状，敷脐。

（3）导尿法：若上述疗法无效，当用导尿法，以缓其急。待潴留暂缓后，一定早行辨病辨证论治，以防复见潴留。

（十）虚寒用阳治阴疮三则

长期以来，临床上有种倾向，或者说是种错误：一提到炎症，就消炎、用抗生素；一说到疮疡，就清热解毒。殊不知，炎症分为物理性、病毒性、外伤性、细菌性等。当然，对细菌性炎症可以合理使用抗生素。不然，就视为滥用抗生素。对疮疡当辨阴阳、知寒热、分缓急、分虚实，一味地清热解毒，达不到治疗效果。

1.病例一：益气补中治下血

某患者，男，55岁，素有中气下陷之脱肛，近年来肛裂并有混合痔，久治不愈，在桓台县人民医院肛肠外科行手术治疗。患者术后反复出血，经各种止血法及营养支持疗法效果不佳，5月4日，患者再次肛门出血。

患者面色㿠白，呈贫血貌，少气懒言，体乏无力，动则气喘。肛门截石位7点处有疮口不鲜，指诊肛门见淡红色不艳之血，舌红，苔白，脉虚弦细。遂用加味秘红丹：每剂代赭石30g、生大黄10g、肉桂8g，皆为细粉，每次服6g，每天服3次，连服6天。口服中药用补中益气汤加味：黄芪90g、焦白术12g、升麻9g、柴胡12g、党参15g、陈皮9g、当归12g、炙甘草6g、干姜炭9g、益母草30g，水煎服，连服6剂，7天后病愈出院。

按：肛裂与痔疮可互为因果。混合痔难治且易于出血，混合痔的形成是内、外痔静脉丛曲张，相互沟通吻合，括约肌间沟消失，使内痔部分和外痔部分形成一个整体。《外科大成》说："内外痔，肛门内、外皆有，遇大便即出血疼痛。"这扼要地说明了混合痔兼有内痔、外痔的双重症状，而且内痔部分和外痔部分相连，混合痔多发于肛门截石位3、7、11点处，以11点处更为多见。肛裂是肛管的皮肤分层裂开，并形成感染性溃疡。《外科大成》："钩肠痔，肛门内外有痔，折缝破烂，便如羊粪，粪后出血秽臭大痛者。"这明确指出了本病具有疼痛、出血、便秘三大特征。肛裂未经适当治疗，继续感染，括约肌经常保持收缩状态，创口引流不畅，于是边缘变硬、变厚，裂口周围组织发炎、充血、水肿，使浅部静脉及淋巴回流受阻，引起水肿及结缔组织增生，形成赘皮性外痔。

评：对本例患者最后的收功治疗用秘红丹。方中代赭石平肝潜阳、降逆止血，此处取其凉血止血、祛瘀生新的功效；大黄泻下攻积、活血祛瘀；肉桂补火助阳、散寒止痛、温通经脉，用于阴疽、气血虚寒、溃后久不收敛的外科疾患。不要藐视秘红丹，其辨证理明，制法合理，用药精当，既有通因通用，又有反佐配伍，去瘀、生肌、生新，是各种出血症之良药。同时配合益气升阳、调和脾胃之补中益气汤，升举下陷之气血，可以取得满意的效果。这充分体现了中医学的整体观和辨证论治，达到理明、法合、方对、药当，效如桴鼓。

2.病例二：温阳通脉治寒疮

某患者，男，79岁，2009年12月26日，因坐骨直肠窝脓肿行手术治疗，术后久不收口。

患者已属老年，体瘦面褐，口干不渴，形体恶寒，小便清长，舌红，苔白，脉沉迟。查见疮口漫肿不显，不红不热，创面梭形切口已成长圆形，2.5cm×3cm，纵深探及约7cm，疮腔内见清晰的褐色中微带红色的血水，疮口周围呈黑褐色，压之疼痛不显。问及手术医生用"一次切开挂线法"，内口已挂线结扎，每天用1：5000高锰酸钾溶液冲洗换药，20余天不见生肌。诊察后判断患者所患病属阴寒之疮。

外洗方：蒲公英30g、紫地丁30g、当归15g、红花6g、金银花30g、连翘15g、桂枝12g、赤芍15g、苏叶9g、甘草6g，每天用煎药洗患处及会阴部。

内治法：宜温阳通脉，散寒化浊。用温经通阳的阳和汤，方药：熟地18g、麻黄6g、白芥子10g、炮姜炭9g、肉桂6g、鹿角胶12g、甘草6g，原方中加黄芪90g，水煎服，每天1剂。

随访：外洗和内服治疗3天后已经明显有效，半月后，疮口基本愈合，20天出院，回家休养。

按：坐骨直肠窝脓肿位于肛门与坐骨结节之间，感染区域比肛门皮下脓肿广泛而深。初期患者只感肛门不适或微痛，逐渐伴有发热、畏寒、头痛、食欲不振等症状，随后局部症状加重，肛门有灼热痛或跳痛，在排便、咳嗽、行走时疼痛加剧，甚或坐卧不安。本例患者在肛门指诊时有明显压痛或波动感。本例患者在手术前，其疮口已经近于破溃，手术用梭形切口挂线，排脓清晰、通畅，术后久不收口，复而出现慢性阵痛。

浸渍法是用药物煎汤淋洗患部的方法。它能使疮口洁净、驱除毒邪等，从而达到治疗目的。此法适用于痈疽疮疡溃后，脓腐不脱、疼痛不止、疮口难敛者。蒲公英、紫地丁、金银花、连翘清热、解毒、祛浊，当归、红花、赤芍活血祛瘀，桂枝、苏叶、甘草温经通络。对本例患者用中药浸渍冲洗，这种方法优于以高锰酸钾溶液冲洗。

评：对本例患者诊治的重点在于阳和汤的应用。根据症状将本病例诊为阴寒之疮，治宜用阳。温经散寒法适用于阳气不足、经脉已寒、血液运行不畅的阴性疮疡。此类疾病多系阳气外虚，阴血内弱，寒在筋脉，故不宜单纯用辛热之剂，而用温经散寒、养血通脉之药，如熟地、炮姜、肉桂、当归，其代表方如当归四逆汤、阳和汤。

阳和汤能温阳补血、散寒通滞，具有温通和阳的作用，主治一切阴疽。阴疽寒疮是慢性虚寒性疮疡，多因营血虚寒以致寒凝痰滞，痹阻于肌肉、筋骨、血脉之中，使疮口久不能收。方中重用熟地，温补营血；外加重用黄芪，补气升阳，去毒生肌；鹿角胶性温，为血肉有情之品，生精补髓，养血助阳，强壮筋骨；姜炭、肉桂破阴和阳，温经通脉；麻黄、白芥子通阳散滞而消痰结；甘草可解脓毒而调诸药。全方具有温阳补血、宣通血脉、散寒祛痰之功，用于阴疮之证，犹如离照当空，阴霾自散，可化阴凝而使阳和，故符"阳和"之名。

3.病例三：补气温阳治"漏腮"

某患者，男，36岁，1976年夏秋，因右腮处化脓穿孔，使口腔与外界相通（俗称"漏腮"），久不收口，求治。

查见右腮耳下与右额角间溃破，溢脓清稀，周围已经不红肿，微有压痛，探之确是内外贯穿。患者面色无华，面容消瘦，舌红，苔白，脉虚弦无力。

追其病史：因感冒发烧未能及时治疗，先是发烧，继而红、肿、热、痛，无力治疗，后则溃破，流出脓血，现已不发热，疮口流稀脓，久不合口，进食困难，饮水则外漏。

检查后诊断：该病现已属虚寒之疮，治疗当以补气温阳。用双氧水清洗后，再用生肌散（祛腐生肌之中成药）。内治，煎服补气温阳的保元汤加味，每天1剂，6天为1个疗程，休药1天后继服，连服月余方愈。保元汤：黄芪60g、人参10g、当归12g、肉桂6g、生姜12g、甘草6g、白芷12g、紫地丁30g。方中重用黄芪，由45g逐渐增加至125g。

按：医学中无"漏腮"的病名，因部位及主要症状而俗名化。按其发病过程应属发颐失治而成腮颊穿孔，以前在农村屡见不鲜。发颐，又名汗毒，因病发生于颐颌之间，故名发颐。颐的部位在腮、颌。此病多因伤寒或温病后汗出不畅，以致余邪热毒未能外出，结聚脉络，与气血凝滞而成。初期在右侧颐颌之间疼痛，红肿如结核，开口困难，继而肿胀明显，在第二白齿相对的颊黏膜上腮腺开口处有黏稠的分泌物溢出。成脓后，疼痛加剧，呈跳痛，压痛剧烈，局部触及波动感，同时颊黏膜上的腮腺开口处溃破出脓。溃后若不及时切开，脓肿可在颐颌部与口腔黏膜部内、外贯穿，久不收口。

发颐与痄腮：痄腮亦发于颐颌之间，但多双侧罹患。皮色不变，软肿，不会化脓，多见于儿童，具有传染性。发颐在单侧，无年龄界限。

评：黄芪的功效、用量。黄芪的功效有7种：补气升阳，固表止汗，利水消肿，生津养血，行滞通痹，去毒排脓，敛疮生肌。对本例患者，选大剂量黄芪补气、去毒生肌。对气血不足而致痈疽不溃或溃久不敛者，常可选用黄芪，与人参、当归、肉桂等配伍，可以生肌敛疮。黄芪的用量一般是60~125g，不然效果欠佳。

生肌收口药具有解毒、收敛、促进新肉生长的作用，掺布疮面能使疮口加速愈合。疮疡溃后，当脓水将尽或腐脱新生的时候，若仅依靠机体的再生能力来长肉收口，较为缓慢，因此，生肌收口也是处理溃疡的一种基本方法。

（十一）通因通用治菌痢

1. 概述

细菌性痢疾现在在临床上已属少见病，夏、秋季节偶尔会碰到。20世纪60年代到90年代初，菌痢在临床并不少见，有时也缠绵难愈。正确的诊断、合理的配方能明显地缩短病程、减少痛苦，使患者早日康复。

2. 典型病例

某患者，男，16岁，1992年8月12日就诊。

自述：腹痛，腹泻，便下脓血，里急后重，肛门灼热，泻而不畅，发烧6天。在卫生室以抗生素输液已6天，效果不佳。

检查：体温39.2℃，脐腹及左下腹压痛，全身皮肤有灼热感，每天便下脓血5～6次。舌红绛，苔黄腻，脉滑数。实验室检查：大便常规结果红细胞＋＋＋＋，脓细胞＋＋＋＋；血常规：白细胞22700个／L。要求住院治疗。

证候分析：患者因暑湿热毒及不洁饮食，蕴积肠中，气机受阻，大肠传导失常，所以出现腹痛，里急后重；湿热毒邪郁蒸，伤及肠道血络与脂膜，则便下脓血；湿热下注大肠，故使肛门灼热。舌红绛、苔黄腻、脉滑数是湿热内盛之象。

诊断：湿热痢疾，细菌性痢疾。

治法：清热化湿，调气行血。

方药：芍药汤加减，白芍30g、黄芩12g、黄连9g、黄柏9g、大黄9g、当归12g、槟榔9g、肉桂6g、金银花30g、木香9g、甘草6g，水煎服，每天1剂，连服4剂。

1992年8月16日，该患者复诊。其腹痛、发烧已去，微有后重感，进食稍差，体乏无力，舌红，苔白黄相兼，脉弦细。原方去金银花，改大黄、槟榔各6g，加焦三仙各15g、白蔻9g、扁豆15g，水煎服3剂后痊愈。

按：据本例患者的症状和检验结果，其病属于湿热痢，因湿热毒邪和不洁饮食蕴积肠中，气机受阻，大肠传导失常而出现腹痛、便下脓血、里急后重等症状。古人云"痢无补法""行血则便脓自愈，调气则后重自除"，所以用芍药汤通因通用之法。白芍、当归和营理血，甘草缓急止痛，木香、槟榔行滞利气以缓解后重，黄芩、黄连、黄柏清热燥湿，金银花清热解毒，大黄荡积滞而清湿热，肉桂温热，在一派苦寒燥湿药中反佐诸药，全方配伍合理，获得显著疗效。

评：细菌性痢疾是因痢疾杆菌污染了食物和饮用水，经消化道而感染，在机体抵抗力特别是肠道抵抗力降低、营养不良、疲劳时易于发病。如果用大量的抗生素去杀死痢疾杆菌，痢疾杆菌死后，其内毒素所导致发烧等症状更重，今用中药通因通用荡涤肠道之腐败脓血，使内毒湿邪随大便排出，比杀毒更直接、更快。

谁说中医不能治急症?桓台县有一位中医，给当时的一位副县长用芍药汤治好了湿热痢疾，当时被传为医话，那位中医日后成了名医。不仅仅是痢疾，很多西医看来棘手的病，而在中医诊务中是很简单的。

（十二）内伤发热辨治

在日常临证工作中，外感发热相对内伤发热而言易诊、易治。内伤发热病情相对比较复杂，病因常难确定，中西医往往诊为"不明原因的发热"，西医碰到此类患者，多邀中医会诊治疗，或者直接靠中医治疗。而中医可以从发病学以及病机学找到原因，从而去辨证施治，收到满意效果。

某患者，男，32岁，2001年秋因外伤骨折后发烧。

主诉：外伤骨折术后发烧两个月。

现病史：患者遭遇车祸，因外伤而骨折，于骨外科行手术治疗，骨折痊愈后，两个月来发烧不退，体温在38℃～39℃，每天下午至夜间发烧尤著。

检查：青年男性，身材中等，胖瘦适中，午后颧红，手心、足心发热，自述每天下午至夜间发热明显。骨蒸汗出，盗汗，心烦，多梦，失眠，晨起口干，大便粪头干，尿黄，舌质干红，少苔，脉细数。

头颅、五官外形正常，胸部及腹部未见阳性体征。双下肢、右股骨骨折，左胫骨和腓骨骨折的术后瘢痕尚清。

中医辨证：阴虚发热。

治法：滋阴清热。

方药：大补阴丸合清骨散加味。药如炙龟板15g、炙鳖甲15g、知母9g、黄柏9g、地骨皮12g、青蒿12g、忍冬藤30g、丹皮12g、银柴胡15g、胡黄连12g、秦艽15g、甘草6g、浮小麦30g，连服6剂，烧退症消。改用百合固金汤加减，遂带药出院，随访，病情无反复。

按：内伤发热是指以内伤为病因，以气血阴精亏虚、脏腑功能失调为基本病机的发热。一般发病较缓，病程较长，临床上多表现为低热，但亦有高热者。

本例患者春节过后即去江南，病发于秋初，当时居江南已半年有余，江南的秋天属燥热之节，是否患有风热或湿热之外感伤阴，犹未得知。当时患者受外伤，可能掩盖其他病。总之，热病后致阴伤，湿热从阳明化而伤阴，或外伤病久伤阴，是其病理基础，阴虚则阳盛，水不制火，阳热亢盛是本病的主要病机。

《素问·调经论篇》中的"阳虚则外寒，阴虚则内热，阳盛则外热，阴盛则内寒"是中医学病理学的总纲。抓住总纲，纲举目张。

评：长期发热在临床上并不罕见。引起发热的原因很多，一般分为两大类：一类是由某些疾病而引起的，如结核病、风湿热、慢性肝胆性疾病、慢性泌尿系统感染、扁桃体炎、副鼻窦炎、慢性盆腔炎；另一类是目前用现代医学方法尚不能查清发病原因的发热，即所谓"不明原因的发热"。

大抵昼日热轻、夜间热重者，病在阴分；日晡热至夜间热者多为湿热、壮伤阴伤所致。抗生素和激素对其毫无作用，当以中医治疗为妥，而中医治疗又须分清肝胆郁热、湿热蕴结、阴虚内热、气虚发热、邪留肺卫等类型。柴胡汤加味和解清热，甘露消毒丹加味清化湿热。滋阴、清热、凉血，用青蒿鳖甲汤加味；甘温除热法以补中益气汤为主；辛凉清解，以银翘散加减为主方。

（十三）胃石治疗偶得

某患者，女，47岁，2009年12月9日就诊。

自述：心口撑胀隐痛，食欲不振，恶心半月。半月前曾服两个鲜柿子，然后出现以上症状。

查体：头颅外形正常，心、肺听诊无异常，腹部压痛，舌红，苔白，脉沉细。遂做检查。

胃镜检查：显示胃腔内有一根粗长食物条，质硬，触之活动好。

诊断结果：①胃石。②慢性浅表性胃炎，胆汁返流。

治法：消食、导滞、通便。

组方：党参15g、炒麦芽15g、炒神曲15g、炒山楂15g、元胡12g、当归12g、槟榔9g、佛手12g、桃仁9g、红花6g、炒枳实9g、炒谷芽30g、厚朴

9g、酒大黄9g、炙甘草6g，水煎服，连服6剂。

2009年12月14日，患者复诊：上腹撑胀隐痛明显好转，饮食恢复正常，不再恶心。要求巩固治疗，因尚有胆汁返流性胃炎，故另组方如下：柴胡15g、郁金12g、酒大黄9g、太子参18g、降香9g、炒枳实9g、青皮9g、陈皮9g、炒麦芽15g、炒神曲15g、炒山楂15g、竹茹6g、鸡内金30g、白豆蔻9g、甘草6g，水煎服6剂。

2009年12月28日，患者复做胃镜检查，结果显示胃石已除，仅有浅表性胃炎。注：以上检查及方药有档可查，并留治疗前后胃镜彩片可鉴。

胃石也称胃内结块，是指食入某种食物或异物，既不能被消化，又不能及时通过幽门下行排出，在胃内滞留并聚结而成的硬块。常见的胃石：①植物性胃石，果酸、鞣酸等与胃酸作用产生凝块。②毛发性胃石，毛发、兽皮缠结而成。③药物性胃石，因患者常服含钙、铋的药物而形成；④混合性结块。

按：胃石的形成多与饮食有关，常见因食用柿子、柿饼、黑枣而引起。胃石与胆结石、肾结石、前列腺结石完全不是一回事。

评：基层有个别医生，见到医院的彩超等检查报告单，以字认证，总以为"石"就是石头的石，以印象处方，对前列腺结石也用以金钱草、海金沙、鸡内金为主药的方剂配伍治疗，岂不南辕北辙？

对消化器官的病变，最好先检查、诊断，再去辨证用药。检查要花钱，岂不知诊断明确、辨证正确，方能使治法、用药得当，缩短治疗周期。

（十四）槟南联合疗法治绦虫

绦虫在我国古代称寸白虫或白虫，在《本草纲目》中已有关于绦虫及其治疗的记载。《古今医鉴•虫候有九》中说："寸白虫，长一寸，子孙繁生，长至四五尺，亦能杀人。"我国东部地区主要见猪肉绦虫，而牛肉绦虫及其他类绦虫则少见。随着对生猪肉检疫的加强，目前已少见绦虫病。下面只谈猪肉绦虫。

猪肉绦虫成虫呈乳白色，扁长如带状，可分头节、颈节、体节3部分。头节为其吸附器，上面有4个吸盘；颈节为其生长部分；体节可分为未成熟、成熟和妊娠3种节片。

猪肉绦虫的成虫寄生于人体小肠上部，头节多固定于十二指肠和空肠曲下40～50cm处，其妊娠节片内充满虫卵（每一孕节中含有虫卵多达数万个），常单节或数节相连，以链体脱落随粪便排出，也可自动排出体外。在土壤中虫卵可生存数周之久。成熟的虫卵被中间宿主猪吞食后，卵壳在十二指肠内被肠液消化，六钩蚴即行脱出，借助其小钩和穿刺腺穿过肠壁，随血与淋巴循环到达周身各处，以横纹肌为主要终点，发育成为囊尾蚴，导致猪的囊虫病。人进食未煮熟、含有囊尾蚴的猪肉，经消化液作用，囊尾蚴中的头节在肠中翻出吸附于肠壁，颈节逐渐分裂形成连串的体节，经2～3个月发育成虫。

诊断：粪便检查，可用肛门拭子检查法等，但最确切的诊断是看到患者粪便中有白色面条状或带状能活动的虫体，撕开绦虫的妊娠节片检查更能证实。

治疗：驱绦虫的药物种类很多，如吡喹酮、甲苯咪唑、灭绦灵。用槟榔及南瓜子联合治疗有效，用于20个患者的治疗皆有效。

治疗过程：患者晨起服食去皮生南瓜子125g，经30～40分钟服槟榔（125g）煎剂（一次性煎后的滤液200mL），再过30分钟后服33%硫酸镁饱和液，然后隔30分钟，再服大承气汤（枳实9g、厚朴9g、生大黄9g、芒硝6g）一次性煎剂150mL。从开始服南瓜子到有泻意大约为3小时。

准备一个大盆，盆上可放一块搁板，盆中充满热水（与体温相符或略高于体温，置于避风处（最好在房中）。当患者排便时，坐到盆的搁板上，最好把肛门没入水中，可让家人帮助操作。一次泻下，全虫排出。

用镊子提起虫体，用放大镜看其头节和吸盘全部排出，为成功。

这是我国临床治疗绦虫首先使用的方法。槟榔对绦虫的头部及前段节片有致瘫痪的作用，南瓜子则使绦虫的中、后段节片瘫痪，两者合用可使整个虫体变软；33%的硫酸镁溶液促进小肠蠕动；大承气汤荡涤肠道废物。以上4种药物联合应用加强了泻下作用，使虫体无固着的时机。对体弱者在驱虫后可适当补液，以防其虚脱。

二、妇科杂病

（一）月经病：痛经辨治三则

1.概述

在中医妇科疾病中，月经病占有相当大的比例。临床治疗妇科病多从月经病入手。常见的月经病有24种，其中以痛经最为常见。周期不正常有月经先期、月经后期、月经先后无定期，经期不正常有经期延长、经间期出血，经量多少有月经过多、月经过少、闭经、崩漏，经行病变有经行乳胀痛、经行头痛、经行身痛、经行感冒、经行发热、经行口糜、经行泄泻、经行浮肿、经行风疹块、经行吐衄、经行情志异常，绝经期症状有绝经前后诸证、经断复来、绝经妇女骨质疏松。

月经病是以月经周期、经期、经血颜色、经血的质与量发生异常，或伴随月经周期，或于经断前后出现明显症状为特征的疾病。

月经病的治疗原则：一是重在治本调经。治本即消除导致月经病的病因和病机，调经是通过治疗使月经恢复正常。二是分清先病和后病的论治原则。如因月经不调而后生他病，当先调经，经调则他病自除；若因他病而致月经不调，当先治他病，病去则月经自调。三应本着"急则治其标，缓则治其本"的原则。

妇女正值经期或经行前后出现周期性小腹疼痛或痛引腰骶，甚至剧痛晕厥，称为痛经。西医妇产科学将痛经划分为原发性痛经和继发性痛经。原发性痛经又称为功能性痛经，是指生殖器官无器质性病变的痛经。由盆腔器质性疾病（如子宫内膜异位症、子宫腺肌病、盆腔炎或宫颈狭窄）引起的痛经是继发性痛经。原发性痛经常见于青少年女性，继发性痛经则常见于育龄期妇女。

2.病例一

某患者，女，19岁，1999年11月13日就诊。

自述：月经前或经期小腹冷痛，拒按，热敷后痛减，月经延后3～5天，量少，经色暗红，有瘀块。平素喜食冷饮，如冰糕。

检查：青年女性，头颅、心、肺皆正常，小腹压痛，面色青白，肢冷畏寒，舌暗红，苔白，脉沉紧，末次月经于当日凌晨。

证候分析：平素恣食冷饮，致寒凝子宫、冲任血行不畅，故经前或经期小腹冷痛，寒则凝滞，得热方化，瘀滞暂通，故得热痛减；寒凝血瘀，冲任失畅而致月经延后，经色暗，经血少而有块；寒邪内盛，阻遏阳气，故面色青白、肢冷畏寒，舌暗、苔白、脉沉紧均为寒凝血瘀之象。

诊断：原发性痛经，寒凝血瘀型。

治法：温经散寒，化瘀止痛。

方药：少腹逐瘀汤加减，方如下：桃仁9g、红花9g、小茴香9g、干姜9g、元胡12g、煅没药9g、五灵脂12g、川芎9g、当归12g、肉桂6g、蒲黄12g、赤芍15g、吴茱萸9g、甘草6g，水煎服，连服3剂。嘱其慎纳寒凉，下次经前继用此方。患者连用3个月经周期后病愈。

《傅青主女科》有"妇人有经水将来三、五日前而脐下作疼，状如刀刺者……是下焦寒湿相争之故乎！夫寒湿乃邪气也。妇人有冲任之脉，居于下焦……经水由二经而外出，而寒湿满二经而内乱，两相争而作疼痛"之论述。寒性凝滞、湿性腻滞皆能使气血不行，寒湿与气血搏结而成寒凝血瘀。

3.病例二

某患者，女，25岁，1997年4月20日就诊。

自述：经前小腹胀痛，拒按，经血量时多时少，每次下血困难，血色紫黑，血中有块，紫黑血块排出，痛可暂减。月经来潮前3～5天就胸乳胀痛，有时烦躁易怒，爱发脾气，去年因婚事不能随愿曾生气恼怒，日后渐成痛经。

检查：青年未婚女性，头颅外形正常，五官端正，面红不泽，心、肺正常，肝区叩击痛，小腹压痛，舌质紫暗，舌尖边有紫点，苔白，脉弦涩。问及末次月经于3月15日。

证候分析：此患者因情志不畅而肝失条达，冲任气血郁滞，经血不利，不通则痛，故经前胸乳胀痛，小腹胀痛、拒按，经行不畅，经血量时多时少，经血紫黑、有块，血块排出使气血暂通，而疼痛暂减；肝郁气滞，经脉不利，故加重乳胀、胸胁疼痛，舌质紫暗、尖边有紫点、脉弦皆属气滞血瘀之征象。

诊断：原发性痛经，气滞血瘀型。

治法：理气行滞、活血、化瘀、止痛。

方药：血府逐瘀汤加减，方如下：桃仁9g、红花9g、桔梗9g、牛膝15g、当归9g、川芎9g、赤芍15g、柴胡12g、炒枳实9g、元胡12g、香附15g、甘草6g，水煎服，连服3～6剂，经前1～3天或月经来潮第1天为宜。连续治疗3个月经周期而告愈。其间嘱其心情舒畅，性格开朗，尽量避免精神刺激。

气滞血瘀型的痛经与精神因素有直接关系，精神抑郁，肝气不舒，血行不畅，瘀阻于子宫，冲任。经前、经期气血下注汇于冲任，或复为情志所伤，壅滞更甚，"不通则痛"，发为痛经。《张氏医通》言："经行之际……若郁怒则气逆，气逆则血滞于腰腿心腹背胁之间，遇经行时则痛更重。"

对此类型痛经，有用膈下逐瘀汤的，亦可奏效；对病情重者亦可加入六路通、漏芦、王不留行、山甲以加强其通经活络的作用。

4.病例三

某患者，女，38岁，2001年10月24日就诊。

自述：月经来潮下腹坠胀剧痛，拒按，前后阴部坠胀欲便之感。月经量时多时少，经血暗红，夹有紫黑色血块，胸闷乳胀，口干，便结。

市中心医院妇产科检查，盆腔有结节、包块，诊为子宫内膜异位症，建议患者手术治疗。

诊查：舌质紫暗，舌尖边有紫红色瘀斑，脉弦涩。

诊断：继发性痛经，子宫内膜异位症。

治法：理气行滞，活血、化瘀、止痛。

方药：血府逐瘀汤加味。组方如下：桃仁9g、红花9g、桔梗9g、牛膝

15g、当归15g、川芎9g、赤芍15g、白芍15g、柴胡12g、枳实9g、三棱9g、莪术9g、元胡12g、香附15g、丝瓜络30g、六路通12g、甘草6g，水煎服，每次月经前3天服，连服6剂，连服3个月经周期。

3个月后，症状明显好转，但患者较气短乏力，活动时尤甚，神疲纳差，时或便溏。乃改疗法为益气温阳、活血化瘀，以资巩固。

调方为举元煎合四物汤加味：炙黄芪60g、升麻6g、党参20g、焦白术15g、桃仁9g、红花6g、元胡12g、乌药9g、五灵脂12g、蒲黄12g、三七粉3g（冲）、炙甘草6g，水煎服，每服3剂休药1天，每月经前3天服6剂，3个月经周期后停药即可。

子宫内膜异位症（简称内异症）是指具有生长功能的子宫内膜组织出现在子宫腔被覆黏膜以外的身体其他部位所引起的一种疾病。因其大多数病变出现在盆腔内生殖器和邻近器官的腹膜表面，故临床常称盆腔子宫内膜异位症。

本病多发生在30～40岁的妇女，青春期发病者则为罕见。30年前临床就碰到内异症，而现在临床和现有资料表明与过去相比，内异症的发病呈明显上升趋势。

病因、病理：内异症从1860年首次报道以后，直到20世纪20年代，才引起西医妇科学术界的关注，而对其进行了大量研究，但目前尚无一种令人满意的阐明全部发病机制的理论。对其的认识有以下几种学说：①种植学说。②淋巴及静脉播散学说。③体腔上皮化生学说。④免疫学说。⑤卵泡黄素化不破裂学说。

内异症的诊断是以临床表现和妇科检查为依据，以腹腔镜和B超检查为辅助的。

临床表现：本病最典型的症状是继发性、进行性加剧的下腹部及腰骶部痛经，可放射至阴道、会阴、肛门及大腿内侧，常于经期前2天发作，经期第一天最甚，而后渐减，经净消失。可伴见月经提前、经量增多、经期延长、经前点滴出血、性交痛等。肠道内异症可见腹痛、腹泻、便秘，甚或周期性少量便血。

妇科检查：宫颈后上方、子宫后壁、宫骶韧带或子宫直肠窝处大小为一个或数个豆粒或米粒大小的触痛性结节，经前尤著，子宫不大或略增大，多后倾，固定活动受限；病变累及卵巢者，可于子宫一侧或双侧触及包块，表面呈结节性或囊性，常与子宫阔韧带粘连而固定，可有压痛；病位在宫颈及阴道者，可见宫颈表面有突出的紫蓝色的小点或出血点，或阴道后穹隆有紫蓝色的结节，质硬、光滑、有触痛，有时呈息肉样突出。

中医学中并无子宫内膜异位症病名的记载，但据其主要临床表现，可归属于痛经、月经不调、不孕等病的范畴。据多年来中医妇科学对内异症较为系统的研究，可以认为瘀血阻滞胞宫、冲任是其基本病机，而瘀之形成与脏腑功能失常、气血失调、情志异常以及感受外邪等因素息息相关。既然病机为瘀，是故气滞血瘀、寒凝血瘀、肾虚血瘀、气虚血瘀、热灼血瘀都可导致内异症的发病。

虽然临床按以上5种分型论治，理气行滞、化瘀止痛用膈下逐瘀汤，温经散寒、活血化瘀用少腹逐瘀汤，补肾益气、活血化瘀用仙蓉合剂，益气温阳、活血化瘀用举元煎合桃红四物汤，清热凉血、活血化瘀用小柴胡合桃仁承气汤，但是笔者认为不如用血府逐瘀汤加味概之，可以执简驭繁、由博返约。

（二）月经病：崩漏辨治三则

1.概述

崩漏是指经血非时暴下不止或淋漓不尽，前者称为崩中，后者称为漏下。崩与漏的出血情况不同，二者可交替出现，其病因、病机基本一致，故概称崩漏，属妇科常见疑难急重病症。西医妇科学中，由内分泌失调所致的子宫异常出血称为功能不良性子宫出血，归本病范围论治。

病因、病机：崩漏的发病是由于肾、天癸、冲任、胞宫生殖轴严重失调，其主要病机是冲任不固，不能制约经血，使子宫藏泻失常。崩漏常见的病因有脾虚、肾虚、血热、血瘀。①脾虚：素体脾虚，或劳倦思虑伤脾，或饮食不节损伤脾气。脾虚血失统摄，甚则中气下陷，冲任不固，不能制约经血，发为崩漏。②肾虚：先天肾气不足；或少女肾气未盛，天癸未充；或房劳、多产、多次流产损伤肾气，或久病、大病穷必及肾；或七七之年肾气渐衰，天癸渐竭；肾气虚则封藏失司，冲任不固，不能制约经血，子宫藏泻失常发为崩漏。临床常见肾气虚、肾阳虚、肾阴虚。③血热：素体阳盛血热或阴虚血热；或七情内伤，肝郁化热，或内蕴湿热之邪，热伤冲任，迫血妄行，发为崩漏。④血瘀：七情内伤，气滞血瘀；或灼热、寒凝、虚滞致瘀；或经期、产后余血未净而内生瘀血；或崩漏日久，离经之血为瘀。瘀阻冲任，血不归经而妄行，遂成崩漏。

诊断：崩漏的诊断，主要靠病史、临床表现结合妇科检查和辅助检查来确立。

病史：注意患者的年龄和月经史，尤须询问以往的月经周期、经期、经量有无异常，有无崩漏史，有无口服避孕药或其他激素，有无宫内节育器及输卵管结扎术史，尚须排除有无内科出血病史等。

临床表现：月经周期紊乱，行经时间超过半月，甚或数月断续不休；亦可见停经数月又突然暴下不止或淋漓不尽；常伴有程度不同的贫血。

检查：妇科检查首先排除器质性疾病，如宫颈息肉、囊肿、子宫肌瘤。辅助检查：主要排除生殖器囊肿、炎症或全身性疾病所引起的阴道出血。选用B超、宫腔镜、诊断性刮宫等检查。

鉴别诊断：崩漏应与月经不调、经间期出血、赤带、胎产出血、生殖器炎症、肿瘤出血、外阴阴道外伤性出血以及出血性内科疾病区别。

2.病例一

某患者，女，15岁，1989年3月12日就诊。

其母代述：女儿去年春节始见月经，先后不定，今年春节过后月经淋漓不断20余天，因学习紧张亦未在意。颜面浮肿，面色苍白，神疲气短，头晕目眩，腰背酸软，小腹空坠，经血色淡，质稀。

检查：年轻女性，面色苍白，颜面浮肿，神疲乏力，头颅外形正常，心、肺正常，腹软，双肾区微叩痛，舌质淡胖，舌边有齿印，苔白，脉沉细弱。

证候分析：年轻女性，肾气未盛，学习紧张，压力甚大，思虑伤脾，使脾肾气虚。脾失统摄，肾失封藏，冲任不固，故经血淋漓不尽；脾肾虚，阳气不足，故经色淡红，质稀，下血多，则颜面浮肿、眩晕、面色发白、神疲、气短、乏力；肾气虚弱，则小腹空坠，腰背酸软。舌质淡胖，舌边有齿印、苔白、脉沉细弱皆为脾肾气虚之象。

诊断：漏证，脾肾气虚型（无排卵型功血）。

治法：补益脾肾，固摄止血。

方药：肾气丸合归脾汤加味。方药如下：力参9g、炙黄芪45g、当归9g、焦白术12g、元肉30g、茯神15g、熟地15g、白芍12g、山萸肉12g、山药15g、益母草20g、阿胶15g、仙鹤草15g、炙甘草6g，水煎服，每日服1剂，连服6剂。

1989年3月20日，患者服药后经血基本已去，仍见腰背酸软、体乏无力、舌质淡胖、舌边有齿印、苔白、脉沉细，调方用举元煎加味：力参9g、炙黄芪45g、当归9g、升麻6g、麦冬12g、焦白术15g、炒杜仲12g、仙鹤草15g、芥穗炭9g、茯神15g、炙甘草6g，水煎服，每天1剂，服3剂休药1天，连服9剂。

1989年4月，诸证悉去，为防复发用归脾丸和肾气丸交替服以善其后。

3.病例二

某患者，女，46岁，1976年10月6日就诊。

自述：既往月经正常，怀孕5次，生产3次，流产2次。自去年夏天，月经来潮先后不定，半月前突然大量来经血不止，经色暗红，有血块，小腹胀痛，拒按，热敷和服红糖水不能缓解，口服安络血片亦无效果。

检查：妇科检查已排除宫颈占位和子宫肌瘤。小腹压痛，拒按，舌质紫暗，舌尖边有紫点，脉弦细涩。

证候分析：患者出血日久。离经之血不能及时排除或吸收者为瘀血，瘀血阻滞于冲任、子宫，血不归经而妄行则成崩漏。瘀阻不通，不通则痛，此为有形之实邪，故小腹胀痛拒按。瘀血阻滞，新血不安，所以经血暴下不止。舌质紫暗、舌尖边有紫点、脉弦细涩皆为血瘀的症状。

诊断：崩症，瘀血阻络型（无排卵型宫血）。

治法：活血化瘀，固冲止血。

方药：血府逐瘀汤加味，桃仁9g、红花9g、桔梗9g、牛膝15g、卜黄12g、当归15g、川芎9g、赤芍15g、白芍15g、柴胡12g、枳实9g、三棱9g、莪术9g、益母草30g、丹皮12g、甘草6g，水煎服，连服5剂，嘱其下血多不必害怕，暂不止血。

1976年10月12日，患者下血为紫黑血块，量由多转少，腹痛消失，但血仍不止，舌暗红，舌尖边有紫点，脉沉细。

治疗：每天肌内注射丙酸睾丸酮25mg，连注射3天。中药改用升陷汤合胶艾四物汤加减，方药：炙黄芪60g、柴胡9g、升麻9g、桔梗9g、生地炭15g、当归9g、白芍12g、芥穗炭12g、仙鹤草15g、益母草2g、阿胶12g、艾草炭9g、炙甘草6g，水煎服，每服3剂休药1天，连服6剂。一年后随访，患者未再发病。

4.病例三

某患者，女，39岁，1989年5月30日就诊。

自述：春节前后，因与人发生口角，有苦难言，郁闷，月经来潮无定期。末次月经在十多天前，突然暴下如注，血色深红，质稠量多；口渴烦热，大便干，小便黄，烦躁易怒，胸胁胀痛，晨起口干苦。

检查：妇科检查已排除宫外孕及器质性病变，内科检查排除血液系统疾病。面红，体健，阳亢体质，语言有力，舌红，苔黄，脉弦数。

证候分析：该患者为阳盛体质且生气恼怒，肝气郁结，郁滞胸胁，久则化热，实热内蕴，损伤冲任，迫血妄行，故经来无定期，突然暴下如注；血为热灼，故血色深红、质稠量多；口渴烦热，烦躁易怒，胸胁胀痛，晨口干苦，舌红、苔黄、脉弦数为肝郁化热或肝经火炽之证。

诊断：崩症，肝郁实热型。

治法：清肝、泻热、凉血、固冲、止血。

方药：丹栀逍遥合龙胆泻肝汤加味。方如下：丹皮12g、栀子9g、龙胆草12g、黄芩12g、生地15g、地骨皮15g、藕节12g、棕边炭12g、甘草6g，水煎服，每服3剂休药1天，连服6剂。

1989年6月8日，患者服药后经血深红，量多有块，病势已减，但血仍下，大便干，尿呈黄色，口干烦热。乃调方为逐瘀止血汤加丹栀，方药：当归12g、生地15g、玄参10g、赤芍15g、大黄9g、丹皮12g、栀子9g、桃仁 9g、红花 6g、龟板 12g、黄芩 12g、忍冬藤 30g、白茅根 60g，水煎服，连服 6 剂。

1989年6月15日，患者病势已去，但口干喜饮，舌干红、苔少，脉弦细。乃调方以滋阴生津、固冲止血，方药：枸杞子15g、沙参12g、麦冬15g、天冬15g、生地炭15g、丹皮12g、焦山栀9g、白茅根60g、仙鹤草15g。

崩漏的主要病因是脾虚、肾虚、血热、血瘀，可归纳为虚（肾、脾）、实（热、瘀）两因，两因单独或复合致病，又互为因果。崩漏的病机主要是冲任不固，不能制约经血。崩漏病本在肾，病位在冲任，变化在气血，表现为子宫藏泻无度。

崩漏的治疗当明辨出血期和血止后标本缓急，灵活运用"塞流""澄源""复旧"三法。在出血的疾病中，当借鉴缪仲淳和唐容川治吐血的经验。缪仲淳治吐血三诀："宜行血不宜止血""宜补肝不宜伐肝""宜降气不宜降火"。行血乃使血液归经，血循经络，不致瘀蓄。伐肝则肝体损伤，使肝愈虚而火愈旺，血不宁藏。气降则火降，所以降气即降火。唐荣川治吐血有四法，以止血为第一要法。"血止之后，其离经而未吐出者，是为瘀血，既与好血不相合，反与好血不相能，或壅而成热，或变而为痨，或结瘕，或刺痛，日久变证，未可预料，必亟为消除，以免后来诸患，故以消瘀为第二法。止吐消瘀之后，又恐血再潮动，则须用药安之，故以宁血为第三法。邪之所凑，其正必虚，去血多，阴无有不虚者矣，阴者阳之守，阴虚则阳无所附，久且阳随而亡，故又以补虚为收功之法。四者乃通治血证之大纲也。"

崩漏止血后的治疗对于治愈崩漏至关重要，虽然临证中个体化治疗要求甚高，但总有规律可循：其一，无排卵型宫血在服中药不理想时，可用丙酸睾丸酮等治疗，待血止后再去澄源和复旧；其二，在辨治中，以虚实概之，不计何种证型，能攻者绝不失机，当先攻后补，可用血府逐瘀汤攻破之，务使宫腔中离经之血排出，使子宫得以复旧，然后补肾气、举中气、调阴阳、固冲任、强督脉以善其后，貌似凶险，实则快哉；其三，按年龄分论施治，青年妇女重在肾，中年妇女重在肝，老年妇女重在脾，三者不能孤立，侧重不同。

（三）月经病：闭经辨治三则

女子年逾16周岁，月经尚未来潮，或月经周期已经建立又中断半年以上称闭经。前者称原发性闭经，后者称继发性闭经。

闭经是妇科疾病中常见而且治疗难度较大的疾病，病因复杂，病程较长，疗效欠佳。特别是多囊卵巢综合征、希恩综合征、内分泌紊乱（睾酮含量升高），其临床治疗都非常棘手。当今人们生活节奏的变化、空气污染、饮食的变化等，对月经病的影响越来越明显，不孕不育症也愈复杂，临床此类患者呈增多之势。

1.希恩综合征

希恩综合征是产后大出血、休克，引起垂体缺血、坏死，以致卵巢功能减退，子宫萎缩，继发闭经，伴有毛发脱落、性欲降低、全身乏力等一系列的症状。

某患者，女，32岁，1994年3月12日就诊。

自述：14岁月经初潮，月经按月而至，23岁结婚，怀孕4次，生产1次，流产2次，引产1次。1993年3月初，足月妊娠成死胎，引产术后大出血，经抢救好转，之后逐渐出现恶心、眩晕、失眠多梦，头发、阴毛以及腋毛明显脱落，性欲淡漠，全身乏力，心慌，气短，纳差，现已闭经1年余。

检查：面色萎黄，颜面微浮肿、呈虚胖，巩膜无黄染，甲状腺正常，气管居中，心、肺正常，腹部平软无包块，全腹无明显压痛，舌质淡，苔薄白，脉细弱。妇检：子宫轻度萎缩，阴道分泌物少。

证候分析：本例患者婚后10年怀孕4次，多次流产、引产，多次失血耗气，导致气血两亏、肾气虚弱，出现颜面浮肿、萎黄虚胖。血不上奉则眩晕，失眠多梦；气血不充则见气短、乏力、心慌；血失濡养，故毛发脱落；肾气虚则性欲减退；恶心、纳差是脾胃虚弱所致。

诊断：闭经，气血两亏，肾气虚弱，符合希恩综合征。

治法：益气养血，补肾益精。

方药：二四五合方。方如下：仙茅12g、淫羊藿30g、熟地25g、白芍15g、川芎9g、当归12g、炙黄芪60g、菟丝子15g、覆盆子15g、车前子18g、枸杞子18g、炒韭子15g、鹿角胶18g、五味子9g，水煎服，每服3剂休药1天，本方服12剂。

1994年4月2日，患者心慌气短、乏力有所好转，仍有恶心、多梦、眩晕，于上方去熟地，加力参10g、竹茹9g，水煎服，每服2剂休药1天，本方用12剂。

1994年5月3日，患者服药后较之前有力，进食稍增，面部发胀，头沉痛，睡眠仍差，耳鸣，眩晕，舌红，苔白，脉虚弱。据前方调整如下：仙茅12g、淫羊藿30g、炙黄芪60g、当归12g、元肉30g、天麻10g、菟丝子15g、覆盆子15g、车前子18g、炒韭子15g、枸杞子18g、鹿角胶18g、节菖蒲25g、炙甘草6g，水煎服，每服3剂休药1天，本方连服12剂。

1994年6月3日，患者精神好转，体力增加，毛发不再脱落，但感腰痛。因天气热，改服乌鸡白凤丸合归脾丸。

1994年9月10日，患者因咽痛、发烧、咳嗽、有白痰、胸闷来诊。舌红，苔微黄，脉浮，嘱其停服丸剂，以辛凉解表方治之（方药略）。

1994年10月20日，天气已凉，患者月经仍未来潮，舌红，苔白，脉沉细。仍用二四五合方加减，方药：仙茅12g、淫羊藿30g、黄芪60g、当归12g、菟丝子15g、炒杜仲15g、党参15g、覆盆子15g、沙苑子15g、炒韭子15g、车前草15g、炒白芍12g、桑葚30g、炙甘草6g，水煎服，每服2剂休药1天，连服20剂。

1994年12月25日，患者已见阴道分泌物，性功能有所改善，饮食、睡眠尚可，二便调，但觉下肢发凉，舌淡红，苔白，脉弦细。停用汤剂，改用五子衍宗丸合右归丸。

1995年3月，患者的妇科检查结果：宫颈光滑，子宫正常大小，阴毛已稀疏长出，阴道黏膜滑润。

1995年3月30日，患者月经来潮，量中，4天后干净。后改口服十全大补丸和五子衍宗丸以资巩固。半年后随访，月经基本正常。

按：本例患者系多孕、多产，最后因大月份引产失血过多，治愈后逐渐出现闭经，实属较典型的希恩综合征，经先后用益气养血、补肾益精的二仙汤、四物汤、五子衍宗丸见效，后改用归脾汤合五子衍宗丸、右归丸、十全大补丸等法有满意效果。随访中患者的月经周期已建立，且基本正常，整个治疗历时1年。

希恩综合征以闭经为主症，属于中医产后失血过多后气血两虚、肾气亏损的辨证范围。妇人产后气血俱下，骤虚，失血耗气必然伤及肾气。《素问•上古天真论》言："女子七岁，肾气盛……二七而天癸至，任脉通，太冲脉盛，月事以时下。"月经按时而至，与肾气盛、天癸至、冲任脉充盈有直接关系，所以产后经过调养，肾气恢复，气血充盈，月经方能复潮。

产后失血导致血虚，血虚失养可使各种功能减退。血虚不能荣心，则见失眠；肾精亏虚，精气、阴津缺乏，肌肤及阴器失养，则阴道分泌物减少，阴毛、腋毛、头发脱落；肾精耗伤，肾阳虚衰，则性欲减退、腰酸腿痛、全身乏力、精神倦怠、畏寒肢冷等。肾气虚则脑力不足，出现记忆衰退、反应迟钝。概而言之，气血虚极、肾气亏耗是希恩综合征的病理实质。

评：因为认识到本病的病理实质，所以在遣方用药时由二仙汤、四物汤、五子衍宗丸、益气养血、补肾益精，再加当归、杜仲等补肾阳、助肾气、强肾脉，促进阴阳互生、气血双生，从而达到治疗的目的。但本病的治疗周期长，而难获其效，临床失败病例不少见。所以医生须周察，对患者的月经史、生育史、现病史、症状表现等要翔实地了解。在整个治疗过程中，洞悉病情变化，对方药随病情加减变化，万不可图一时之快，毕其功于一役，欲速则不达。

2.多囊卵巢综合征

多囊卵巢综合征是一种发病多因性，临床表现多态性的综合征，也是妇科常见病。本病于1935年由斯蒂恩•莱温森首先报道。以往将此病定义为肥胖、多毛、闭经、不孕。近年来，研究发现此病的临床特征是雄激素过多和持续无排卵，其病因尚未完全明了。20世纪70年代，学者认为其与肾上腺过度分泌雄激素有关。20世纪90年代，有学者提出部分遗传基因缺陷可能是本病的病因。目前认为多囊卵巢综合征可能与高胰岛素血症和胰岛素抵抗有关。

某患者，女，29岁，2007年10月2日就诊。

自述：18岁月经初潮，月经一向不按时而至，月经周期不定已3年，婚后4年未孕。曾去山东省立医院就诊，诊为继发性闭经、多囊卵巢综合征，服西药治疗，月经来潮两次，量少，色紫红。近半年来闭经、面赤、眩晕、口干、渴欲饮水，恣食肥腻，烦躁汗出，眠差多梦，胁肋胀满。

检查：面赤，面有痤疮，上唇毛黑密布，舌质红，苔微黄腻，脉弦滑稍数。彩超显示双侧多囊卵巢。

证候分析：患者面赤，烦躁汗出，口干，渴欲饮水与喜食肥腻有关。情志不扬、肝疏受抑则郁结，复感湿热病邪，湿热蕴结复加重面疮、面赤、口干、烦躁，甚则胁肋胀满。湿热邪毒阻于冲任、胞宫，轻则经血受阻，重则闭经。邪毒湿热上冲则眩晕、眠差多梦。舌质红、苔黄腻、脉弦滑数皆为肝经湿热之象。

诊断：继发性闭经，肝经湿热（肝热上冲，血逆闭经），多囊卵巢综合征。

治法：泻肝清热，除湿调经。

方法：当归龙荟汤加减。方药：芦荟12g、龙胆草12g、牛膝15g、瓜蒌15g、石斛15g、麦冬15g、益母草25g、车前草15g、瞿麦15g、当归12g、桃仁9g、红花6g，水煎服，每天1剂，连服6剂。症状无变化，乃于上方去瞿麦、瓜蒌，加栀子9g、滑石30g，水煎服，连服6剂。患者月经来潮，面赤和痤疮减轻，后更用西药达英-35治疗，每天服1片，连服21天，患者月经来潮，但血量不多，一年后随访未孕，尚未建立正常月经周期。

按：中医并无多囊卵巢综合征之病名，按其发病的临床表现，当属闭经、不孕等病的范畴。临床只是根据其症状，运用中医辨证与辨病相结合的方法进行施治。本病辨证以虚为主，结合痰饮、瘀血、湿热、肝郁等，在临床上可以参考选用，目前尚未有成熟的经验。

对药物治疗无效者，有的医生建议手术治疗。可在腹腔镜下对多囊卵巢采用电凝或激光技术穿刺打孔，或行卵巢楔行切除术。

评：用口服避孕药、环丙孕酮、类固醇激素等西药治疗多囊卵巢综合征，尚在摸索过程中。患者服促排卵用的克罗米芬，往往一次性排出多个卵泡且都不是优势卵泡，而与治疗目的相悖，确实会出现卵巢过度刺激综合征。临床所见服克罗米芬，大量排出非优势卵泡后，往往无卵可排。患者服中药建立正常经期，可促进卵泡发育为优势卵泡。

多囊卵巢综合征所致闭经近年来在临床上较为多见，尚未见切实可靠的治法。西药环丙孕酮具有较强抗雄激素的作用。如常用的达英—35，对多毛、肥胖、痤疮等有效果，可调整月经周期，但对于建立正常的月经周期以及促成优势卵泡发育的作用，尚待进一步的观察研究。

3.寒湿闭经不孕症

闭经的病因较为复杂。临床常见气血虚弱、肾气亏虚、阴虚血燥、气滞血瘀、痰湿阻滞所引起的闭经，而寒湿闭经者多无人问津。实际寒湿闭经在临床并不少见，只是因教材和著作中多无记载而被临床所忽视。

某患者，28岁，1975年春就诊。

自述：婚后两年未孕，平素爱食寒凉食品，每当月经来潮前3～5天脐下作痛，先是白带清晰、增多，后带下如黑豆汁，腰部酸痛，月经渐断，已有半年不行。曾延医，按气滞血瘀治之无效，以白带和青带治之亦无效。

检查：妇科检查已排除其他器质性病变和妊娠。患者虽属年轻妇女，但面淡黄不泽，带虚浮之象，唇间呈暗黄褐；心、肺正常，腹软，小腹压痛，喜按，四肢、脊柱无异常；舌淡红，舌有齿印，苔白，脉沉细缓。

证候分析：患者平素喜食寒凉食品，寒性凝练，伤阳助湿，寒湿困脾，则月经来时小腹疼痛，为寒滞不通之象，白带始白，后则转黑，清稀而下；寒湿滞于筋脉，故腰痛酸楚，脾伤则面黄不华，唇周褐暗；寒湿阻于胞宫、冲任，则使月经停而不行；舌淡红、舌有齿印、苔白、脉沉细缓皆为寒湿之象。

诊断：继发性闭经、寒湿闭经不孕。

治法：温经散寒，利湿祛浊。

方药：温脐化湿汤加味，焦白术25g、茯苓18g、炒山药18g、炒杜仲15g、巴戟天12g、炒扁豆15g、炒白术12g、建莲子12g、肉桂6g、炒白芍

15g、炙甘草6g，水煎服，连服4剂。

二诊：患者服药后诸证悉减，月经尚未来潮，舌红，舌有齿印，苔白，脉弦细。上方加淫羊藿30g、炒韭子15g，继服4剂。

三诊：患者服以上8剂中药后，面色好转，腰痛和小腹痛已去，带下甚微，但经血未至，乃用温经汤和温脐化湿汤加减。调方如下：川芎9g、炒白芍15g、当归12g、力参9g、肉桂6g、巴戟天12g、炒杜仲15g、吴茱萸12g、焦白术20g、车前子15g、白芥子12g、三棱9g、莪术9g，水煎服，每服3剂休药1天，连用6剂。

三个月后随访得知，患者月经应时而潮，并已妊娠月余。

妇人有冲任二脉居于下焦，冲为血海，任主胞胎，为血室，均喜正常相通，最恶邪气来犯。今寒湿之邪凝滞于二经，故交争作痛；邪气盛，正气衰，寒生浊，则见下有白带不愈，转黑带。此所见白带与黑带与傅青主所言白带与黑带相类，但不相能，故用完带汤或利火汤截然不同，脾虚之湿用完带汤其义尚通，而利火汤以泻火为主，治乃火热之极之带，当辨。

《素问·阴阳别论》中"二阳之病发心脾，有不得隐曲，女子不月"，指出闭经与脾胃功能和情志有关，脾胃与带下关系密切。《金匮要略》认为气血虚弱、寒冷积结、肝郁气滞是闭经的重要因素，为后世医家研究闭经提供了理论依据。《仁斋直指方·妇人论》指出："经不行，其候有三：一则血气盛实，经络遏……二则形体憔悴、经脉涸竭……三则风冷内伤，七情内贼以致经络痹满。"这些观点至今符合妇科临床实际，故当借鉴。

多年来闭经一直为众多医生所重视，大多数医生从肾着手进行研究。闭经和月经稀发与肾虚和性腺功能障碍有密切联系，而肾虚和性腺分泌失调与下丘脑功能紊乱有一定关系，所以对丘脑－垂体－肾上腺－卵巢这条生物腺轴的深入研究，对内分泌的深入研究，对中医病机与西医病理的相关性、用药合理性的研究是解决此病的关键。

（四）不孕症辨证治疗四则

1.概述

女子婚后未避孕，有正常性生活，同居2年而未受孕者，或曾有妊娠，而后未避孕，又连续2年未再受孕者，称不孕症。前者为原发性不孕，古称"不全产"；后者为继发性不孕，古称"断续"。夫妇一方有先天或后天生殖器官解剖生理方面的缺陷，无法纠正而不能妊娠者，称绝对性不孕；夫妇一方因某些因素阻碍受孕，一旦纠正仍能受孕者，称相对性不孕。绝对性不孕无治疗意义。

病因、病机：多由肾虚、肝气郁结、瘀滞胞宫、痰湿内阻等影响冲任和胞宫的功能而出现不孕症。

西医认为受孕是一个复杂而又协调的生理过程，必须具备下列条件：女方的卵巢排出正常卵子；男方的精液正常；双方有正常性生活；卵子和精子能在输卵管内相遇并结合成为受精卵，并能顺利地输入子宫腔内；子宫内膜已准备充分，适合受精卵着床。这些环节中任何一个有异常，均可导致不孕症。临床常见女性不孕的原因如下。①排卵功能障碍：主要表现为无排卵或黄体功能不全。先天卵巢发育不良，卵巢早衰，希恩综合征，多囊卵巢综合征，子宫内膜异位症，功能性卵巢肿瘤，下丘脑—垂体—卵巢轴的功能失调引起无排卵性月经、闭经等，全身疾病（如重度营养不良），甲状腺功能异常影响卵巢的排卵功能。黄体功能不全则可引起分泌期子宫内膜发育不良而致孕卵不易着床而不孕。②输卵管因素：输卵管有运送精子、捡拾卵子及将受精卵及时运送到宫腔的功能。任何导致输卵管阻塞的因素都可以导致精卵不能结合而致不孕。③子宫因素：子宫先天畸形、子宫肌瘤、子宫内膜炎、子宫内膜结核、子宫内膜息肉、宫腔粘连、子宫内膜分泌反应不良等影响受精卵着床。雌激素不足、宫颈感染、宫颈息肉、子宫肌瘤、宫颈口过小均可影响精子穿过而致不孕。此外，阴道因素、免疫因素、身心因素、性生活因素及染色体异常等均可导致不孕。

诊断：通过对男女双方全面检查找出原因，是诊治不孕症的关键。

（1）询问病史：包括婚龄、丈夫的健康状况、性生活情况、月经史、家族病史、既往生育史。对继发不孕者须问清有无感染病史。

（2）体格检查：注意第二性征的发育、内外生殖器的发育，有无畸形、炎症、包块及溢乳等。

（3）不孕症的特殊检查。①卵巢功能检查：了解卵巢有无排卵及黄体功能状态。②输卵管通畅试验：可以用输卵管通液术、子宫输卵管造影术等，可以看到输卵管是否畸形、通畅等，有分离粘连的作用。这对继发性不孕、有两次以上流产病史者尤为重要。③免疫因素检查：如检查抗精子抗体、抗子宫内膜抗体。④宫腔镜检查：当怀疑宫腔或子宫内膜病变时可采用。⑤腹腔镜检查。⑥疑有垂体病变，应作头部CT、MRI检查。

导致不孕的原因很多，治疗不孕症难度较大、病程较长，难能毕其功于一役。

一般治疗：增强体质，治愈影响受孕的疾病；建立正常医患关系，医患双方相互沟通。

先辨病，再与辨证相结合。

（1）排卵障碍性不孕：包括无排卵和黄体功能不全。对无排卵者，治疗多以补益肾气、平衡肾阴阳、调整肾－天癸－冲任－胞宫生殖轴以促进排卵。对黄体功能不全者，治疗多以补肾疏肝为主。

（2）免疫性不孕：免疫反应可分为同种免疫、局部免疫及自身免疫3种。中医学认识到引起免疫性不孕的常见病因、病机是肾虚血瘀、阴虚火旺、气滞血瘀、湿热互结，故可按以上证型辨治。

（3）输卵管阻塞性不孕：多由盆腔慢性炎症导致输卵管粘连、积水、僵硬、扭曲、闭塞，造成精卵结合障碍。临床常见证型有气滞血瘀、湿热瘀阻、肾虚血瘀、寒凝瘀滞。治疗多以疏肝理气、化瘀通络为主，内服外治，同时配合导管扩通提高疗效。

2.病例一

某患者，女，27岁，2005年9月13日就诊。

自述：婚后3年未孕，月经来潮时腹痛，经血量多，色紫红，有块，血块排下痛可暂缓，有时淋漓难净，性交时腹痛，有月经未净性交史。

检查：已排除男方有生殖器和精液病，嘱其戒烟、戒酒、忌肥腻。妇科检查已排除器质性疾病。查见青年女性，身材高大，身高约172cm，舌紫暗，舌尖边有紫点，苔微白，脉弦细涩。

证候分析：此患者有经期余血未净性交史，致使血瘀形成，瘀血内停，阻滞冲任胞宫，则不能摄精成孕，故婚后 3 年未孕；瘀血阻滞，冲任不畅，不通则痛，故经来腹痛，经血色紫红，有块；瘀阻胞宫，血不归经，故经来量多或时有淋漓难净，舌暗红、舌边有紫点、苔微白、脉弦细涩皆为瘀滞之象。

诊断：原发性不孕，瘀滞胞宫证。

治法：逐瘀荡胞，调经助孕。

方药：血府逐瘀汤加减，桔梗10g、牛膝15g、桃仁9g、红花9g、当归15g、川芎9g、赤芍15g、丹皮12g、柴胡12g、三棱9g、莪术9g、元胡12g、甘草6g，水煎服，每次月经前5天服，连服6剂，到月经来潮2天停服。

治疗3个月经周期后，患者诸证悉减，不再痛经，经前3天改服用少腹逐瘀汤加减，排卵前服用毓麟珠合五子衍宗丸加减。后来患者怀孕，妊娠3个月腹痛，阴道微见血，故用寿胎丸合胶艾四物汤加味。2007年4月，患者足月剖宫产下双胎男婴。

少腹逐瘀汤加味：小茴香9g、炮姜9g、元胡12g、灵脂12g、煅没药9g、川芎9g、当归12g、肉桂6g、蒲黄12g、赤芍15g、炒杜仲12g、制首乌20g、炙甘草6g，水煎服4剂至月经来潮2天。

毓麟珠合五子衍宗丸：人参9g、白术12g、茯苓15g、当归12g、川芎9g、熟地15g、白芍15g、菟丝子15g、炒韭子15g、覆盆子15g、车前子15g、五味子9g、鹿角胶15g、肉桂6g、炙甘草6g，水煎服至排卵期。

寿胎丸含胶艾四物汤加减：炒杜仲15g、续断15g、寄生12g、阿胶15g、艾炭9g、当归9g、生地炭15g、炒白芍12g、炙甘草6g、菟丝子15g、棕边炭9g，水煎服。血去，痛止，胎安。

患者服毓麟珠方时处于排卵期，曾3次做彩超，子宫内膜厚度达10mm，优势卵泡达24mm后，夜查彩超确定排卵后同房。

3.病例二

某患者，女，30岁，2005年8月就诊。

自述：怀孕3次，皆自然流产，现被诊为假妊娠、习惯性流产、功能失调性子宫出血。小腹空坠，腰脊酸软，下血量少，色淡红，稀如洗肉水，已淋漓20余天。

检查：面色晦暗不鲜，舌淡暗，苔白润，脉沉弱。

证候分析：患者求嗣心切，心情紧张，但已多孕多堕，身体已虚，伤于肾，肾气已衰，封藏失司，冲任不固，不能制约经血，故经乱无期，下血淋漓，色淡红。腰为肾之府，肾气即虚，故腰脊酸软。面色晦暗、舌淡暗、脉沉弱均为肾气虚弱之象。

此患者病情较为复杂，是多种妇科病交织在一起，既有多孕多堕之滑胎，又有淋漓不断之崩漏，又有假孕，实为不孕症，所以治疗需时间、有难度。当务之急是止血，恢复和建立其正常月经周期，然后考虑其生育，既要明辨疾病之先后，又要辨证施治之急缓。

诊断：滑胎、崩漏、不孕症、肾气虚弱。

治法：以活血化瘀为先，以固冲止血为中，补肾益气、温养冲任以殿其后。

首先用逐瘀止血汤加减，方药如下：生地炭15g、赤芍12g、丹皮12g、当归12g、桃仁9g、红花6g、大黄9g、炙龟板12g、三七3g、益母草25g、仙鹤草18g，水煎服。连服4剂后改用寿胎丸合举元煎，方药如下：桑寄生12g、菟丝子15g、阿胶15g、党参15g、炙黄芪60g、当归12g、升麻9g、焦白术15g、仙鹤草18g、益母草25g、覆盆子15g、甘草6g，水煎服，连服6剂。

通过以上治疗，患者下血已止，体能已渐恢复。1个月后，补肾益气，温养冲任，调方如下：仙茅12g、淫羊藿30g、熟地25g、当归12g、白芍12g、菟丝子15g、炒韭子15g、覆盆子15g、沙苑子15g、车前子15g、五味子9g、炒杜仲15g、鹿角胶18g、肉桂6g、炙甘草6g，水煎服，每服3剂休药1天，每月服20剂。

2005年10月3日，月经周期已建立，彩超查卵泡已达18mm，排卵期子宫内膜厚度已超过9mm。嘱其不要急于怀孕。2005年12月底，该患者已怀孕，后生一名健康男婴。

4.病例三

某患者，女，34岁，2005年6月20日就诊。

自述：申请准生二胎已两年，恣食肥甘，日渐体胖，面目浮虚，月经后延，白带量多，色白，质稀而黏，但无臭；头晕，心慌，胸闷，泛恶，腰痛，曾去镇医院妇产科检查，输卵管畅通，子宫附件均无异常，排除妇科器质性病变。

检查：女方身材不高，但体胖，颜面虚浮现胖，舌淡胖，苔白腻，脉细滑。男方身材不高，体胖壮实，喜饮啤酒、嗜肥腻，查精液40分钟不液化。舌红，苔黄白腻，脉弦滑。

证候分析：患者恣食肥甘，体形肥胖，酿成痰湿之体。"脾为生痰之源，肺为贮痰之器"，"痰之化无不在于脾，而痰之本无不在肾"。脾肾素虚，水湿难化，聚湿成痰，痰阻冲任、胞宫，气机不畅，经行延后；痰阻冲任，脂膜壅塞，遮隔子宫，不能摄精成孕；胸闷泛恶是痰阻气机，气滞则血瘀，痰瘀互结于冲任、胞宫，不能萌发启动氤氲乐育之气而致不孕，湿浊下注，则成稀黏之白带；舌淡胖、苔白腻、脉细滑均为痰湿内阻之象。

诊断：继发性不孕、痰湿内阻白带症。

治法：健脾益气，除湿止带；燥湿化痰，行滞调经；补肾益气，调冲助孕。

健脾益气、除湿止带方用完带汤加减：党参18g、苍术15g、焦白术15g、陈皮9g、白芍12g、山药18g、车前子15g、柴胡12g、金樱子30g、炒芡实30g、芥穗炭9g、甘草6g、水煎服，每服3剂，休药1天。患者用6剂后白带已去，改燥湿化痰、行滞调经，用苍附导痰丸加减：半夏9g、陈皮9g、茯苓15g、苍术18g、香附15g、胆星9g、枳壳9g、甘草6g、淫羊藿30g、巴戟天12g、党参15g，水煎服，每服3剂，休药1天，连服12剂。嘱其少肥腻、嗜清淡，燥湿化痰以治其标，待痰湿得化，方可补肾调经助孕。

2005年11月12日，通过前段治疗，带下症与痰湿浊邪已去，嘱该患者及其丈夫戒烟、戒酒、忌肥腻、饮食清淡。其丈夫服知柏地黄汤加减，治愈精液不液化（方药略）。为该患者补肾益气、调冲助孕，用助孕八珍汤加减，党参15g、白术12g、茯苓15g、当归12g、白芍15g、熟地15g、仙茅12g、淫羊藿30g、菟丝子15g、杜仲15g、川椒1.5g、鹿角胶18g，水煎服，每服3剂休药1天，经行5天后服用。

2006年6月12日，该患者停服中药月余即怀孕，该患者妊娠2个多月，阴道见血，微有小腹痛，但无腰腹下坠感，尿妊娠试验结果呈强阳性，用寿胎丸合胶艾四物汤以保胎。至妊娠6个多月，该患者因劳作，再次阴道见血，仍以上法保胎成功。

2007年2月，该患者足月顺产一名女婴。

5.病例四

某患者，女，25岁，2006年4月12日就诊。

自述：婚后两年未孕，与人发生口角，生气恼怒，情怀不畅，善太息，久之，月经先后不定，经量时多时少，经来腹痛，经前烦躁易怒，胸胁乳胀痛。

检查：该患者的丈夫精子液化不良，余正常。该患者经妇科检查，可排除子宫附件和盆腔肿瘤等影响受孕的器质性病变；舌暗红，苔薄白，脉弦细。

证候分析：患者平素因工作关系经常生气恼怒、情怀不畅，致成肝气郁结，气机不畅，疏泄失司，血海蓄溢失常，故月经先后无定，经量时多时少；肝失条达，气血失调，冲任不能相资，故婚后2年不孕；肝郁气滞，血行不畅，不通则痛，故经来腹痛；经行在即，气机不畅，疏泄失控，故经期烦躁易怒，胸胁乳胀痛；舌暗红、苔薄白、脉弦细均为肝气郁结之象。

诊断：原发性不孕、肝气郁结。

治法：疏肝解郁，理血调经。

方药：逍遥散合开郁种玉汤加减，当归12g、白芍18g、白术15g、茯苓15g、天花粉12g、丹皮12g、香附15g、牛膝15g、王不留行30g、青皮9g、六路通12g，水煎服，每服3剂休药1天。

二诊：2006年5月15日，诸证悉除，天气已热，改服逍遥丸。9月改用原中方药，每经前5天服，连服到月经期。

三诊：2006年12月15日，月经应时而至，色鲜红，量中，4天可净，腹痛烦怒、胸胁乳胀痛已去，舌红，苔白，脉缓。改用滋肾养血、调补冲任的二四五合方，方药：仙茅12g、淫羊藿30g、当归12g、川芎9g、白芍15g、熟地15g、菟丝子15g、覆盆子15g、枸杞子18g、车前子15g、五味子9g、鹿角胶15g，水煎服，每服3剂休药1天，月经后服，过排卵期停药。其夫的精子液化不良已治愈。2007年10月，该患者应时顺产一名男婴，随访中得知母子健康。

不孕症是一种相当复杂的疾病，病因除多种身体因素外，还有心理和社会因素。在临证中必须把握一些关键问题，才不至于茫无定见。

辨治思路：抓住主诉，检查原因，分析病位，辨明虚实，然后拟定计划。重视治疗，突出辨证论治，不要为种子而种子，调经种子贵在肾，除非辨证一开始就是肾气虚、肾阳虚、肾阴虚，即用补肾法。患者大都有肝气郁结、瘀阻胞宫、痰湿内阻在先，当分治之，邪去方可助孕。

病证结合：不孕症的诊治，除主要按传统辨证论治外，必须注意病证结合，多用西医辨病与中医辨证相结合。

特殊检查：不孕症的诊断除翔实地询问病史，认真地做体格检查外，还要做特殊检查，特殊检查会使医生避免走很多"弯路"。

（五）滑胎治验三则

1.概述

堕胎或小产连续发生3次或3次以上者，称为滑胎，亦称屡孕屡堕或数堕胎，西医学称为习惯性流产，是常见的妊娠病之一。本病系反复堕胎、小产发展而成。

病因、病机：导致滑胎的主要机理有二，其一为母体冲任损伤，其二为胎元不健。胞脉系于肾，冲任二脉皆起于胞中。胎儿居于母体之内，全赖母体肾以系之，气以载之，血以养之，冲任以固之。若母体肾气健壮，气血充实，冲任通盛，则胎固母安；若母体脾肾不足，气血虚弱、宿有症瘕之疾、跌仆、挫伤及冲任均可导致胎元不固而致滑胎。胎元不健，先天不足，致使胚胎损伤或不能成形，或成形后易损，故而发生屡孕屡堕。临床常见有肾虚、气血两虚和血瘀。①肾虚：父母先天禀赋不足，或孕后不节房事，损伤肾气，冲任虚衰，系胎无力而致滑胎；或肾阳虚，冲任失于温养，宫寒，胎元不固；或大病、久病累及肾，冲任精血不足，胎失需养而滑胎。②气血虚弱：母体平素脾胃虚弱，气血不足；或饮食不节，孕后过度忧思、劳倦，损伤脾胃，气血化源匮乏，冲任不足，以致不能摄养胎元而发生滑胎。③血瘀：母体胞宫素有癥瘕瘤疾，瘀滞于内，损伤冲任，使气血失和，胎元失养而不固，遂发滑胎。

滑胎多发于妊娠后的相同月份，即所谓"应期而下"，但亦有部分患者滑胎不在相同月份。

检查：妇科检查可以了解子宫发育，有无子宫肌瘤、畸形及盆腔肿物等。实验室检查男女双方的染色体，男方的精子数、精子活动力、精子畸形率，女方的黄体功能、胎盘内分泌功能、ABO抗原、血清抗体效价、抗心磷脂抗体等。辅助检查：以B超观察子宫形态、大小，有无畸形、肌瘤、盆腔肿物，宫颈内口情况。若宫颈内口达1.9cm以上即可诊断为宫颈内口松弛。

2.病例一

某患者，女，28岁，1973年9月13日就诊。

自述：婚后5年，怀孕4次，皆自然流产，每次流产在妊娠3~4个月时，每次孕后腰膝酸软、眩晕、耳鸣，尿频以夜间为著，因多次流产而对生育失去信心。

检查：已排除该患者的丈夫精液及体质异常。妇科检查：排除子宫肌瘤、子宫畸形及盆腔肿物，宫颈内口小于1.9cm，可排除宫颈内口松弛。查见：面色晦暗，五官端正，心、肺听诊无异常，腹软，肝、脾未及，全腹无压痛。舌质淡红，苔薄白，脉细弱。

证候分析：该患者属先天禀赋不足，肾气虚弱，因为胞脉系于肾，肾气虚则冲任不固，胎失所系，故屡孕屡堕。腰为肾之府，肾虚则腰酸膝软；髓海不足，清窍失养，则眩晕耳鸣；肾气虚，膀胱失约，气化失职，则尿频；肾色黑，多次怀孕流产，故见面色晦暗；舌质淡红、苔薄白、脉细弱，均为肾气不足之征象。

诊断：滑胎，肾气不足。

治法：补肾健脾，调理冲任。

方药：补肾固冲丸，炒杜仲15g、巴戟天12g、菟丝子15g、续断15g、当归12g、熟地15g、枸杞子15g、党参15g、白术12g、砂仁9g、阿胶15g、大枣10g，水煎服，每服3剂休药1天，未孕前间断服，既孕仍可服。孕3个月后，改服保产无忧散，每月4剂，服至妊娠7个月后，方药如下：当归6g、炒芥穗3g、川芎5g、艾叶6g、炒枳壳3g、炙黄芪15g、菟丝子12g、厚朴3g、羌活3g、川贝母3g、白芍6g、甘草3g，水煎服。

妊娠服药期间，若见腹痛下血而无腰腹下坠感，可加服胶艾四物汤，以保万全。对患者的随访中，5年中顺产2胎，皆为女婴，母女健康。

3.病例二

某患者，女，27岁，1982年5月10日就诊。

自述：婚后4年，怀孕3次，皆自然流产，每次流产在怀孕3个月左右。平素纳差，反酸，脾胃虚弱，头晕目眩，心慌气短。虽然能孕，但屡孕屡堕，使身体越来越弱。

检查：妇科检查已排除子宫、卵巢发育不良、盆腔炎症等；该患者的丈夫已排除精液异常，嘱其戒烟、戒酒，忌食肥腻、油炸食品。查见：面色苍白，神疲乏力，舌质淡红，苔薄白，脉弦细。

证候分析：平素脾胃虚弱，生化无源，则使气血虚弱，冲任不足，不能载胎养胎，故屡孕屡堕；气血既虚，不能濡养清窍，则头晕目眩，不能润泽肌肤，则面色苍白，不能濡养脏腑，则神疲乏力、心慌气短；纳差、反酸乃脾胃虚弱之候；舌淡红、苔薄白、脉弦细乃脾胃虚弱、气血化生不足之象。

诊断：滑胎，气血虚弱。

治法：当先调和脾胃，益气养血，固冲安胎。

方药：苓桂术甘加味药，藿香10g、半夏9g、茯苓25g、苍术15g、焦白术15g、桂枝9g、佛手12g、海螵蛸15g、炒瓦楞子30g、砂仁10g、枳壳10g、甘草6g，水煎服，每服3剂休药1天，连服9剂。

二诊：该患者服药后反酸好转，进食已增。改服泰山磐石散，方药：人参9g、黄芪45g、当归9g、续断15g、黄芩12g、川芎6g、白芍12g、白术

12g、熟地15g、砂仁9g、炙甘草6g、水煎服，每服3剂休药1天。服至妊娠两个月后，改用寿胎丸，方药：续断15g、炒杜仲12g、菟丝子15g、桑寄生12g、阿胶15g、炒黄芩12g、竹茹9g、砂仁9g、苏梗10g、白术12g、炙甘草6g，水煎服，每服2剂休药1天，服至妊娠3个月后。

经服以上3方，患者度过危险的3个月，然后改服保产无忧散，每月服4剂，直到妊娠7个月后停药。方药：当归6g、芥穗炭6g、川芎5g、艾叶6g、炒枳壳3g、炙黄芪30g、菟丝子15g、厚朴3g、羌活6g、川贝母3g、白芍6g、甘草3g，水煎服。

妊娠期间，若见胎动不安、腰酸、腹痛甚至阴道下血，但尿妊娠试验结果呈强阳性，B超示胎儿发育无异常，则用寿胎丸加炒杜仲15g、炒黄芩12g、白茅根30g，水煎服，以益气安胎防流产。后随访，得知该患者顺产一名男婴。

4.病例三

某患者，女，30岁，1975年4月11日就诊。

自述：婚前体弱多病，经常腰酸膝软，连及足跟痛，婚后曾4次怀孕，胎儿成形后坠下，从未成活。现头晕，耳鸣，手足心热，下午和夜间自觉发烧，测体温并不高，大便粪头干，尿发黄。

检查：妇科检查已排除子宫、卵巢、盆腔等发育不良，排除肌瘤、畸形等。该患者的丈夫已排除精液异常。诊查所见：两颧潮红，五官端正，心、肺听诊无异常，腹软，全腹无明显压痛，四肢、脊柱均正常，舌红，少苔，脉细数。

证候分析：该患者婚前就体弱多病，病久及肾，肾精亏虚，胎失庇荫，故屡孕屡堕；肾精不足，不能濡养腰之外腑，故腰酸膝软；足少阴肾脉斜走足跟，肾虚则足跟疼痛；精亏血少、脑海不充，则头晕耳鸣；阴虚生内热，虚阳浮越，则手足心热、两颧发红，阴津不足则大便秘结。舌红、少苔，脉细数均为肾精亏虚之征象。

诊断：滑胎，肾精亏虚。

治法：补肾填精，固冲安胎。

方药：寿胎丸合育阴汤加减。方如下：炒杜仲15g、续断15g、桑寄生12g、菟丝子15g、阿胶15g、熟地15g、白芍12g、山萸肉10g、山药18g、牡蛎25g、海螵蛸15g，水煎服，每次服3剂休药1天，妊娠4个月以后，改服寿胎丸合保产无忧散，每月服4剂，直到妊娠7个月后停服。为配合治疗有时加服维生素E，每次服100mg，每天日服3次，到妊娠7个月后停服。随访中得悉，该患者顺利生下一名女婴，身体渐胖，日见体健，几年后又生下一名男婴，现母、子、女均健。

在妇科的临证中，对于滑胎患者，必须查明原因所在。非器质性病变引起的滑胎，经过系统治疗，预后大都良好。为了便于有的放矢地治疗，加强对男女双方的实验室检查非常有必要，譬如对男女双方染色体的检查，女方黄体功能、胎盘内分泌功能、抗心磷脂抗体等的检查。

滑胎与肾脏关系密切，所以对补肾安胎药物的实验研究也非常活跃。研究表明，该类药物具有调节和增加实验动物体内孕激素含量、抑制动物子宫平滑肌收缩、稳定子宫内环境的作用，从而达到保胎目的。

寿胎丸、保产无忧散治疗滑胎，大多有效。20世纪80年代初参照罗元恺先生治滑胎的经验，用补肾固冲丸（后改为滋肾育胎丸），对治疗滑胎效果好。特别是傅青主的保产无忧散，其药剂量皆小，而效果可靠。原方在《傅青主女科》最后的《补篇》中出现，方后注："上方保胎，每月三五服，临产热服，催生如神。"寥寥数语，却彰显傅山的苦心!

（六）产后病

1.概述

产妇在新产后及产褥期内发生的与分娩或产褥有关的疾病，称为产后病。分娩后，母体恢复至孕前状态的一段时间称产后，亦称产褥期，一般约需6周。古人有"弥月为期""百日为度"之说，俗称小满月与大满月，即产后一月（弥月）为小满月，产后三月（百日）为大满月。

常见的产后病有产后血晕、产后痉病、产后腹痛、产后身痛、产后恶露不绝、产后发热、缺乳等13种疾病。上述诸病多发生于新产之后，根据临床实际，新产多指分娩后7日。历代医家将产后常见病和危急重症概括为"三病""三冲""三急"。《金匮要略•妇人产后病脉证治》指出:"新产妇人有三病,一者病痉,二者病郁冒,三者大便难。"《张氏医通•妇人门》云:"败血上冲有三,败血冲心,多死。……若饱闷呕恶,腹满胀痛者曰冲胃。……若面赤呕逆欲死,曰冲肺。……大抵冲心者,十难救一,冲胃者,五死五生,冲肺者,十全一二。"又注:"产后诸病,唯呕吐、盗汗、泄泻为急,三者并见必危。"

现在临床上的产后病已大为减少,有些产后病已经不再出现。目前临床上产后身痛、产后恶露不绝、缺乳较为多见。

2.病因、病机

对产后病的病因、病机可概括为虚和瘀,虚是气虚、血虚、津失,瘀是出血导致血瘀,因虚加重血瘀,血瘀加重其虚,虚瘀并存。

一是亡血伤津。由于分娩用力、汗出、产创和出血,使阴血暴亡,虚阳浮散,变生他病,如产后血晕、产后痉病、产后发热、产后大便难、产后小便淋痛、产后血劳。二是元气受损。分娩是一个体力持续消耗过程。若产程过长,用力耗气,产后操劳,或产时失血过多,气随血耗,而致气虚失摄、冲任不固,可致产后小便不通、产后恶露不绝、产后乳汁自出、产后汗证、产后发热、产后血劳等。三是瘀血内阻。分娩时,脉络受损,血溢脉外,离经成瘀。产后百节空虚,易感寒热之邪,寒凝、热灼皆可成瘀;胞衣、胎盘残留,瘀血内阻,败血为病,可致产后腹痛、产后发热、产后恶露不绝、产后抑郁等。四是外感"六淫"或饮食房劳所伤。产后元气、津血俱伤,腠理疏松,生活稍有不慎或调摄失当,均可致气血不调、营卫失和、脏腑功能失常、冲任损伤而变生产后诸疾。

既然产后病的病因、病机是虚和瘀,那么在产后病的治疗上,应先给予加参生化汤,然后再辨病辨证,分型施治。不破不立,瘀血不去,新血不生,先破后立,推陈出新,只有瘀祛,子宫方可复旧,子宫复旧方可安然。在加参生化汤中加重益母草的用量,益母草既能活血又能利水,对子宫平滑肌有直接作用,可使子宫强直收缩,从而压迫血管,制止出血。加参生化汤加味,方药如下:力参10g、桃仁9g、红花9g、当归12g、川芎9g、炮姜

6g、炒白芍12g、炒杜仲15g、阿胶15g、益母草30g、炙甘草6g，黄酒、红砂糖适量，水煎服，连服3～4剂。

3.产后身痛

产妇在产褥期内出现肢体或关节酸楚、疼痛、麻木、重着，称为产后身痛，又称产后遍体疼痛、产后关节痛、产后痹证、产后痛风，俗称产后风。产后身痛的病因虽不同，但历代医家都强调产后失血多虚为发病的根本，故论治也以养血为主。

病因、病机：本病主要是产后营血亏虚，经脉失养或风寒湿邪乘虚而入，稽留关节、经络所致。产后身痛的发生与产褥期的生理情况密切相关。产后气血虚弱，或产后虚损未恢复，四肢、百骸及经脉失养；产后气血不足，元气亏损，风、寒、湿邪乘虚而入侵机体，使气血凝滞，经络阻滞或经络失养；产时耗伤肾气，以上皆可导致产后身痛。

辨证论治：本病辨证首先以疼痛的部位、性质为主要依据，结合兼证与舌脉，做出裁决。若肢体关节酸楚、疼痛、麻木，伴面色萎黄、头晕、心悸、舌淡、脉沉弱，属血虚之证，当养血益气、温通经络，用黄芪桂枝五物汤加味治疗；若肢体关节肿胀、麻木、重着，疼痛剧烈，宛如针刺，屈伸不利或痛无定处，或遇热则舒，伴恶寒畏风、舌苔薄白腻、脉濡细，属外感风寒，当养血祛风、散寒除湿，可选用独活寄生汤或趁痛散、防风汤加减化裁；若疼痛较重，痛有定处，麻木，肢体重着，屈伸不利，伴恶露量少、舌暗、苔白、脉弦涩，属血瘀证，当养血活血、化瘀祛湿，可选用身痛逐瘀汤或生化汤加减化裁；若产后腰痛，膝酸软，足跟痛，伴头晕、耳鸣、舌淡暗、脉沉细弦，属肾虚证，当补肾养血、强督壮骨，可用养荣壮肾汤加减化裁。

临床诊务中，笔者对产后病的治疗如前述，应让患者先服加参生化汤加味4剂，再去分型论治。因为这样能执简驭繁，使子宫复旧早，复旧越早，产后病发生得越少，对产妇的康复以及以后母婴的健康大有裨益。对产后病的分型施治中，养血为基本治法。

4.产后恶露不绝

产后血性恶露持续10天以上，仍淋漓不尽，称产后恶露不绝，又称恶露不尽、恶露不止。

对本病可参考西医学的产后子宫复旧不全、晚期产后出血。西医将产后整个子宫缩复达到孕前状态称为子宫复旧，需5~6周时间。而血性恶露一般持续3~4天，血性恶露持续延长至7~10天，为产后子宫复旧不全最突出的症状。

病因、病机：本病的主要病机为冲任失固，气血运行失常。常见的有气虚冲任不固、血失统摄，或瘀血内阻、血不归经，或热扰冲任、迫血下行。

检查：最好做妇科检查，单靠症状和脉诊容易误诊和漏诊。妇科检查：子宫大而软，或有压痛，宫口松弛，有时可见残留胎盘组织堵塞于子宫口。当恶露量多、鲜红时，应仔细检查软产道，及时发现软产道损伤。

辨证论治：首先根据恶露的色、质、量、气味等辨其寒、热、虚、实。色淡红、量多、质稀、无臭气者多为气虚，宜补气、摄血、固冲，用补中益气汤加益母草、阿胶、芥穗炭治之；恶露色紫暗、有血块，有小腹痛者多为瘀血证，宜活血、化瘀、止血，用生化汤加益母草、蒲黄；对腹胀痛重者可加元胡等治之；血色深红、质黏稠、臭秽者多为血热所致，宜养阴、清热、止血，用保阴煎加益母草、蒲公英治之。

在产后恶露的治疗上，尽管临床有气虚、血瘀、血热的分型，应先用生化汤，气虚用加参生化汤，或酌情加黄芪、益母草、蒲黄、乌灵脂、阿胶等药；血瘀可在生化汤的基础上酌情加桃仁、红花、益母草、三七等药；血热可在生化汤中加入益母草、贯众炭、炒黄芩、黄柏、生地炭等药。待恶露基本控制后，酌情用升陷汤或加益气养血药，或用桃仁、红花、生地等活血止血，或用丹皮、麦冬、沙参清热养阴。

5. 产后缺乳

产后哺乳期内，产妇乳汁甚少或无乳可下者，称缺乳，又称产后乳汁不行。

历代医家论缺乳者颇多，《诸病源候论》即列有"产后乳无汁候"，认为是"既产则血水俱下，津液暴竭，经血不足"所致。《千金方》列出21首下乳方，其中有猪蹄、鲫鱼的食疗法。《三因极一病证方论》分虚实论缺乳："产妇有两种乳脉不行，有气血盛而壅闭不行者，有血少气弱涩而不行者，虚当补之，盛当疏之。"《妇人大全良方》认为"乳汁乃气血所化""乳汁资于冲任"，若"元气虚弱，则乳汁缺少"。《儒门事亲》说："夫妇人有本生无乳者不治。或因啼哭，悲怒郁结，气道闭塞，以致乳脉不行。"《傅青主女科》治缺乳着眼于气血，虚则补之，实则疏之，"阳明之气血自通，而乳亦通矣"，层层深化了对病因、病机的认识，总结出临床常见的三型。

缺乳的主要病机为乳汁化生不足和乳络不畅。常见病因有气虚血弱、肝郁气滞、痰浊阻塞。

辨证论治：应根据乳汁清稀或稠、乳房有无胀痛，结合舌脉及其他症状以辨虚实。如乳汁甚少而清稀，乳房柔软，多为气血虚弱，当补气养血，用通乳丹加味。若乳汁稠，胸胁胀满，乳房胀硬痛，多属肝郁气滞，当疏肝解郁、通乳下乳，用下乳涌泉散加味。若乳汁甚少或无乳可下，乳房大而下垂、不胀满，多属痰浊阻滞，当健脾、化痰、通乳，用苍附导痰丸加味。

附：通乳十二法

《通乳十二法》是本通乳法专书。作者全宗景是山西县级中医院医生，他积累了二十几年治疗缺乳的临床经验，并翻阅了大量古今文献，对通乳法进行了概括和总结，提出十二法：发汗、活血、利水、化痰、安神、疏肝、清热、补气血、调中、生津、补肾、升降通乳法。今将十二法和方药录下以供参考。

发汗通乳法如下。

（1）解表散寒通乳法，方药：葛根30g、桂枝10g、赤芍10g、葱白3支、淡豆豉15g、白芷15g、炙甘草6g、生姜15g、大枣5枚，水煎服。

（2）疏风解热通乳法，方药：葱白3支、淡豆豉10g、桔梗10g、薄荷10g、连翘30g、淡竹叶10g、焦枝10g、葛根15g、蝉蜕10g、生甘草6g，水煎服。

（3）祛风胜湿通乳法，方药：羌活10g、姜黄10g、当归15g、海桐皮15g、赤芍10g、白术10g、海风藤30g、威灵仙10g、川芎10g、丝瓜络30g、甘草5g，水煎服。

（4）扶正解表通乳法，方药：川芎10g、桔梗10g、白芷10g、赤芍10g、当归30g、人参10g、茯苓15g、柴胡12g、葛根12g、甘草6g、生姜15g，水煎服。

（5）通阳发汗通乳法，方药：当归6g、黄芪30g、葱白10支，水煎服。

活血通乳法如下。

（1）活血通络通乳法，方药：山甲珠10g、王不留行20g、六路通10g、丝瓜络30g、皂角刺30g、天花粉30g，水、黄酒各半煎服。

（2）活血祛瘀通乳法，方药：当归30g、川芎10g、桃仁6g、炮姜3g、红花5g、泽兰10g、瞿麦30g、益母草30g、炙甘草3g，水、酒各半煎服。

（3）疏气活血通乳法，方药：当归15g、川芎10g、生地15g、赤芍10g、柴胡10g、枳壳10g、红花5g、桃仁10g、桔梗6g、山甲珠10g、王不留行10g、甘草5g，水、酒各半煎服。

利水通乳法如下。

（1）淡渗利水通乳法，方药：泽泻30g、白术30g、茯苓60g、通草15g、黄芪30g、桂枝5g、生姜15g、鲤鱼1尾（先煎代水），水煎服。

（2）泄热利水通乳法，方药：车前草30g、生地30g、竹叶10g、木通12g、瞿麦15g、漏芦15g、生甘草梢5g，水煎服。

化痰通乳法如下。

（1）祛湿化痰通乳法，方药：苍术10g、香附12g、陈皮10g、半夏10g、茯苓30g、白芥子3g、通草10g、菖蒲10g、白芷10g、枳壳10g、生姜15g、炙草3g，水煎服。

（2）清热化痰通乳法，方药：全瓜蒌30g、浙贝母10g、天花粉30g、桔梗6g、漏芦10g、橘红10g、茯苓15g、竹沥30g、丝瓜络15g、皂角2g、蛤粉2g（冲），水煎服。

安神通乳法如下。

（1）补气血安神通乳法，方药：人参6g、黄芪30g、白术10g、木香6g、茯苓30g、通草10g、元肉30g、远志10g、当归12g、桔梗6g、菖蒲6g、合欢花15g、柏子仁10g、夜交藤30g，水煎服。

（2）养阴安神通乳法，方药：白茯苓12g、生地30g、沙参12g、玄参15g、丹参15g、远志6g、桔梗6g、当归10g、天冬12g、麦冬30g、通草10g、柏子仁10g、石菖蒲6g，水煎服。

（3）清心安神通乳法，方药：生地30g、黄连10g、木通10g、竹叶10g、瞿麦12g、漏芦12g、生甘草5g，水煎服。

（4）镇心安神通乳法，方药：蛇蜕1条、蝉蜕10g、白僵蚕10g、炮山甲10g、琥珀3g、生龙骨30g、生牡蛎30g、猪蹄1只，水煎服。

疏肝通乳法如下。

（1）疏肝理气通乳法，方药：柴胡12g、香附15g、枳壳12g、白芍15g、川芎6g、橘叶15g、青皮12g、桔梗6g、甘草6g、白蒺藜15g，水煎服。

（2）疏肝养血通乳法，方药：白芍15g、当归15g、白术15g、熟地10g、麦冬15g、通草6g、柴胡6g、远志6g、甘草3g，水煎服。

（3）疏肝通络通乳法，方药：穿山甲10g、当归10g、白芍10g、川芎10g、柴胡10g、青皮10g、花粉10g、漏芦10g、桔梗10g、生地12g、通草6g、白芷6g、甘草6g、王不留行12g，水煎服。

（4）疏肝温阳通乳法，方药：肉桂3g、小茴香3g、茯苓12g、黄芪30g、枸杞子15g、当归30g、檀香6g、续断15g、钟乳粉6g、生姜15g，水煎服。

（5）疏肝清热通乳法，方药：全瓜蒌20g、青皮10g、郁金10g、橘络6g、丝瓜络10g、通草6g、橘叶10g、蒲公英15g、白蒺藜10g、夏枯草15g、六路通10g，水煎服。

清热通乳法如下。

（1）清热生津通乳法，方药：石膏30g、玄参20g、麦冬30g、天花粉30g、竹叶10g、知母10g、芦根30g、粳米30g、生甘草6g，水煎服。

（2）清热凉血通乳法，方药：丝瓜络30g、生地30g、麦冬30g、丹皮15g、赤芍15g、玄参30g、紫草30g、白薇15g、大青叶15g、莲子心10g，水煎服。

（3）清热解毒通乳法，方药：瓜蒌30g、金银花30g、漏芦15g、浙贝15g、连翘30g、蒲公英30g、橘叶10g、皂角刺10g、当归10g、王不留行10g、山甲珠10g、生甘草6g，酒、水各半煎服。

补气血通乳法如下。

（1）补气通乳法，方药：黄芪30g、人参10g、肉桂3g、桔梗6g、茯苓10g、炙甘草6g，水煎服。

（2）补血通乳法，方药：当归30g、川芎6g、白芍15g、生地20g、木通12g、王不留行12g、天花粉30g、猪蹄1只（煎汤代水），水煎服。

调中通乳法如下。

（1）健脾和胃通乳法，方药：红参10g、茯苓15g、陈皮10g、半夏10g、木香5g、砂仁5g、葛根12g、通草10g、荷叶10g、炙甘草5g，水煎服。

（2）消食和胃通乳法，方药：山楂10g、神曲10g、陈皮15g、半夏10g、茯苓15g、麦芽10g、公英15g、川朴10g、苍术10g、炒莱菔子10g、鸡内金10g、炙草3g，水煎服。

（3）化瘀消食通乳法，方药：山楂30g、当归30g、川芎10g、炮姜6g、桃仁10g、神曲6g、炒鸡内金30g、炒莱菔子10g、黄酒30g，水煎服。

生津通乳法如下。

（1）滋阴生津通乳法，方药：天花粉30g、生地20g、麦冬20g、元参15g、沙参15g、茯苓15g、升麻6g、丝瓜络15g，水煎服。

（2）补气生津通乳法，方药：生黄芪15g、沙参30g、麦冬30g、五味子5g、元参15g、当归10g、白术10g、天花粉20g、炙草5g，水煎服。

（3）温阳生津通乳法，方药：天花粉30g、茯苓30g、山药20g、瞿麦15g、制附片5g，水煎服。

（4）固阴保津通乳法，方药：生龙骨30g、生牡蛎30g、人参10g、麦冬15g、山药60g、乌梅10g、茯苓15g、通草10g、甘草5g、五味子5g，水煎服。

补肾通乳法如下。

（1）补肾益精通乳法，方药：黑芝麻30g、生地30g、沙参15g、阿胶10g、天冬10g、续断15g、当归12g、茯苓10g、泽泻10g、女贞子24g、桑寄生24g、紫河车粉10g（冲）、猪蹄1只（先煎代水），水煎服。

（2）补肾温阳通乳法，方药：淫羊藿5g、熟地30g、杞果10g、当归10g、续断15g、桑寄生15g、鹿角片5g、胡桃肉2枚、菟丝子10g、制钟乳石（冲），水煎服。

升降通乳法如下。

（1）升提通乳法，方药：黄芪60g、当归30g、人参10g、鹿角片5g、钟乳石10g、花粉30g、升麻5g、柴胡5g、麦冬15g、桔梗5g、茯苓10g、通草6g、葱白5支、猪蹄1只（先煎代水），水煎服。

（2）降泄通乳法，方药：大黄10g、芒硝10g（冲）、桔梗10g、瓜蒌30g、皂角刺10g、瞿麦10g、穿山甲10g、牛子10g、甘草5g，水煎服。

（3）升降通乳法，方药：生地15g、玄参15g、麦冬15g、人参10g、当归10g、芒硝5g、桔梗6g、瓜蒌15g、山甲10g、生姜10g、大黄10g、甘草6g、丝瓜络15g。

临证随笔

一、内科杂病病例

（一）外感咳嗽医案记录

患者性别：女。

年龄：56岁。

就诊时间：2014年10月8日。

发病节气：寒露。

主诉：喉痒、流涕、咳嗽5天。

现病史：患者于5天前感冒，发烧、咳嗽，经用西药烧退，但是咳嗽不止，每喉痒、咽痛即咳。舌红，苔白，脉浮。

既往史：既往每至秋冬之际咳嗽，连续两年。

过敏史：每遇冷空气刺激即咳嗽、流涕。

体格检查：一般情况可，咽部充血，双肺呼吸音粗，未闻干啰音、湿啰音，腹平软，肝、脾未及，全腹无压痛。

辅助检查：胸片显示该患者有气管炎。

中医诊断：外感咳嗽。

证候诊断：风燥伤肺。

西医诊断：上呼吸道感染。

治法：疏风、清肺、润燥、止咳。

处方：桑叶12g、杏仁9g、牛子9g、蝉蜕9g、鱼腥草30g、冬花12g、知母9g、双皮12g、紫菀12g、贝母10g、炒地龙8g、玄参12g、麦冬15g、天冬15g、炙甘草6g，水煎服3剂。

复诊：该患者服上方，喉痒、咳嗽好转，时感胸闷，原方去双皮、紫菀，加前胡10g、炒枳壳9g，继服4剂痊愈。

心得体会：咳嗽是临床多见之病，一年四季皆可发生。一般治疗咳嗽的中成药的药效差，疗效不理想。金老师用此方加减化裁，临床疗效非常明显，他指出温燥用桑杏汤，凉燥用杏苏散加减有效。治疗用药主要是辨证。

张鹏飞 2014年10月15日

指导老师按语：外感咳嗽一证，一年四季皆可发生。我国北方的气候大都偏燥，所以用伤寒论的方药甚少。此患者病发于秋末冬初，北方气候干凛、久旱、无雨雪，且气温变热，多发温燥咳嗽，在桑杏汤的基础上加用止咳散、二母二冬汤方可中病，效如桴鼓。若用大小青龙等方只会延误治疗。

金荣媚 2014年10月20日

（二）感冒医案记录1

患者性别：男。

年龄：49岁。

就诊日期：2013年3月18日。

发病节气：春分。

主诉：鼻塞、流涕、咽痛、头痛10天。

现病史：患者于10余天前受凉后出现鼻塞、流涕、咽痛、头痛，以太阳穴及后脑勺为著，微发热（低烧），无咳嗽。舌红，苔黄，脉浮。平素有酒肉嗜好。

既往史：患者既往体健。

过敏史：无药物及食物过敏史。

体格检查：神志清，精神可，鼻腔干燥、红赤、不见白色鼻黏膜，咽部红肿、充血，扁桃体未见肿大。

辅助检查：未检查。

中医诊断：感冒。

证候诊断：风热犯表。

西医诊断：上呼吸道感染。

治法：疏风清热解表。

处方：金银花30g、连翘15g、炒牛子9g、蝉蜕9g、苍耳子15g、木笔花15g、菊花15g、防风12g、天麻12g、丹皮12g、栀子9g、蒲公英30g、甘草6g、水煎服4剂。

患者未复诊。

心得体会：《素问·生气通天论》："风者，百病之始也……风以外入，令人振寒，汗出头痛，身重恶露。"《素问·风论》："风之伤人也，或为寒热。"该患者为典型的外感风热症，方选当用银翘散加减。

张鹏飞 2013年3月18日

指导老师按语：外感病是最常见的多发病，而关于其治疗，当今临床一般采用输液，用激素、抗生素，这样悖理、大错，又得不到改正，以逆为顺，积非为是。

正确的治疗方法：当辨证不明时，可以借助血常规和C—反应蛋白去鉴别，95%以上的外感病是由感冒病毒引起的，细菌感染占不到5%。所以，应按中医的伤寒、伤风、风热、风温、风燥、暑湿等去辨治。感冒时输液，使用抗生素、激素已经伤害了三代人，医生应该警醒了。在我国，中医中药有很大的优势，为什么去邯郸学步？有些医生是因为医技不佳，有些医生是有意为之，把经济效益放在首位。

金荣喟 2013年3月20日

（三）感冒医案记录2

患者性别：女。

年龄：56岁。

就诊日期：2014年2月3日。

发病节气：立春。

主诉：口苦、寒热、眩晕、乏力2周。

现病史：患者于2周前逐渐出现口干而不欲饮、口苦、眩晕、头痛、鼻塞、乏力、舌红、苔黄、脉弦细。

既往史：既往体健。

过敏史：否认药物及食物过敏史。

体格检查：一般情况可，心、肺未见异常。腹平软，肝、脾未触及，无移动性浊音，肠鸣音可，四肢活动可。

辅助检查：未检查。

中医诊断：感冒。

证候诊断：少阳证。

西医诊断：上呼吸道感染。

治法：解表散寒，和解少阳。

处方：柴胡25g、黄芩12g、半夏9g、党参25g、天花粉15g、枸杞子18g、菊花15g、天麻12g、冬花12g、平贝10g、苍耳子12g、木笔花12g、炙甘草6g，水煎服6剂。

复诊：复诊两次痊愈。

心得体会：患者属外感风寒，风寒入里，留于少阳，一致少阳枢机不利，故口苦、口干、渴而不欲饮、头疼、眩晕。治疗上用小柴胡汤（和解少阳）为主药。治法：枸杞子、菊花、天麻平肝木，苍耳子、木笔花透脑通鼻窍。

张鹏飞 2014年3月20日

指导老师按语：外感伤寒，邪入少阳，习惯上认为半表半理。北京肖相如则认为半表半里不当。少阳之为病，口干、口苦、咽干、目眩也。临证总结为少阳八症，口干、咽干、目眩、脉眩、寒热往来、默默不欲饮食、心烦喜呕、胸胁苦满。凡见八症者病在少阳，用药应以小柴胡汤为主。中医的发热和西医的发烧不完全等同：发热是自觉体热，测体温或高或不高；西医的发烧测体温会高。病在少阳，药非柴胡莫属。

金荣媚 2014年3月26日

（四）外感风热医案记录

患者性别：男。

年龄：49岁。

就诊日期：2015年8月11日。

发病节气：立秋。

主评：发烧、咽痛、头痛。

现病史：患者于5天前出现发烧、鼻塞、咽痛、头痛、眩晕、大便干。舌红，苔黄，脉浮数。

既往史：既往体健。

过敏史：否认药物及食物过敏。

体格检查：一般情况可，心、肺、未见异常，咽部充血，扁桃体未见肿大。上腹微压痛，肝、脾未及，无移动浊，肠鸣音可。

辅助检查：未查。

中医诊断：感冒。

证候诊断：外感风热。

西医诊断：上呼吸道感染。

治法：疏风清热、解表退热。

处方：金银花30g、连翘15g、牛子9g、蝉蜕9g、柴胡18g、菊花15g、天麻15g、苍耳15g、辛夷12g、玄参15g、生地18g、麦冬15g、天冬15g、甘草6g，水煎服4剂。

复诊：原方加减治愈。

心得体会： 患者系风热犯肺，咽痛、充血、发烧、鼻塞、头痛、眩晕是比较典型的外感风热证，所以用银翘散加减而获效。

张鹏飞 2015年8月11日

指导老师按语： 感冒是常见病和多发病，中医治疗感冒有很大的优势。对于感冒，宁多服中药，也不服西药，更无须输液。感冒多是病毒引起的疾病，细菌感染的类型占不到5%。用输液治感冒已经伤害了三代人，激素和抗生素抑制了患者的免疫功能，短期有效，而长期无效，易使感冒反复发作，长年累月不愈。可以在临床上对比一下，找10个外感患者，中医、西医各治5个患者，在治疗时间、效果上，必然是中药优于西药。

中医在这方面，已经有系统、成熟的经验：外感风寒、外感风热、暑温、湿温等都有明确的治法和方药。

金荣嵋 2015年8月25日

（五）烦热汗出医案记录

患者性别：女。

年龄：48岁。

就诊日期：2014年4月10日。

发病节气：清明。

主诉：烧灼、汗出月余。

现病史：患者于1月前无明显诱因而出现烧灼后汗出，以上半身为主，烦躁，情绪易激动，一日数次不定时而作。舌红，苔白，脉沉细。

既往史：体健。

过敏史：否认药物及食物过敏。

体格检查：患者一般情况可，心、肺未见异常，腹平软，肝、脾未触及，无移动性浊音，肠鸣音可。四肢活动自如。

辅助检查：未做。

中医诊断：烦热汗出。

证候诊断：阴虚火旺。

西医诊断：更年期综合征。

治法：滋阴降火，收敛止汗。

处方：炙龟板15g、炙鳖甲15g、知母10g、黄柏10g、地骨皮15g、浮小麦60g、煅龙骨30g、煅牡蛎30g、银柴胡18g、胡黄连12g、秦艽15g、白薇15g、青蒿15g、麻黄根18g、生甘草6g，水煎服6剂。

复诊：复诊三次，患者烦热汗出明显好转。

心得体会：患者正处于更年期，烦热汗出可以经常见到。烦躁、烧灼、汗出困扰着更年期妇女。对于此病的治疗，金老师多用青蒿鳖甲汤、秦艽鳖甲汤组方，大量用滋阴潜阳、清热凉血、收敛止汗药物，对此病的治疗效果明显，但是此病容易复发。

张鹏飞 2014年4月20日

指导老师按语：此证应诊为"烦热汗出"，表现为烦躁、烧灼、汗出。此诊断系本人所设立，当否，尚需与同道商榷。烦热在更年期妇女中多见，但是，在七八十岁的女性和男性中亦可见到。本例病例在教材和医籍中少有记载。本人查阅《景岳全书》，其中有如下记载："汗出一证，有自汗者，有盗汗者。自汗者濈濈然，无时而动作则益甚；盗汗者，寐中通身汗出，觉来渐收。"诸古法云："自汗出者属阳虚，腠理不固，卫气之所同也。"自汗出亦有阴虚，盗汗亦多阳虚也，如遇烦劳大热之类最多自汗。

金荣嵋 2014年4月30日

（六）胃痛医案记录1

患者性别：男。

年龄：42岁。

就诊日期：2014年3月20日。

发病节气：春分。

主诉：上腹部疼痛，恶心，泛酸，每食酸、辣、甜、寒、凉后，就出现上腹部胀痛不适，并感到胃口发凉，离心，吐酸，口角流涎，喜按喜暖，腹部肠鸣，进食热饭可暂缓，舌淡红，苔白，脉沉紧。

既往史：既往患胃病，不致如此厉害。

过敏史：否认药物及食物过敏史。

体格检查：神志清，精神可，心、肺听诊无异常，上腹部唯有压痛，无反跳痛，肝脾未及，腹部震水音。

辅助检查：未检查。

中医诊断：胃病。

证候诊断：寒湿内停。

西医诊断：胃炎。

治法：温中散寒、和胃止痛。

处方：藿香12g、半夏9g、茯苓30g、苍术15g、元胡12g、砂仁10g、良姜12g、香附15g、海螵蛸12g、煅瓦楞子30g、炒枳壳9g、炒谷芽30g、桂枝10g、生姜10g，水煎服6剂。

复诊：患者于2014年3月29日复诊，疼痛已明显减轻，仅觉胃口发凉，再用6剂巩固疗效。

心得体会：本例患者为典型的脾胃虚寒型胃痛，进食生凉食物后胃病明显加重，腹部喜按喜温，脉证合参都支持此诊断。经治疗后疼痛消失。慎避寒凉，以防复发。

张鹏飞 2014年3月20日

指导老师按语：胃脘痛在临床属于常见病、多发病，大体分为寒邪客胃、饮食伤胃、肝气犯胃、湿热中阻、瘀血停胃、脾胃虚寒、胃阴不足，以此而分之，尚不能尽然。除此之外，还有肝气过盛化热的肝胃郁热型。寒邪客胃证，用良附丸加味；饮食伤胃证，用保和丸加减；肝气犯胃证，用柴胡舒肝加减；湿热中阻证，用清中汤加减；瘀血停胃证，用失笑散和丹参饮加减；脾胃虚寒证，用黄芪建中汤加减；胃阴不足证，用益胃汤加味（此常见七证是中医内科分型）；肝胃郁热证，用化肝煎加减，或用丹栀逍遥散加减（此证型少见，多被忽略）。

金荣嵋 2014年3月30日

（七）胃痛医案记录2

患者性别：女。

年龄：54岁。

就诊日期：2013年3月18日。

发病节气：春分。

主诉：上腹部胀痛1周。

现病史：患者于1周生气后出现胃脘部胀痛并连及两肋，放射至背部胀满疼痛，不敢卧床，晨起口中乏味，大便正常，脉沉细。

既往史：既往体健。

过敏史：否认药物及食物过敏史。

体格检查：神志清，精神可，心、肺未见异常。上腹部略有压痛，肝、脾、肋下未触及、无叩痛，肠鸣音正常。

辅助检查：未检查。

中医诊断：胃痛。

证候诊断：肝气犯胃。

西医诊断：胃炎。

治法：疏肝解郁，理气止痛。

处方：柴胡15g、郁金12g、元胡12g、佛手13g、炒白芍15g、炒枳实9g、香附15g、炒莱菔子18g、青皮9g、炒谷芽30g、六路通12g、橘叶10g、甘草6g，水煎服5剂。

患者未复诊。

心得体会：肝经布两胁、抵少腹、夹胃。肝气郁结，肝失疏泄，横逆犯胃，可致胃失和降而发胃痛。《杂病源流犀烛•胃病源流》中说："胃痛，邪于胃脘病也。……唯肝气相承为尤甚，以木性暴且正克也。"方选柴胡疏肝散加减。

张鹏飞 2013年4月2日

指导老师按语：正常的肝气主疏泄，舒畅条达。此处肝气多指病态的。疏泄失常分两种，即疏泄不及和疏泄太过。疏泄不及即肝气郁结，疏泄太过即肝气过盛，气郁易化火，气滞易湿聚、痰凝，肝气不舒，易乘脾犯胃，影响消化，导致食滞不消，即所谓的气郁、血瘀、火郁、湿郁、痰郁、食郁"六邪"。丹溪制越鞠汤为此而设（越鞠，苍香芎曲栀，即苍术、香附、川芎、神曲、栀子，实际为5味药，苍术治湿郁，神曲治食郁，川芎治血郁，栀子治火郁，香附1味治气郁和痰郁）。

肝为血脏，体阴而用阳。肝阴亏虚，当用一贯煎柔肝。肝气、肝火、肝风三者同出一源，需分清肝火在上还是在下，清肝、泻肝之不同。肝风分热动肝风和阳亢风动，分别采用熄风、潜阳。马连湘说："肝气、肝风、肝火三者同出而异名，但为病不同，治法而各异。"注意：中医、西医对肝病的诊治不尽相同。

金荣嵋 2013年4月12日

（八）胸痹医案记录

患者性别：女。

年龄：23岁。

就诊日期：2013年3月25日。

发病节气：春分。

主诉：心前区闷痛半年。

现病史：患者自诉半年前因感冒发烧、恼怒而心前区闷痛，经治疗感冒已好，遗留左侧胸痛。动态心电图显示心律不齐，现心前区压痛呈持续闷痛，无明显缓解。舌红，苔白，脉沉细。

既往史：既往体健。

过敏史：否认药物过敏。

体格检查：神志清、精神可。心、肺未见异常，心脏各瓣膜听诊未闻及病理性杂音。腹软，无肝、脾压痛。

辅助检查：心电图示正常，心脏彩超显示二尖瓣轻度返流。血心肌酶含量偏高。

中医诊断：胸痹。

证候诊断：气滞血瘀。

西医诊断：病毒性心肌炎。

治法：活血理气，化瘀通络。

处方：桃仁9g、红花6g、元胡12g、香附15g、乌药12g、五灵脂12g、丹皮12g、当归12g、炒枳实9g、丹参18g、杏仁30g、益智仁30g、桑葚30g、炙甘草6g，水煎服，6剂。

心得体会：胸痹的临床表现最早见于《黄帝内经》，汉代张仲景在《金匮要略》中正式提出"胸痹"的名称，并做了专篇论述，其病机多为心脉弊阻，病位在心，涉及肝、脾、肾等脏器。其病理变化为本虚标实，虚实夹杂。给予本例患者血府逐瘀汤，并加入安神养血之品。

张鹏飞 2013年4月20日

指导老师按语：胸痹、胸痛的原因很多，并不是所有胸痛都是冠心病，冠心病的心绞痛最多能痛15分钟，疼痛在1小时以上或终日疼痛者另有他因。颈椎病压迫臂丛神经，肋间神经痛、神经官能症等都会引起胸痛、胸痹，不要一说胸痹就是冠心病，当然冠心病属于胸痹范畴。所以，要注意疼痛的部位、性质、时间、放射等，并注意其他症状。

金荣嵋 2013年5月1日

（九）黄疸医案记录1

患者性别：男。

年龄：43岁。

就诊日期：2013年3月27日。

发病节气：春分。

主诉：查体发现肝功能异常1天。

现病史：患者于昨日查体。乙肝五项检查结果显示：HBeAg＋、BsAg＋、抗HBc＋、HBV－DNA1.46E＋0.6；肝功能检查结果显示：LT 223.34U／L，AST 109.5U／L，GGT 66.1U／L；肝脏彩超检查显示：轻度脂肪肝，患者无明显症状。舌红，苔白，脉弦。饮食睡眠可，大小便正常。

既往史：素患乙肝多年，未做系统治疗。

过敏史：否认药物过敏及食物过敏史。

体格检查：生命体征平稳，血压22.66 / 13.33kPa（170 / 100mmHg）。全身皮肤黏膜及巩膜黄染。心、肺未见异常。腹平软，无抵抗，肝、脾未触及，无移动性浊音，肠鸣音正常。

辅助检查：见现病史。

中医诊断：黄疸之阳黄。

证候诊断：湿重于热。

西医诊断：慢性乙肝急性发作。

治法：清热利湿，利胆退黄。

处方：田基黄60g、茵陈30g、板蓝根20g、栀子9g、土茯苓30g、炒扁豆15g、白蔻12g、焦白术18g、五味子9g、竹茹9g、虎杖18g、黄柏9g、鸡内金30g、炙甘草6g，水煎服。

复诊：患者继复诊7次，经治疗，肝功能正常，HBV－DNA降至正常。

心得体会： 本病为慢性乙型肝炎活动发作，湿热毒邪偏盛。病本于毒，以清热、化湿、解毒为主。此外，以汉代张仲景《金匮要略》中"见肝之病，知肝传脾，必先实脾"的理论为指导，辅以健运脾胃，并佑以行气活血。

张鹏飞 2018年8月10日

指导老师按语： 合格。张仲景之"知肝传脾"中的"传"字，该怎么去理解？肝属木，脾属土。是肝木乘脾土，故健胃运脾，无令脾受肝之邪。对甲肝的治疗，中医有优势；对乙肝初发，中西医结合治疗有效率达85％；既已成慢性乙肝，中西医结合治疗的有效率不及30％。所以，在乙肝的初发急性期要积极治疗，更应治未病，预防其传染。注：关于西药干扰素的应用，美国的用药剂量要比中国的用药剂量大，另外，用干扰素，最好用一家所制的。

金荣嵋 2018年8月15日

（十）黄疸医案记录2

患者性别：女。

年龄：46岁。

急诊日期：2015年5月22日。

发病节气：小满。

主诉：黄疸3天。

现病史：患者（一位乡村医生）不明原因突然出现黄疸，右肋下不舒服，呕恶，厌食，舌红，苔黄腻，脉弦数。

既往史：既往健康。

过敏史：否认药物过敏及食物过敏。

体格检查：全身俱黄，以巩膜为主，黄色鲜明如橘子色，发热，口渴，右肋下及心口胀闷并有触压痛，口干苦，恶心欲呕，小便短小、黄赤，大便秘结，余略。

辅助检查：谷丙转氨酶1706U／L，谷草转氨酶1104U／L，谷氨酰转肽酶1115U／L，总胆红素1244.1μmol／L，直接胆红素629.2μmol／L，间接胆红素1014.9μmol／L。

中医诊断：黄疸之阳黄。

证候诊断：湿热熏蒸，遏脾滞肝。

西医诊断：急性肝炎。

治法：清热通腑，利湿退黄。

处方：西药用5％的葡萄糖注射液250mL，加入茵栀黄30mg，10％的葡萄糖注射液250mL加入维生素C3g、肌酐2g、三磷酸腺苷40mg、辅酶A300U，静脉滴注，每天1次，连用12天。

中药用茵陈栀子大黄汤加减，方药：茵陈60g、田基黄50g、栀子9g、虎杖15g、大黄9g、黄柏9g、滑石30g、土茯苓30g、板蓝根18g、龙胆草12g、白花蛇舌草30g、蒲公英30g、五味子12g，水煎服，每服3剂休药1天，连服12剂。

复诊：本例患者治疗3个月痊愈。

心得体会：本例患者的黄疸鲜明如橘黄色，属热重于湿的阳黄无疑，在治疗上以中医为主、兼顾西医取得了满意的效果。

金晓军 2015年5月30日

指导老师按语：本例患者湿热较重，退黄需利湿，利湿不利小便，非其利，所以在组方上以清热利湿、通腑泻浊为首要。临床实践表明田基黄、五味子、土茯苓、黄柏、虎杖对清热利湿有显著效果。

金荣嵋 2015年6月5日

（十一）泄泻医案记录

患者姓名：男。

年龄：44岁。

就诊日期：2014年4月11日。

发病节气：清明。

主诉：泄泻3个月。

现病史：患者于3个月前食寒凉致腹痛泄泻，4～5次／天。曾反复发作，多次治疗效果差。舌苔白，脉沉细。

既往史：体健。

过敏史：否认药物及食物过敏。

体格检查：一般情况可。心、肺未见异常。左下腹压痛。

辅助检查：未检查。

中医诊断：泄泻。

证候诊断：脾胃阳虚。

西医诊断：结肠炎。

治法：温补脾肾，固肠止泻。

处方：煨玉果12g、炒故子12g、吴茱萸10g、五味子10g、防风12g、熟附子10g、炮姜9g、肉桂8g、甘草6g、生姜10g、大枣10g，水煎服，6剂。

复诊：患者复诊4次，逐渐好转。

心得体会：患者患慢性结肠炎。对慢性结肠炎的治疗，金老师素用四神丸、痛泻要方、附子理中汤三方加减化裁治疗。其中，大枣和生姜是必不可少的调和营卫药。四神丸的方歌云"大枣百枚姜八两"，可见其作用。

张鹏飞 2014年4月15日

指导老师按语： 泄泻属常见病、多发病，一般分暴泻和食滞证；久泻有脾胃虚弱证、肝气乘脾证和肾阳虚衰证。泄泻若非严重脱水，水和电解质平衡失调，电解质紊乱，一般不用输液，中医中药治疗有其优势，特别是治疗久泻。明代李中梓的《医案必读》提出"泄泻治法有九"，分别为淡渗、升提、清凉、疏利、甘缓、健脾、酸收、温肾、固涩，可参考采用。本例患者属脾肾阳虚，但是临床要四神丸、痛泻要方、附子理中汤三方联用。

金荣嵋 2014年4月20日

（十二）筋骨痹医案记录

患者性别：男。

年龄：64岁。

就诊日期：2014年3月10日。

发病节气：惊蛰。

主诉：右前臂麻木月余。

现病史：患者于一个月前无明显诱因，出现右前臂麻木，有时眩晕，活动尚无受限。舌红，苔白，脉沉细。

既往史：体健。

过敏史：否认药物及食物过敏史。

体格检查：一般情况可，颈部压疼累及右肩胛，右尺神经沟按压呈阳性。心、肺、腹未见异常。

辅助检查：颈椎CT显示颈椎间盘突出及退行性病变。

中医诊断：筋骨痹。

证候诊断：筋脉淤阻。

西医诊断：颈椎病，右尺神经卡压综合征。

治法：活血通络，利水调气。

处方：葛根50g、藁本15g、姜黄12g、水红花子30g、川乌10g、草乌10g、三七4g、黄芪90g、当归18g、川芎9g、益母草30g、天麻12g、桂枝12g、炒白芍15g、炙甘草12g，水煎服，6剂。

复诊：复诊3次，治疗效果可。

心得体会： 患者患颈椎病、右尺神经卡压综合征，因尺神经受压而出现右臂神经麻木。葛根、藁本、姜黄、水红花子为金老师常用的对药，用来治疗颈椎病，主要作用为通络活血、利水调气。黄芪和当归相配益气养血，改善神经和微循环障碍。

张鹏飞 2014年4月10日

指导老师按语： 尺神经炎多使小指、无名指、中指内侧麻木，桡神经炎多使拇指、食指和中指外侧麻木。临床所见麻木除末梢神经炎外，一定要与吉兰-巴雷综合征相区别。选用既能活血又能利水的益母草、泽兰、水红花子。有关葛根的应用：葛根的功效不要局限于解肌退热、生津止渴、透疹、升阳止泻。葛根还有扩张冠脉血管和脑血管、改善微循环、提高局部血流量、抑制血小板凝集、收缩与舒张内脏平滑肌、降血糖、降血脂、抗氧化等作用，大剂量可用到60g。

金荣嵋 2014年4月15日

（十三）热痹医案记录

患者性别：女。

年龄：45岁。

就诊日期：2014年1月10日。

发病节气：小寒。

主诉：右膝关节疼痛、肿胀2月余。

现病史：患者于2个月前因右膝关节外伤行关节镜治疗。术后逐渐出现右膝关节肿胀、疼痛，行走时加重，休息后可减轻。晨起口苦，右膝关节发热并僵硬。舌红，苔白，脉沉细。

既往史：健康。

过敏史：否认药物过敏及食物过敏。

体格检查：一般情况可，心、肺未见异常。腹平软，肝、脾未及，全腹无压痛。右膝关节见红肿，压之疼痛，活动受限。

辅助检查：未检查。

中医诊断：热痹。

证候诊断：邪热阻络。

西医诊断：右膝关节炎。

治法：清热利湿，通络止痛。

处方：苍术30g、生石膏30g、知母9g、黄柏9g、益母草30g、桃仁9g、红花9g、川乌9g、草乌9g、鸡血藤30g、土茯苓30g、猫爪草10g、猫眼草10g、薏米30g、川牛膝15g、泽兰30g、炙甘草12g，水煎服，6剂。

复诊：复诊3次，红肿消诸证悉减。

心得体会：患者在右膝关节镜治疗后，右膝关节红肿热痛，见症分析属中医热痹范畴。本方重用白虎加苍术汤合四妙散加活血、通络、利湿之品，清热利湿，通络止痛而获效。

张鹏飞 2014年5月12日

指导老师按语：对痹症的记载最早见于《黄帝内经》，"风寒湿三气杂至合而为痹""各以其时重感于人"。热痹的发生：①素体阳盛或阴虚有热，复感风寒湿邪，郁久化热；②感受热邪，留在关节，出现特征性的关节红肿热疼或发热。宋代朱肱《类证活人书》载"白虎加苍术汤"，"四妙散"出自清代张秉成的《成方便读》。此两方的组方改进了《金匮要略》所记载的乌头汤、桂枝芍药知母汤的用法。痹症如治疗及时，病邪祛除，预后多佳；若失治、误治，或治未痊愈，复感邪气，皆可反复发作，日久关节畸形或强直，成不可逆之症。

金荣嵋 2014年5月20日

（十四）筋骨痹医案记录

患者性别：男。

年龄：62岁。

就诊日期：2013年3月25日。

发病节气：春分。

主诉：颈、肩痛，眩晕3个月。

现病史：患者于3个月前出现颈、肩部疼痛，伴有头晕，有时头脑不清亮。舌红，苔白，脉细。

过敏史：否认药物过敏及食物过敏史。

体格检查：神志清，精神可。心、肺、腹未见明显异常。C2、C3、C4棘突间压痛，颈部活动受限，双侧臂丛神经牵拉试验及加强试验正常，压头试验正常。

辅助检查：颈椎CT显示C2／3、C3／4间盘突出，C3／4、C4／5、C5／6、C6／7后纵韧带钙化；颈椎退行性变；C3／4椎管狭窄。

中医诊断：筋骨痹。

证候诊断：瘀阻水肿。

西医诊断：颈椎病。

治法：舒筋、活血、通经、止痛。

处方：葛根粉60g、藁本15g、姜黄12g、水红花子30g、桃仁9g、红花6g、天麻12g、三七（冲）4g、泽泻25g、全虫粉（冲）6g、蜈蚣粉3g、川乌9g、草乌9g、炙甘草12g，水煎服，6剂。

复诊：患者于4月3日复诊，疗效可。

心得体会：颈椎病在中医属于项痹，属于筋骨痹范畴。在治疗上应遵循实则泻之、虚则补之、瘀则通之、结则散之、寒则热之、不盛不虚则以经取之的原则。在治疗上强调活血利水、强督脉。

张鹏飞 2013年3月25日

指导老师按语： 过去中医无颈椎病的记载，现在颈椎病成多发病了，多伴有头昏脑涨、头痛、眩晕、肩胛痛、胸痹，以CT可做出诊断。根据其症状和体征，其属于中医痹痛症，但又不同于风、寒、湿诸病，受累部位在筋膜、神经、血管和周围组织。椎间盘有病，压迫神经根，充血、水肿，则疼痛发作，颈椎病应属脉痹、血痹、骨痹、筋痹的范围，但中医对此尚无统一的诊断。今以"筋骨痹"名之，以便于交流、记载。当否，请同道商榷。

金荣嵋 2013年5月20日

（十五）腰痛医案记录1

患者性别：男。

年龄：53岁。

就诊日期：2013年7月26日。

发病节气：大暑。

主诉：受凉后腰部疼痛3天。

既往史：患者既往健康。

过敏史：否认药物及食物过敏史。

体格检查：心、肺未见明显异常，腹平软，无肝、脾压痛，无移动浊音。腰部广泛压痛，双侧直腿抬高试验及加强试验呈阴性。

辅助检查：未做任何检查。

中医诊断：腰痛。

证候诊断：寒湿。

西医诊断：腰肌纤维炎。

治法：温阳化湿、强补督脉。

处方：干姜9g、茯苓25g、苍白术15g、煅杜仲12g、巴戟天12g、细辛6g、淫羊藿30g、川乌9g、草乌9g、防风15g、吴茱萸10g、鸡血藤30g、炙甘草12g，连服5剂。

复诊：患者于2013年8月1日复诊，腰凉已明显减轻，仍感双腿无力，继服5剂。

心得体会：本病为典型的肾着病，当用肾着汤，即干姜苓术汤加减，复加温阳补肾之品，以利于消除腰部冷痛。患者服用10剂后痊愈，说明诊治准确，效果显著。

张鹏飞 2013年8月10日

指导老师按语：肾着亦作肾著，由寒湿侵袭腰部所致，主症是腰以及腰以下部位冷痛、沉重，口不渴，等等。《金匮要略》言："肾着之病，其人身体重。腰中冷，如坐水中……腰以下冷痛，腰重如带五千钱，干姜茯苓汤为主之。"

常言道，肾虚则腰痛，其实不尽然也。腰痛与督脉有关。所以，腰痛病如腰椎病、风湿病，都要加入强督脉的药物，如杜仲、巴戟天、鸡血藤、淫羊藿、川乌、草乌、吴茱萸。注：川乌、草乌含有乌头碱，有毒性，可加重炙甘草的用量，蜂蜜和甘草都有解乌头碱毒的作用。

金荣嵋 2013年8月11日

（十六）腰痛医案记录2

患者性别：男。

年龄：47岁。

就诊日期：2013年3月13日。

发病节气：春分。

主诉：腰痛超过1年。

现病史：患者于1年前出现腰痛，劳累弯腰时加重，疼痛连及双下肢外侧，平卧休息后可减轻，饮食、睡眠可，二便调，舌质红，苔薄白，脉沉。

既往史：既往体健。

过敏史：无药物过敏史。

体格检查：神志清，精神可。心、肺未见异常，L4、L5棘突两侧压痛并沿坐骨神经向下痛，腰部活动受限，双侧直腿抬高试验及加强试验呈阴性。

辅助检查：腰椎CT显示L4／5间盘膨出；L5／S1突出；腰椎骨质增生，S1椎体许莫氏结节形成。

中医诊断：腰痛。

证候诊断：督脉失养。

西医诊断：腰椎间盘突出症。

治法：温肾强督，活血化瘀利水。

处方：煅杜仲15g、巴戟天12g、川乌9g、草乌9g、鸡血藤30g、川牛膝15g、桃仁9g、红花9g、三七粉（冲）9g、全蝎粉6g、蜈蚣粉5g、木瓜12g、续断15g、寄生15g、淫羊藿30g、益母草30g、水红花子30g、炙甘草12g，6剂水煎服。

复诊：患者于3月19日复诊，腰痛已明显减轻，活动时腰痛，略感不适。继服6剂以巩固疗效。

心得体会： 本病在中医与"筋骨痹""腰腿疼"有关。《素问•脉要精微论》云："腰者，肾之府，转摇不能，肾将惫矣。"《素问•骨空论》云："督脉为病，背强反折。"治疗上强督脉，以活血利水为主，病程长者可加虫类药。

张鹏飞　2014年4月10日

指导老师按语：腰痛的原因很多。近年来腰椎病所致的腰痛越来越多。过去，人的体力劳动重，推车、挑担、掘地、肩扛……少有此病；而今人的体力劳动越来越轻，此病反而多，发人深思。腰椎病含椎间盘膨出、突出、脱出、增生等，大凡有坐骨神经痛者，85％与腰椎有关，累及神经、血管、骨骼、肌肉，属中医骨痹、筋痹、脉痹、血痹的范畴，其病理与周围组织瘀血、水肿、督脉虚、肌力有关。肾主骨生髓，肝主筋，脾主肌，故临床治疗时要多方面考虑。

金荣嵋 2014年4月12日

（十七）腰痛医案记录3

患者性别：男。

年龄：45岁。

就诊日期：2014年11月7日。

发病节气：立冬。

主诉：腰痛伴右下肢放射痛半月。

现病史：患者于半月前逐渐出现腰痛，伴有右下肢放射痛。舌红，苔白，脉沉细。

既往史：体健。

过敏史：否认药物过敏及食物过敏史。

体格检查：腰部CT显示腰椎间盘突出。

中医诊断：腰痛。

证候诊断：筋脉痹阻。

西医诊断：坐骨神经痛。

治法：活血通络，利水强督。

处方：杜仲15 g、巴戟天12 g、川乌10 g、草乌10 g、益母草30 g、鸡血藤30 g、水红花30 g、川牛膝15 g、桃红9 g、红花9 g、淫羊藿30 g、寄生12 g、续断15 g、炙甘草12 g、三七粉4 g、生姜10 g、大枣10 g，水煎服，6剂。

复诊：复诊3次，效果显著。

心得体会： 此患者腰痛，实则为筋骨痹。金老师用活血通络、利水强督为治法。方中杜仲、巴戟天、川牛膝、续断、寄生补肝肾、强督脉，川乌、草乌、鸡血藤活血温肾，益母草既能活血又能利水，生姜、大枣调和诸药相得益彰。

张鹏飞 2014年11月18日

指导老师按语： 20世纪60年代，《赤脚医生杂志》上有"85％的坐骨神经痛与腰椎有关"，当时无CT和核磁共振，很难做出明确诊断。当今，核磁共振、CT广泛用于临床，诊断比较明确，证实了以上观点。腰椎病有腰椎间盘突出、膨出、脱出、增生、钙化等，都能引起坐骨神经痛。古籍中此类腰痛的论述，认为根据其脉证，属于骨痹、脉痹、筋痹的范畴，今以"筋骨痹"定名，当否，请同道商榷。腰椎间盘膨出和黄韧带钙化是无法复位的；临床说能复位，只是对小关节紊乱者而言，除此以外，多为忽悠和骗术。

金荣嵋 2014年11月18日

（十八）腰痛医案记录4

患者性别：女。

年龄：35岁。

就诊日期：2015年1月10日。

发病节气：小寒。

主诉：腰痛月余。

现病史：患者于1月前无明显诱因出现腰痛，不敢转动，腿痛，小腹痛。大便正常，舌红，苔白，脉沉细。

既往史：体健。

过敏史：否认药物过敏及食物过敏史。

体格检查：一般情况可。心、肺未见异常，腰部压痛并连及右下肢和右侧少腹，活动受限。

辅助检查：腰椎CT显示L4／L5腰椎间盘突出，硬膜囊受压。

中医诊断：腰痛。

证候诊断：脉络阻痹。

西医诊断：腰椎间盘突出症。

治法：活血通络，温经散寒。

处方：煅杜仲15g、巴戟天12g、川乌9g、草乌9g、鸡血藤30g、川牛膝15g、寄生12g、续断12g、细辛6g、淫羊藿30g、炮姜9g、苍术12g、炙甘草12g、生姜10g、大枣10g，水煎服，6剂。

复诊：患者复诊3次，经治疗症状明显减轻。

心得体会： 患者系腰椎间盘突出症，中医诊为筋骨痹腰痛。治疗上主要是活血、利水、强督脉，重用煅杜仲、巴戟天、川牛膝、寄生、续断、淫羊藿以温肾、强督脉，川草乌、鸡血藤、炮姜温经散寒。此方对肾着病和腰椎间盘突出效果非常好。

张鹏飞 2015年2月10日

指导老师按语： 此类腰痛结合临床症状，辨病与辨证相结合，必要时行其他检查（如CT）做出明确诊断。在此病例的组方中用了川乌、草乌，二者含有乌头碱，有毒性，所以，用川乌、草乌时加蜂蜜或炙甘草以抑制其毒性。目前，腰椎病和颈椎病在临床属于常见病和多发病，除手术治疗外，多为保守治疗，复位难度很大，膨出是无法复位的。

金荣喵 2015年2月15日

（十九）水肿医案记录

患者性别：女。

年龄：3岁。

就诊日期：2011年6月4日。

发病节气：芒种。

主诉：全身浮肿，患肾病综合征4个月（家长代述）。

现病史：患者于4个月前因全身浮肿去济南军区总医院就诊，诊为原发性肾病综合征，住院治疗两个月，效果不佳。去桓台县中医院门诊治疗两个月，仍无效果，于是来诊。

既往史：3岁前健康。

过敏史：对鱼、虾过敏。

体格检查：患儿体胖（已超过20kg），面部红润、多毛，咽部充血，扁桃体Ⅱ度肿大，双肺呼吸音粗，心率90次/分。腹大如鼓且布满斑纹，肝、脾未及，眼睑及下肢明显水肿，踝部按之凹陷。

辅助检查：血白蛋白10.1g／L，总胆红素12.37mmol／L，尿酸524μmol／L，尿蛋白＋＋＋，尿潜血＋，余略。

中医诊断：水肿。

证候诊断：阴虚火旺。

西医诊断：原发性肾病综合征。

治法：滋阴清热，利水消肿。

处方：中药、西药结合用药。

西药：口服火把花根，1天3次，1次2粒；口服潘生丁，1天3次，1次12.5mg；每天晨服泼尼松40mg、迪巧钙2片。

中药：炒牛子9g、蝉蜕9g、知母10g、黄柏10g、生地15g、炒山药18g、山萸肉12g、丹皮12g、土茯苓18g、益母草30g、白茅根30g、金樱子30g、炒芡实30g、水蛭3g、甘草6g、枸杞子15g，水煎服，每次服1袋，每天服3次。

复诊：此病例治疗周期长，总计近3年。用药大体分3个部分：刚用激素时可用知柏地黄丸，治疗阴虚火旺，抑制激素的副作用；撤减激素出现气阴两虚时，可用生脉散加益气养阴药；维持剂量出现气阳虚时，可用金匮肾气丸加益气温阳的党参、肉桂。

在治疗过程中，密切观察病情，及时调整用药。单望、闻、问、切是不行的，面色、体型、舌苔、脉搏等都会因为激素的应用而发生变化。

该患者在治疗过程中，曾发高烧，因小儿肺炎、急性胃炎、肺水肿多次住院，住院期间一直以治疗新病为主。所以，出院后尿蛋白得不到明显改善，对原发性病仍需门诊治疗。等到临床检验一切正常，可用泼尼松10mg维持，中药用八珍汤、十全大补丸去巩固疗效。3～4个月后一切正常，方可停药。

心得体会：肾病综合征属疑难杂症，多年来金老师治疗的病例不少，但对此病缺少详细记录。相对而言，此病难以治疗，一旦并发其他病，有时也很危急。治疗患此病的中老年患者比治疗小儿患者难，亦有反复发作者。中西医结合治疗比单用中药或单用西药效果好得多。

金晓军　2014年4月25日

指导老师按语： 原发性肾病综合征在我国分Ⅰ型和Ⅱ型。Ⅰ型："三高一低"（胆固醇高，有大量尿蛋白，严重水肿，血浆白蛋白低），可用利尿剂，如螺内酯、呋塞米。白蛋白低，不能一味地去补白蛋白，那样会加重肾损害，应该用肾病氨基酸、脂肪乳等。Ⅱ型除"三高一低"，还有尿潜血或尿中可见红细胞。

在用中药的过程中，因为西药的作用使诸多症状发生了很大的变化，所以要以症状为主，参考检验结果，不失时机地调整用药。在用激素的同时，一定要补钙，不然钙流失得过快。

金荣嵋　2014年4月30日

（二十）蝴蝶斑医案记录

此病例持续两年以上，很难逐次详细记录下来，故简述如下。

患者性别：女。

年龄：36岁。

就诊日期：2015年5月8日。

发病节气：立夏。

主诉：浮肿，关节痛，面部出现蝴蝶斑月余。

现病史：患者于1个月前发现浮肿，眼睑处尤甚，全身关节痛，面部有红斑，舌红，苔白，脉缓。1个月前曾去山东省中医院肾病内科，诊断为系统性红斑狼疮，治疗月余。

既往史：既往健康，先天右腿跛行。

过敏史：自述风疹反复发作，每到春暖花开，小麦、玉米扬花季节明显。

辅助检查：尿蛋白＋＋＋，肾功能正常。

体格检查：咽部充血，颜面及下肢浮肿，鼻翼有对称蝴蝶斑，手背青紫、冰凉（雷诺综合征＋），心、肺未见异常，全身关节痛，余略。

中医诊断：蝴蝶斑。

证候诊断：肝郁化热，血阻成瘀。

西医诊断：系统性红斑狼疮，狼疮肾病。

处方：用中西医结合治疗。西医：每天晨服泼尼松60mg（要符合首始剂量足、撤减时间缓、维持时间长的原则），静脉滴注肾病氨基酸250mL和环磷酰胺（总设计量为7g，分多次滴注，达到7g停药，具体每次的用量由医生决定），口服麦考酚酸酯（骁悉）1天2次，1次0.5g；潘生丁1天3次，1次25mg；迪巧钙，每天2片；硫酸羟氯喹（纷乐），初始1天2次，1次0.2g，1月后每天用0.2g维持。

中药：中药用药大体分为3步，即根据激素用量去调整。

初始大剂量用激素时可用知柏地黄丸加减，方药：知母10g、黄柏10g、生熟地15g、山萸肉12g、枸杞子18g、炒山药18g、丹皮12g、玄参12g、土茯苓30g、水蛭4g、金樱子30g、炒芡实30g、益母草30g、白茅根30g、甘草6g，水煎服。

撤减激素时用生脉散和四君子汤加减，方药：党参18g、黄芪60g、炒白术15g、土茯苓30g、麦冬15g、五味子9g、炒山药18g、山萸肉12g、枸杞子18g、益母草30g、水蛭4g、金樱子30g、炒芡实30g、白茅根30g、甘草6g，水煎服。

维持治疗用激素时另行组方如下：党参18g、黄芪60g、当归12g、白术15g、山药18g、益母草30g、白茅根30g、金樱子30g、炒芡实30g、山萸肉12g、水蛭4g、枸杞子18g、甘草6g，水煎服。

在用中药治疗时，要灵活掌握方法，密切观察患者的变化来调整处方。不能孤立地、死板地去套用以前的处方。

复诊：此例患者治疗两年以上，检查一切正常，稳定治疗3个月后停药。时在夏月，玉米已扬花授粉，患者去玉米地，因花粉过敏病情复发，经中药抗敏治疗而好转，至今随访，一切好转。

心得体会：此病例治疗周期近3年，体现了中西医结合的必要性。病程长，难度大，消费高，患者坚持下来了。金老师治愈多例系统性红斑狼疮，有的病愈后已经结婚生子。此病属疑难杂症，有患者的信任、金老师的努力、中西医结合的实践，最终取得了可喜的结果。

金晓军　2018年10月20日

指导老师按语：系统性红斑狼疮的诊断不难，在治疗上较难。有基础医学的功底加临证实践的经验，可以做出理想的诊疗。在治疗上要抓两点：一是从基层做起，基层医生能认识和治疗此病是基础。本病不可能常年住院治疗，治疗中有环磷酰胺的静脉滴注、低蛋白血症的纠正、纷乐和骁悉的应用，疗程相当长。基层能治就不必要去上级医院。二是"两条腿走路"，即中西医结合。这样，要求医生既要懂中医，又要懂西医。实践证明，中西药结合用药，要比单纯用中药或西药的治疗效果理想得多。关于肾穿刺，在某种程度上是重诊断、轻治疗，何况肾穿刺的病理结果也不是固定不变的。

金荣嵋　2018年10月25日

（二十一）便秘医案记录

患者性别：男。

年龄：62岁。

就诊日期：2014年9月23日。

发病节气：秋分。

主诉：便秘6年。

现病史：患者于6年前曾患脑梗死，后出现便秘，大便秘结，全身乏力，每次大便时努挣难下而汗出，舌红，苔白，脉虚弱，重按无力。

既往史：既往脑梗死病史6年。

过敏史：否认药物过敏及食物过敏。

体格检查：患者一般情况可，心、肺、腹未见异常。伸舌居中，右侧肢体肌力4级，肌张力减低，右巴氏征＋。

辅助检查：未检查。

中医诊断：便秘。

证候诊断：气阴虚。

西医诊断：便秘。

治法：补气，润肠，通便。

处方：党参25g、炙黄芪90g、当归18g、天冬15g、生首乌30g、麻子仁30g、桃仁9g、肉苁蓉30g、秦艽15g、川牛膝15g、柏子仁20g、炙甘草6g，水煎服，6剂。

复诊：该患者复诊3次，按原方加减治疗，好转。

心得体会： 该患者属老年患者，且有脑梗死病史，根据其脉证诊为气虚便秘，治宜补气、润肠、通便。方中重用参芪补气，配以润肠之品，秦艽有通便之功，肉苁蓉乃温润通便之药，诸药合用达到通便的目的。

张鹏飞 2014年9月30日

指导老师按语： 青壮年的便秘多为实，老年人的便秘多为虚。临床上分虚、实两大类型，实者有热秘、气秘、冷秘，虚者有气虚秘、血虚秘、阴虚秘和阳虚秘。根据脉证，本例患者的便秘属于气虚便秘。便秘的治疗以恢复大肠的传导功能、保持大便通畅为原则，尽量避免单纯应用泻下药图一时之快。气虚便秘属于虚秘，虚秘为大肠失其温润、推动无力所致，故以扶正为先，给予益气温阳、滋阴养血之品使正盛便通。所以，本例组方重用党参、炙黄芪益气，以当归、炙黄芪生血养血，天冬、秦艽生津润燥，外加润肠通便之品而获效。

金荣嵋 2014年10月3日

（二十二）耳鸣医案记录

患者性别：女。

年龄：37岁。

就诊日期：2014年2月20日。

发病节气：雨水。

主诉：耳鸣半月。

现病史：患者于半月前逐渐出现耳鸣，为持续发作，口干苦，舌红，苔薄黄，脉沉细。

既往：体健。

体格检查：患者一般情况可，心、肺、腹未见异常，肝、脾未及，双耳听力减退。

辅助检查：未检查。

中医诊断：耳鸣。

证候诊断：孔窍不畅。

西医诊断：神经性耳鸣。

治法：通窍活血，清肝利水。

处方：节菖蒲30g、灵磁石30g、菊花15g、天麻15g、柴胡15g、黄芩12g、龙胆草12g、水红花子30g、车前草18g、枸杞子18g、生地12g、桑葚30g、王不留行30g、山甲3g、炙甘草6g，水煎服，6剂。

复诊：患者复诊3次，耳鸣明显好转。

心得体会： 神经性耳鸣在临床上并不罕见，中医多以痰湿阻络论治，痰湿之邪阻于少阳而至耳窍不利而发为耳鸣。本方中用节菖蒲、灵磁石开窍通络，柴胡、黄芩、龙胆草和解少阳，水红花子、车前草利水祛湿，王不留行、穿山甲通行经络，枸杞子、菊花、天麻清头目，使耳聪目明。

张鹏飞 2014年3月18日

指导老师按语： 耳鸣在临床并不少见，西医一般称之为神经性耳鸣，中医认为其与痰湿瘀阻孔窍有关。病程超过半年者难以治愈，患病半年后用药和高压氧治疗都不理想，故需早期治疗、积极治疗。中医组方用节菖蒲在于开窍豁痰、醒神益智、化湿开胃；灵磁石在于镇静安神、平肝潜阳、聪耳明目、纳气平喘。外感后鼻咽鼓管发炎也能引起耳鸣，久之也能为难治之症。

所以，在治疗外感症时发现耳鸣不能掉以轻心，加用通窍去邪之品。若见有耳膜内陷，要配合鼓腮导气。

金荣嵋 2014年3月25日

（二十三）耳聋医案记录

患者性别：女。

年龄：50岁。

就诊日期：2013年4月1日。

发病节气：清明。

主诉：一月前，患者突然耳聋，双耳均不能闻及声音，在桓台县医院住院15天，疗效不佳。左耳聋重于右耳，头晕，耳聋前已耳鸣半年，安静时耳聋减轻，舌苔微黄，脉沉。

既往史：患者既往体健。

过敏史：否认药物过敏及食物过敏史。

体格检查：双耳聋，左侧重于右侧。心、肺未见异常，腹平软，肝、脾触叩无异常。

辅助检查：未记录。

中医诊断：突发性耳聋。

证候诊断：脉络不畅。

西医诊断：突发性耳聋。

治法：清热利湿，通窍利水。

处方：节菖蒲30g、灵磁石30g、枸杞子18g、菊花15g、天麻15g、龙胆草12g、水红花子30g、柴胡15g、黄芩12g、车前草18g、泽泻25g、丹皮12g、王不留行30g、生甘草6g，水煎服10剂。

复诊：患者于4月12日复诊，自诉已明显好转，耳中尚有噪音，左侧头疼，左侧口角流涎，继服10剂。

心得体会：本例患者因为情志忧郁，肝气日久化火，肝火上扰清窍，致耳窍功能失司，发生听力障碍。《素问·脏气法时论》说："肝病者……气逆则头疼，耳聋不聪。"方用龙胆泻肝汤加活血通窍之品，以泻肝经实火，加王不留行通行十二经络，用水红花子以利孔窍之水，用泽泻去郁水、生新水，邪有出路。

张鹏飞　2013年4月30日

指导老师按语： 耳聋与耳鸣的关系甚为密切，耳鸣为耳聋之渐，耳聋为耳鸣之甚，两者不可能绝对划分。耳聋是指听觉丧失，不能听到外界的声响。耳鸣是指耳内如有鸣声。

耳鸣、耳聋的原因很多，在中医有风热袭肺、肝火、肝阳上亢、肝血不足、肾阴虚、肾气不足、心肾不交、肝、脾虚弱、痰火、气滞血瘀等。临床接诊耳鸣、耳聋患者需辨病与辨证相参。病情超过半年者，治疗难度相当大，高压氧治疗也不理想，所以，应早发现、早治疗。

金荣嵋　2013年5月1日

（二十四）唇疗医案记录

患者性别：女。

年龄：26岁。

就诊日期：2014年6月12日。

发病节气：芒种。

主诉：口唇溃烂3个月。

现病史：患者于3个月前，不明原因，渐出现上下唇溃烂、疼痛，经用黄连上清丸、复合维生素B无效。舌红，苔白腻，脉沉细。

既往史：患者既往体健。

过敏史：否认药物过敏及食物过敏史。

体格检查：未检查。

中医治疗：唇疗。

证候诊断：湿热。

西医诊断：唇炎。

治法：清热利湿。

处方：金银花25g、连翘15g、知母9g、黄芩12g、炒白果12g、紫地丁30g、黄连9g、炒枳实9g、红花6g、丹皮12g、玄参12g、蒲黄6g、水牛角30g、甘草6g，水煎服，6剂。

复诊：患者服6剂药后痊愈。

心得体会： 对唇疗，用清热利湿的治法取得了良好效果。唇疗在临床上少见，一旦见到多束手无策，即使用药也是不着边际。本病患者平素饮食要清淡，多食水果、蔬菜、稀粥；同时，要注意排除其他病变。

张鹏飞 2014年7月10日

指导老师按语： 唇疗在临床上少见，要把此病与吐弄舌相区别，二者绝不是一种病。吐弄舌属脾热，治疗用泻黄散加味。对此例患者所用方是临床经验方，在50余年的临证中屡用有效。

金荣嵋 2014年7月15日

（二十五）不寐医案记录

患者性别：女。

年龄：76岁。

就诊日期：2013年3月18日。

发病节气：春分。

主诉：失眠、多梦20余天。

现病史：患者近20天无明显诱因出现睡眠困难，睡后易醒，醒后难以再入睡，多梦，心悸，烦躁，晨起口苦，大便、小便正常。舌红，苔少白，脉沉细。

既往史：既往体健。

过敏史：否认药物过敏及食物过敏史。

辅助检查：未检查。

中医诊断：不寐。

证候诊断：痰热扰心。

西医诊断：失眠。

治法：清热化痰，养心安神。

处方：半夏9g、茯苓30g、熟枣仁30g、知母8g、龙齿30g、煅牡蛎30g、夜交藤30g、合欢皮30g、麦冬15g、黄连9g、肉桂6g、竹茹9g、炙甘草6g，水煎服6剂。

该患者未复诊。

心得体会：不寐患者多有情绪因素，因此治疗起来有一定难度，心理治疗占有重要地位。在辨证论治的基础上，加用重镇安神或养血安神之品随证化裁。除药物之外，精神调摄亦非常重要，避免过度紧张、兴奋、郁怒、惊恐等，养成良好的睡眠习惯。

张鹏飞 2013年4月10日

指导老师按语：不寐的原因很多。近年来焦虑症、抑郁症、疑病渐多，且有效的治疗方法很少，心理、情绪致病屡见不鲜。同道中有这方面的专业人才，大都以西药镇静安眠，患者终日处于似睡非睡、似醒非醒的状态。为此，不寐要引起医护人员乃至全社会的关注，一是防患于未病，二是把疾病消除在萌芽状态。

金荣嵋 2013年4月12日

（二十六）多寐医案记录

患者性别：男。

年龄：14岁。

就诊日期：2013年3月18日。

发病节气：春分。

主诉：多寐半年。

现病史：近半年来，患者多寐，睡眠时间延长，不愿意被唤醒，白天上课期间亦不自主地入睡，懒言懒动。舌尖红，苔偏白腻，脉弦滑。患者平素喜食肥甘之品。

既往史：既往体健。

过敏史：否认药物及食物过敏史。

体格检查：神志清，精神可，体质偏胖。心、肺未见异常。精神系统检查未见异常。

辅助检查：未检查。

中医诊断：多寐。

证候诊断：湿盛困脾。

西医诊断：发作性嗜睡病。

治法：健脾，燥湿，醒神。

处方：炒薏米30g、滑石30g、桃仁9g、杏仁9g、白蔻12g、厚朴9g、藿香12g、佩兰15g、炒扁豆15g、葛根30g、竹叶6g、半夏9g、苍术25g、焦三仙15g、炙甘草9g，水煎服6剂。

复诊：患者于2013年3月25日复诊，多眠减轻，运动增多，上课时精力能集中，嘱其再服6剂。

心得体会：湿浊痰郁困滞于脾，使阳气不伸、心阳不振而懒于活动，导致多寐。病位与心、脾、肾的关系密切，病理性质多属本虚标实，与湿邪有关。方选藿朴夏苓汤、三仁汤之方加减，佐以活血消食之品。

张鹏飞 2013年3月9日

指导老师按语：多寐一证与脾湿有关，脾喜燥而恶湿，脾病则生湿，湿盛者，多有身体沉重、食少、舌苔白腻，治宜燥湿健脾。脾虚者，多食后嗜睡，宜健脾消食。还有一种肝郁胆热，也易造成多寐，此型多见苔黄、脉弦滑、口苦、心烦、胸胁满闷，治宜清泻胆热、解除肝郁。

多寐就是嗜睡症。其特点为不分昼夜，时时欲睡，喊之多醒，醒后不知不觉复寐，不能自主。若只是饭后嗜睡症，叫作"谷劳"，亦属于多寐范畴。

金荣嵋 2013年5月1日

（二十七）痄腮医案记录

患者性别：女。

年龄：42岁。

就诊时间：2013年3月11日。

发病节气：惊蛰。

主诉：右腮肿痛7天。

现病史：患者7天前曾发烧，然后右侧耳垂周围逐渐红肿热痛，体温38℃，进食受累，大、小便尚可，曾服中药并外用膏药（其药不详），效果不佳。舌红，苔微黄，脉弦。

既往史：既往体健。

过敏史：未曾感冒及食物过敏史。

体格检查：体温38℃，心、肺未见异常，右腮线部位发热、红肿，腹部触诊无异常。

辅助检查：未检查。

中医诊断：痄腮。

证候诊断：热毒。

西医诊断：流行性腮腺炎。

治法：清热解毒，散结消肿。

处方：金银花30g、蒲公英60g、连翘15g、水牛角30g、赤芍18g、僵蚕9g、牛子9g、马勃9g、玄参12g、板蓝根18g、生地18g、甘草6g，水煎服6剂。

复诊：患者于2013年3月16日复诊，右腮部位红肿、热痛明显减轻，体温正常，继服7剂以资巩固。

心得体会：本病俗名为大头瘟、痄腮，在现代医学中称流行性腮腺炎，是腮腺炎病毒感染所致。病机多为热毒攻窜头面，搏结脉络而致头面红肿、热痛，腮腺肿大。治疗上多参照普济消毒饮加减化裁。

张鹏飞 2013年4月20日

指导老师按语： 痄腮在现代医学被称为流行性腮腺炎，是由腮腺炎病毒感染所引起的疾病。对男性患者要注意其是否并发睾丸炎。腮腺炎本身并无大碍，亦可能自愈，但是要考虑到继发性不育症，所以，也要认真对待，不能忽略。本病有并发细菌感染的可能，需要做血常规和C反应蛋白检查。

当本病患者出现高烧不退，不可用解热发散的药去退烧。临床可见在用中药治疗的过程中发烧自然而退，而用抗生素去消炎，用解热镇痛药退烧，却不及中药的效果好，患者并发睾丸炎而发高烧，用西药的效果不及中药的效果好，切记！

金荣嵋 2013年4月21日

（二十八）痤疮医案记录

患者性别：女。

年龄：37岁。

就诊日期：2013年3月18日。

发病节气：春分。

主诉：面部长痤疮10余年。

现病史：患者自述自进入青春期即出现面部痤疮，曾经反复治疗，疗效不佳。现面部痤疮以面颊、前额较多，多处见有溃破，时有疼痛，月经前后尤重。患者的最近一次月经于2013年3月12日开始，色红、量中，有少量血块，舌质暗红，苔黄腻，右手脉浮，左手脉微弦。大便干，小便正常。

既往史：患者既往体健。

过敏史：无药物过敏及食物过敏史。

体格检查：未检查。

中医诊断：痤疮。

证候诊断：热毒淤积。

西医诊断：痤疮。

治法：清热凉血，消痰软坚。

处方：蒲公英30g、水牛角30g、紫地丁20g、生地20g、赤芍18g、土茯苓30g、龙胆草12g、丹皮12g、知母10g、黄柏10g、栀子9g、滑石30g、玄参12g、生甘草6g，水煎服6剂。

复诊：患者复诊2次，按上方加减（化裁），每次6剂，面部痤疮明显好转。

心得体会：《素问·生气通天论》言："汗出见湿，乃生痤痱"，"劳汗当风，寒薄为皶，郁乃痤"。本病多因脾胃积热，熏蒸于肺，痰瘀聚于面部而发。治宜凉血清热，消痰软坚，使大、小便通畅，使邪有出路。

张鹏飞 2014年4月15日

指导老师按语：痤疮形成的原因有差异，难以将其归类于内分泌失调。痤疮的形成原因如下。

（1）毛囊皮脂腺导管细胞增生（角化过度），堵塞了出口，皮脂无法排除。

（2）细菌、真菌、螨虫感染。

（3）雄激素刺激或皮脂腺受体对雄激素敏感，皮脂分泌增多。

（4）遗传、饮食、生活习惯。心理、化妆品、药物等影响痤疮的发生和发展。

临床所见大都为囊肿结节型痤疮。医生和患者都只注重调节内分泌，但是，只有妇女多囊卵巢综合征所致的痤疮是内分泌所造成的。

金荣嵋 2014年4月20日

（二十九）蛇串疮医案记录

患者性别：女。

年龄：66岁。

就诊日期：2014年3月22日。

发病节气：春分。

主诉：左前胸、乳下及左后背多发疱疹，疼痛难忍，入夜尤甚，持续7天。

现病史：患者自述，7天前无明显诱因出现左前胸、乳房下、左后背疼痛，出现疱疹，呈带状分布，疱疹逐渐溃破后流出淡黄色液体。上述疱疹只现于身体左侧，未过前后正中线。

既往史：患者既往体健。

过敏史：否认药物过敏及食物过敏史。

体格检查：神志清，精神可，表情痛苦。心、肺、腹未见异常。左前胸、乳房下、左后背可见簇状成片丘疱疹，部分溃烂，流出淡黄色液体，未过正中线。疱疹基底部可见皮肤红赤。

辅助检查：未检查。

中医诊断：蛇串疮。

证候诊断：肝胆湿热。

西医诊断：带状疱疹。

治法：清热利湿，凉血解毒。

处方：龙胆草12g、栀子9g、柴胡15g、黄芩12g、车前草18g、土茯苓30g、赤芍18g、丹皮12g、生地15g、蒲公英30g、紫地丁20g、当归15g、甘草6g，水煎服12剂。

心得体会： 本病又称"缠腰火丹""蜘蛛疮""飞蛇丹"等，四季皆可发生，一般以春季多发。病机一般与风、湿、热邪毒有关，患者多有湿热内蕴，复感邪毒，湿热毒邪壅滞肌肤为患。此方以龙胆泻肝汤加清热泻火、凉血解毒之品组方。

张鹏飞 2014年5月10日

指导老师按语： 几乎所有人的腮颊黏膜中都寄生着带状疱疹病毒，可在条件适宜时发病。此类病毒随饮食入小肠而导致发病，从小肠经背部神经向外攻向皮肤而见疱疹。这类病毒属"过滤性病毒"，穿透性极强，治疗不及时会遗留"神经痛"，所以要早发现、积极治疗。在治疗病毒引起的疾病上，中医优于西医，西药阿昔洛韦、更昔洛韦等不及中药，切记！

金荣嵋 2016年5月20日

（三十）眩晕医案记录

患者性别：女。

年龄：41岁。

就诊日期：2013年3月18日。

发病节气：春分。

主诉：眩晕、呕吐2天。

现病史：患者于2天前无明显诱因而出现眩晕，时感天旋地转，伴有恶心呕吐，呕吐物为胃内容物。曾输液治疗（所有药物名称与剂量均不详），效果不佳。舌红，苔白，脉沉。

既往史：患者既往体健。

过敏史：否认药物过敏及食物过敏史。

体格检查：神志清，精神差。心、肺、腹未见异常。神经系统检查体未见异常。

辅助检查：未检查。

证候诊断：痰浊中阻。

西医诊断：梅尼埃病。

治法：化痰熄风，健脾除湿，利水定眩。

处方：泽泻25g、水红花子30g、枸杞子18g、菊花15g、天麻12g、半夏9g、苍术12g、白术12g、竹茹9g、柴胡15g、黄芩12g、苏叶10g、炙甘草6g、陈皮9g，水煎服6剂。

心得体会： 眩晕不外乎风、火、痰、虚。金老师把本方定名为定眩汤，由半夏白术天麻汤、春泽散、二陈汤、温胆汤、小柴胡汤数方化裁而组成，具有化痰熄风、健脾除湿、利水定眩之功效。可用本方加减治疗各种眩晕，对内耳眩晕疗效更为理想。

张鹏飞 2013年4月20日

指导老师按语： 眩晕一症，古人多以为"无虚不作""无痰不作"，在颈椎病、颈动脉供血不足、脑梗死、内耳眩晕等诸多疾病中都可见到。有些是通过仪器能检测出来的，有些是无法检测出来的。临床要根据症状、体征、头痛、比邻关系、部位、放射等去做出诊断，然后用药，不要一见眩晕就认为是供血不足、颈动脉病变而输液。如果患者眩晕并有耳鸣，要问清耳鸣有多长时间，超过半年的神经性耳聋是很难治愈的。

金荣媚 2014年5月1日

（三十一）厌食医案记录

患者性别：男。

年龄：67岁。

就诊日期：2015年1月20日。

发病节气：大寒。

主诉：厌食月余。

现病史：患者于1个月前逐渐出现厌食、视力下降、失眠、大便黏腻、口苦、舌红、苔黄腻、脉弦。

既往史：既往体健。

过敏史：否认药物过敏及食物过敏史。

体格检查：一般情况可，心、肺未见异常、腹平软、右肋下不适、肝、脾未触及，无移动性浊音，肠鸣音可。

辅助检查：肝功正常。彩超显示轻度脂肪肝。

中医诊断：厌食。

证候诊断：肝胆湿热。

西医诊断：神经性厌食。

治法：清肝利胆，祛湿和胃。

处方：龙胆草12g、滑石30g、柴胡15g、黄芩12g、白蔻12g、炒扁豆15g、焦三仙12g、车前草20g、黄连9g、栀子9g、苏叶10g、当归12g、生地18g、通草6g，水煎服6剂。

复诊：患者复诊2次，去栀子、生地，加藿香10g、佩兰12g，水煎服。

心得体会：患者肝胆湿热而导致厌食，目为肝之窍，肝胆湿热上窜于目，故视力下降；肝胆火盛扰及心神，故失眠；湿热下注于下焦则大便黏腻。舌红，苔黄腻，脉弦，为肝胆湿热之象。本组方用龙胆泻肝汤加减，加用健脾和胃、芳香化浊、醒脾之味而获效。

张鹏飞 2015年1月20日

指导老师按语：对肝胆湿热引起的厌食，选用龙胆泻肝汤还是温胆汤，临床上要斟酌。祛湿不利小便，非其利也，所以要加利尿之品；胃失和降，辛开苦降，用黄芩、栀子清除湿热之苦降，加用辛开之苏叶，湿热祛，胃气和，当可食矣。

湿热大体分湿重于热、热重于湿、湿热并重，临床上要周察。

金荣嵋 2015年2月12日

（三十二）虚劳医案记录

患者性别：男。

年龄：48岁。

就诊日期：2015年7月18日。

发病节气：大暑。

主诉：有蛋白尿两年余。

现病史：患者于2年前因浮肿就诊，在市中心医院检查为肾病综合征，经住院用西药治疗（有泼尼松等药），浮肿消失，蛋白尿有所好转。

既往史：既往有糖尿病2年。

过敏史：有时全身散在风疹。

体格检查：一般情况可，激素面容，心、肺未见异常，腹软全无压痛，四肢活动可。

辅助检查：尿常规显示潜血＋－、尿蛋白＋＋。空腹血糖为7.3mmol/L。

中医诊断：虚劳。

证候诊断：气阳虚。

西医诊断：糖尿病肾病。

治法：补气助阳，祛瘀排浊。

处方：炒牛子9g、蝉蜕9g、黄芪90g、党参25g、山药18g、白术15g、菟丝子15g、覆盆子15g、沙苑子15g、炒韭子15g、五味子10g、金樱子30g、炒芡实30g、益母草25g、白茅根60g、甘草6g，水煎服6剂。

西药：泼尼松使用已到撤减维持阶段，由原来的每天晨服60mg，每周减0.25g；继续服用麦考酚胺每次20mg，1天3次；黄葵胶囊每次5粒，1天3次；优降糖每次25mg，1天3次。

复诊：患者按时复诊，控制病情。

心得体会：患者患有肾病综合征、糖尿病，病情长期不愈而致气阳虚，要补气助阳、排瘀祛浊。病情复杂，非一朝一夕能愈，要坚持治疗。

张鹏飞 2015年8月15日

指导老师按语：肾病综合征属于中医水肿、腰痛、虚劳、尿浊等病的范畴。糖尿病属中医消渴病的范畴。治疗中密切观察疾病的变化，随时调整用药，有望取得满意效果。本类疾病以中西医结合治疗效果好。

金荣嵋 2015年8月20日

（三十三）关格医案记录

患者性别：男。

年龄：28岁。

就诊日期：2015年8月10日。

发病节气：立秋。

主诉：10余年来，间断治疗肾病综合征，病情时好时坏。近来，尿少，面色晦滞，形寒肢冷，肌肤甲错，腰以下浮肿，恶心，呕吐，大便溏。舌淡，舌体胖大、有齿印，苔白腻，脉沉细。

既往史：患肾病综合征10余年。

过敏史：间断性皮疹。

体格检查：慢性病容，双肺呼吸音弱，心音低钝，腹胀，全身皮肤甲错，眼睑苍白，下肢凹陷性水肿。

辅助检查：尿蛋白＋＋，尿素氮15.8mmol／L，血肌酐398μmol／L。

中医诊断：关格。

证候诊断：脾肾阳虚，湿浊内蕴。

西医诊断：慢性肾功能衰竭。

治法：温补脾肾，化湿降浊。

处方：以大黄附子汤合温胆汤加减，熟附子12g、干姜9g、大黄9g、黄芪60g、当归12g、淫羊藿30g、吴茱萸9g、黄连6g、肉桂6g、苏叶12g、炒白术12g、土茯苓18g、生姜10g，水煎服12剂，每服3剂休药一天。

复诊：定时复诊，据证调方。

心得体会：此病属疑难杂症，治疗起来非常棘手。金老师在治疗这类疾病时，以减少患者的痛苦、提高其生活质量、延长其寿命为要。

金晓军 2015年8月20日

指导老师按语：关格是脾肾阳虚、气化不利、浊邪（肾毒物质）壅塞三焦，导致小便不通和呕吐的一种危重病症。小便不通谓之关，呕吐时作谓之格。在疾病的演变过程中毒、瘀、虚并见，患者可出现大便干黑、体乏无力、肌肤甲错、瘙痒脱屑、口鼻齿衄、瘀斑、贫血。

关格是古老的病名，历代医家都有论述，在今天无适当的病名，故仍沿用"关格"之名。关格的病因是肾阳衰微、脾阳亏损，主要病机是浊邪壅盛，症状表现是三焦不行。

金荣嵋 2015年8月25日

二、妇科病病例

（一）痛经医案记录1

患者性别：女。

年龄：38岁。

就诊日期：2013年3月25日。

发病节气：春分。

主诉：痛经多年。

现病史：患者有痛经史多年，每次月经来潮腹痛难忍，影响正常生活。经血色黑、有血块、量多，每次来月经提前2～3天。怀孕2次，生1个孩子，流产1次。舌深红，苔白，脉沉细。

既往史：痛经病史多年。

过敏史：否认药物及食物过敏。

体格检查：神志清，精神可，心、肺、腹未见异常。

辅助检查：未检查。

中医诊断：痛经。

证候诊断：气滞血瘀。

西医诊断：痛经。

治疗：活血化瘀，行气止痛。

处方：桃仁9g、红花9g、桔梗9g、怀牛膝15g、通草15g、川芎9g、赤芍18g、白芍18g、柴胡15g、枳实9g、丹皮12g、元胡12g、益母草25g、三七粉（冲）4g、瓜蒌9g、莪术9g，水煎服3剂。

复诊：患者于4月15日、5月31日复诊，痛经消失。

心得体会： 痛经的发生与冲任和子宫周期的变化密切关系。治疗上以调理冲任气血为主。治疗分两步：在经期调经止痛以治标，一般经期前1～3日服药；平时辨证求因以治本。

张鹏飞 2013年6月5日

指导老师按语： 痛经患者很多，大体分为肾气亏损、气虚血弱、气滞血瘀、寒凝血瘀、湿热蕴结等证型，临证需辨明虚证少而实证多，不通则痛，以祛瘀止痛为要诀。若先有他病而后有痛经，则先治他病而后调经；若先有痛经而后有他病，则先调经而后治他病。痛经在妇科病中属常见病、多发病，患者一般有剧烈疼痛才就诊。值得注意的是，年轻时不重视痛经，中年后多出现子宫内膜增厚、腺肌病、子宫内膜异位症，所以应早期治疗，以防他病形成。

金荣嵋 2013年6月8日

（二）痛经医案记录2

患者性别：女。

年龄：42岁。

就诊日期：2015年10月21日。

发病节气：霜降。

主诉：行经时腰、腹痛。

现病史：月经延后，末次月经时间是2015年9月10号。现觉腰、腹痛，受凉后加重，痛时喜温、喜按，量中，色红，有小块。舌红，苔白，脉沉细。

既往：月经延后。

过敏史：否认药物过敏及食物过敏史。

体格检查：一般情况可，心、肺未见异常，腹平软，下腹部压痛，腰部叩击痛。

辅助检查：未检查。

中医检查：痛经、月经后期。

证候诊断：冲任虚寒、气滞血瘀。

西医诊断：痛经。

治法：活血理气、散寒止痛。

处方：小茴香9g、炮姜9g、元胡12g、五灵脂12g、煅乳香9g、煅没药9g、川芎9g、肉桂6g、赤芍15g、当归12g、桃仁9g、红花9g、三棱9g、莪术9g、杜仲15g、炙甘草6g，水煎服6剂。

复诊：按月经周期治疗3个疗程，痛经基本消失。

心得体会：患者属冲任虚寒，有气滞血瘀性痛经。中年妇女的痛经要排除子宫腺肌病和子宫内膜异位症。对虚寒者用少腹逐瘀汤，对气滞血瘀重而且月经超前者可用血府逐瘀汤加减。

指导老师按语：痛经是妇科疾病中的常见病，大体以调经为主，月经提前者多属气滞血瘀，个别也有偏寒者；月经延后而痛经多数冲任虚寒。多年来临床观察，青春期有痛经，到中老年多出现子宫内膜增厚、子宫腺肌病、子宫内膜异位症，所以应及早按月经周期治疗，以防他病。在活血逐瘀的应用上，常用有血府逐瘀汤、少腹逐瘀汤、膈下逐淤汤等，若是辨证不明可用血府逐瘀汤化裁。

（三）月经量少医案记录

患者性别：女。

年龄：37岁。

就诊日期：2014年3月2日。

发病节气：惊蛰。

主诉：月经量少60天。

现病史：患者近两个月月经量少。平素白带多，腰酸痛。末次月经时间是2014年1月15日，色红、量少，后延3～5天。舌红，苔白，脉沉细。

既往史：脾胃不舒服。

过敏史：否认药物及食物过敏史。

体格检查：一般情况可，心、肺未见异常，腹平软。尿蛋白一。

辅助检查：未检查。

中医诊断：月经量少，带下证。

证候诊断：脾虚，冲任失调。

西医诊断：月经紊乱。

治法：益气健脾，调补冲任。

处方：人参10g、苍术20g、白术18g、炒白芍15g、柴胡15g、炒山药18g、杜仲12g、巴戟天12g、芥穗炭10g、黄芪60g、当归12g、肉桂8g、吴茱萸10g、炙甘草6g，水煎服6剂。

复诊：患者连续治疗3个月经周期，白带已去，经量明显增多。带少后加元肉60g、阿胶18g。

心得体会：患者白带多而月经量少，白带多耗气伤血，治带则血自生。初始以完带汤为主健脾除湿，复诊加元肉、阿胶补血。黄芪配当归，益气生血。

张鹏飞 2014年3月17日

指导老师按语：用完带汤时，必须排除滴虫、霉菌、细菌性阴道炎所致的病理性带下，必要时可做分泌物涂片检查。要分辨生理性和病理性白带，对此临床要周察和借助其他检验。完带汤出自明末清初傅山的《傅青主女科》。对本例患者还可以用温脐化湿汤加减治疗。对脾虚白带症用完带汤效如桴鼓，但须明辨。

金荣嵋 2014年3月25日

（四）乳痈医案记录

患者性别：女。

年龄：27岁。

就诊日期：2013年3月25日。

发病节气：春分。

主诉：双侧乳房红肿、热痛一周。

现病史：患者自述在哺乳期内经常发生"挤奶现象"，双侧乳房反复发生。一周前再次出现乳房红肿、热痛，并发烧。舌质红，脉沉细，大便时干时稀。

既往史：否认其他病史。

过敏史：否认药物过敏及食物过敏史。

体格检查：双侧乳房红肿，有硬块，心、肺未见异常。

辅助检查：未检查。

中医诊断：乳痈。

证候诊断：热毒壅塞。

西医诊断：急性乳腺炎。

治法：清热解毒，消肿软坚。

处方：蒲公英60g、六路通12g、通草5g、王不留行30g、山甲珠（冲）4g、元胡12g、皂角刺12g、全瓜蒌18g、金银花18g、连翘15g、浙贝10g、夏枯草12g、水煎服5剂。

心得体会：乳痈之名出自《肘后备急方》："妇人乳痈拓肿，削柳树根皮，熟捣，熨之。"乳痈又名乳毒、乳风、吹乳等，多因乳头溃破，风邪外袭；或乳汁淤积，乳络阻滞，郁而化热；或有婴儿顶撞乳部所致。治疗乳痈多以仙方活命饮加减或五味消毒饮化裁为基本组方，但要佐以通乳之品，如王不留行、山甲珠。

张鹏飞 2013年4月2日

指导老师按语：以前由于卫生条件所限，乳痈并不少见，现在临床上少见。用中药治疗乳痈的效果比用西药治疗的效果好。蒲公英的剂量少则30g，多则60g，会有明显的疗效。已经发病要早诊断，早治疗，不要待伤口化脓后再去手术治疗。

金荣嵋 2013年4月5日

（五）产后身痛医案记录

患者性别：女。

年龄：30岁。

就诊日期：2014年3月15日。

发病节气：春分。

主诉：患者产后3个月，感到身痛、腰痛、小腹痛，遇寒凉加重，月经尚未至，奶水差，舌红，苔白，脉沉细。

既往史：患者既往体健。

体格检查：神志清，精神可。心、肺未见异常。腹平软，无明显压痛及反跳痛，活动受限。

辅助检查：未检查。

中医诊断：产后身痛。

证候诊断：气血两虚。

西医诊断：产后身痛综合征。

治法：补气、活血、养血、温经、散寒、通络。

处方：人参10g、桃仁9g、红花6g、川芎9g、白芍15g、益母草30g、炒杜仲15g、续断15g、阿胶12g、三棱9g、莪术9g、芥穗炭12g、黄芪60g、当归12g、炙甘草6g，水煎服6剂。

复诊：患者先后复诊6次，以上方为主加减治疗，服药后无不适。

心得体会：生产耗气伤血，而至气虚，复感风寒之邪，气血虚为本，夹风寒之邪为标，选当归补血汤及益气活血之品为方，治疗周期为长，渐补气血。嘱其慎避风寒、调理饮食。

张鹏飞 2014年5月5日

指导老师按语：产后身痛多由气血虚、感受风寒所致，近年来，也与产后汗蒸、满月时发大汗有关。产后发大汗促代谢，本是可以的，但是电解质失去平衡，又没有及时补液，这样身体的抗病能力越来越差，更经不起风寒诸邪的侵淫而发病。常见的产后身痛大都用当归四逆汤加吴茱萸生姜汤治疗，待气血冲和，则病去矣。

金荣嵋 2014年5月10日

（六）月经后期医案记录

患者性别：女。

年龄：35岁。

就诊日期：2014年6月15日。

发病节气：夏至。

主诉：月经后延，头痛，眩晕。

现病史：患者半年来月经后延半月至20天，同时头痛、眩晕，以太阳穴、枕部为主并伴有颈、肩部疼痛，大便时干时稀。末次月经日期为2014年5月7日，经血暗红、中量，经期4天。舌红，苔白，脉沉细。

既往史：患者既往体健。

过敏史：否认药物过敏及食物过敏。

体格检查：一般情况可，心、肺未见异常，腹软，肝、脾未及，颈部及肩部压痛。

辅助检查：颈椎CT显示C2／3、C3／4颈椎间盘突出。

中医诊断：月经后期眩晕。

证候诊断：冲任虚弱。

西医诊断：月经紊乱，颈椎病。

处方：小茴香10g、炮姜9g、元胡12g、川芎9g、肉桂6g、乌灵脂12g、蒲黄12g、三棱9g、莪术9g、枸杞子18g、菊花12g、天麻12g、葛根30g、甘草6g，水煎服6剂。

复诊：患者复诊2次，月经来潮时调经，月经过后调治颈椎病、眩晕，效果可。嘱其不要长时间低头工作和玩手机。

心得体会：患者月经延迟并伴有头痛、眩晕，应根据"急则治其标，缓则致其本"的原则，先治月经病，然后治颈椎病。治病分先后，分清不同病是否有联系，有联系则侧重不同、相互兼顾，无联系则分两次治疗。治之有时，治之分先后。

张鹏飞　2014年7月9日

指导老师按语：首先，把握月经病的治疗原则——以调经为主。他病致月经不调者，先治他病；经不调而致他病者，先调经而后治他病。大抵月经超前者为瘀为热，月经延后多虚多寒，但是也不完全如此，临证当辨证论治。本例患者月经后期和颈椎病无联系，所以要分开去治，既要兼顾，又要分清。

金荣嵋 2014年7月15日

（七）恶露医案记录

患者性别：女。

年龄：32岁。

就诊日期：2013年3月15日。

发病节气：春分。

主诉：产后20天恶露淋漓不断，伴缺乳，乳房不胀，进食尚可，二便调。

既往史：既往体健。

过敏史：无药物过敏及食物过敏史。

体格检查：头颅外形正常，神志清，精神可。心、肺、腹未见异常。

辅助检查：未检查。

中医诊断：产后恶露不止。

证候诊断：气虚血瘀。

西医诊断：产后子宫复旧不全。

治法：补气活血，理血归经。

处方：人参12g、炙黄芪60g、当归12g、桃仁9g、红花6g、川芎9g、炒白芍15g、益母草30g、炒杜仲15g、蒲黄12g、芥穗炭12g、血余炭12g、阿胶（烊化服）18g，水煎服4剂。复诊以归脾汤而收场。

心得体会：本病多由冲任不固、心脾两虚所致。恶露乃经血所化，出于胞中而源于血海。气虚冲任不固，血失统摄，血不归经而妄行。产后气血俱虚，离经之血即瘀血，导致恶露不净。产后加参生化汤是金老师常用之方。

张鹏飞 2013年3月20日

指导老师按语："妇人一生不足于血而旺于气"，妊娠期血聚养胎，出现气有余而血不足，即以分娩，气血俱虚，离经之血中尚未排出和吸收者即为瘀血，瘀血稽留于子宫，使子宫难能复旧，致使恶血淋漓而下。原来正常分娩后21天恶露可净，近年来要求10天内恶露要干净，不然子宫难以复旧。临床上一般先用加参生化汤，视病情再行用药，归脾汤、补中益气汤、八珍汤、十全大补汤、人参养荣汤都可选用。

对正常分娩、药物流产、人工流产后出现恶露不正常者，为了防患他病均可按此方加减化裁。此处以恶露为总称欠妥，不正常的产后下血方为恶露。产后未满月行汗蒸或发大汗欠妥。产后气血俱虚，出大汗后必然缺水和电解质紊乱，最好不要汗蒸。

金荣媚 2013年3月25日

（八）乳通医案记录

患者性别：女。

年龄：45岁。

就诊日期：2014年6月12日。

发病节气：芒种。

主诉：经前乳房痛。

现病史：患者近3个月来乳房有硬块、触痛，经前尤著。舌红，苔白，脉沉细。

既往史：既往体健。

过敏史：否认药物过敏及食物过敏史。

体格检查：患者一般情况可，心、肺未见异常，双侧乳腺可触及条索状硬块。

辅助检查：彩超显示有双侧乳腺增生。

中医诊断：乳痛。

证候诊断：气滞，血瘀，痰结。

西医诊断：乳腺增生。

治法：理气活血，软坚散结。

处方：桃仁9g、红花9g、桔梗10g、当归15g、怀牛膝15g、川芎9g、赤芍18g、元胡12g、漏芦12g、六路通12g、王不留行30g、夏枯草12g、浙贝

10g、甘草6g，水煎服。

复诊：没月经时复诊3次，显效。

心得体会：乳腺增生症与月经周期关系密切，平时乳胀痛，经期加重。本病形成与肝、胃、痰浊有关，治宜理气活血、软坚散结。现在临床多在月经周期调治。

张鹏飞 2014年8月10日

指导老师按语：乳腺增生日渐增多，其形成与肝郁气滞、胃虚痰滞有关。痰阻、气滞、血瘀、集聚为病。治疗多理气活血、行气祛痰、疏通经络。

本病必须与乳核（乳腺纤维腺瘤）和乳岩（乳癌）相区别。乳核：临床上以无痛性乳房肿块为主要症状，很少伴有乳房疼痛及乳头溢液；乳岩：初期可见乳房胀痛，但没有随月经周期发作的特点，乳房有肿块，边缘不规则，可有压痛，病变晚期常伴有乳头凹陷、溢血，乳房的皮肤呈橘皮样改变。鉴于此，可早期发现及早治疗。一些癌症已成为常见病和多发病，大部分癌症可以经治疗转归良好。

金荣嵋 2014年8月15日

跋

科学的本质在于探求、找出和运用规律。科学的根本任务是不仅要总结出现象之间的规律，还要发现现象后面的本质，从而指导实践。一个正确的认识需要经过多次实践才能形成，即认识—实践—再实践—再认识，多次反复。中国医学从《黄帝内经》《伤寒杂病论》等奠基之作完成之后，没有停留在此基础上。熟读王叔和不如临证多，临证多更要熟读王叔和，这就是实践与理论的辩证关系。奠基之作是实践的结晶，嗣后中医药学逐渐发展、创新、完善。今天理论学习跟不上，固守一隅，在实践经验上原地踏步走，必然是停止不前、不进则退。

目前，中医药发展既乏人又乏术。中医药学要发展，首先是制定政策，落实政策；其次中医人自身要过硬。制定和落实政策是国家的大计，中医过硬是中医人自身的事。我把中医分为传统中医和现代中医，传统中医仍然沿袭"一、一、一、三"的诊疗模式，即"一个老头、一根舌头、一个枕头、三个指头"；现代中医是在掌握中西医基础理论的基础上，先辨病，然后以整体观念辨证论治。

中国医学是多学科知识的高度概括。历代名医如张仲景、王叔和、王冰、张景岳，谁不是功底深厚，掌握多学科知识？当今，一个小学还没毕业的人摸索着开了20年中药，成了名医，北京某国字号医院的某名医为多发性结缔组织病患者开了个"二陈汤"……凡此种种，岂不让人笑掉大牙？这些现象歪曲了中医，会成为中医发展之桎梏。

医学是自然科学的一个分支，中医又是医学的重要组成部分，历经几千年长盛不衰。时至今天，我们经历了中西医结合、中西医配合、中西医融合，得到了深刻的教训，也取得了很大成绩。以中医的整体观念和辨证论治为基础而发展的整合医学，将会是医学发展的大格局。衷心希望每个医学人为此而不懈地努力。

金晓军

于轩岐书屋

2020 年 10 月 25 日